書下ろし

死はすぐそこの影の中

宇佐美まこと

祥伝社文庫

目次

第一章　沈める寺

一《いち》藤《ふじ》麻《ま》衣《い》子《こ》

二度と戻りたくないと思った場所へ、麻衣子《まいこ》は夢の中で何度も訪れる。
決まって明け方だ。

子供に戻った彼女がたどる道は緩《ゆる》い上りになっている。擁壁《ようへき》のように何段も積まれた石垣に沿って小川が流れている。豪壮《ごうそう》な門を入る前に、御影石《みかげいし》の橋を渡らなければならない。彼女の影が川面《かわも》に映ると、小さくて赤いサワガニがすっと石組みの間に潜《もぐ》り込む。

前庭は、鬱蒼《うっそう》と繁《しげ》った古木のせいでいつも翳《かげ》っている。苔《こけ》むした踏み石をたどる。菜種《なたね》油《あぶら》を搾《しぼ》っていた石臼《いしうす》が踏み石に混じっている。臼の縁《ふち》に刻まれた細かな線は、長い年月、踏みつけられたせいで浅く薄くなっていて、そこにも苔が入り込んでいる。何もかもがしっとりと湿っていて陰鬱《いんうつ》だ。

踏み石はなだらかなカーブを描いて本玄関に続いているが、麻衣子はそこから逸《そ》れて家の脇に回る。途端に家の裏を流れる肥治《ひじ》川の音が大きく耳に届いてくる。いつも豊かな水の絶えることのない川は、山々に囲まれた村の中心部を一直線に貫いて流れ下る。この家は肥治川を背にするように建っているのだ。その昔、川から揚《あ》げた荷を保管していた大きな蔵が、川沿いに三棟並んでいる。

蔵の前の中庭には、もう使われなくなった井戸があって、麻衣子はそのそばで立ち止まる。家の中、広々と開け放たれた土間に人気はない。いつもそうだ。夢の中では誰にも会わない。この屋敷にはもう誰も住んでいない。よくわかっているのに、麻衣子は立ち止まって見上げずにはいられないのだ。

大きな入母屋《いりもや》の身舎《もや》の屋根と下屋《げや》の屋根とはどちらも本瓦葺《ほんかわらぶ》きで、幼い彼女からすれば、そびえ立っていると言った方が正しい。二層に重なった屋根の間には、格子の窓が等間隔で並んでいるが、一つだけ丸い嵌《は》め殺しの窓がある。それを見つけると、麻衣子の胸は締め付けられるように痛む。その感情にさらわれないうちに、麻衣子は窓に向かって小さく呼びかける。

「ミツル君」

答えはない。それもよくわかっている。でももう一度呼ぶ。今度は少し大きな声で。

「ミツル君！」

すりガラスの向こうで人影が動いたような気がする。

小さな手が内側からぺたりとガラスに貼りつく。でもそれらは幻影だ。あそこにいた子は――小さな体ですばしこく動き回る子は――とっくの昔に死んでいるのだから。

「ミツル君、そこにいる?」

何も起こらず、代わりに裏山の木々がざわりと揺れる。家の中には怖くて入れない。迷路みたいに廊下や座敷が連なっていて、麻衣子を奥へ奥へと誘い込む。そして真っ暗な中に閉じ込められる。

足裏に感じていた冷たい湿り気が、どんどん増してくる。はっと足下を見ると、もう踝《くるぶし》まで水に浸《つ》かっているのだ。ひたひたと水は押し寄せてくる。肥治川《の》から——。

ああ、この家は沈む。この村は沈んでしまう。水に呑まれる。寺も神社も学校も、果樹園も段々畑も、畔道《あぜみち》も道端のマリア観音像《かんのん》も、森の小動物も小鳥も、墓も死んだ子も、何もかも、渦《うず》が巻き込んで水の世界に連れていってしまう。

どれくらい時間が経《た》ったのか。水の上には、もう瓦屋根の先端しか見えない。いつの間にか日が暮れて、空に大きな満月がかかっている。

「ミツル……」

夜明け前に見る夢は、甘やかな死の匂《にお》いがする。

「やっぱりピアノ、交換してちょうだい」

さもなげに、だが傲然《ごうぜん》と言い放たれた橘《たちばな》彩夏《あやか》の言葉にホール中が一瞬凍《こお》りついた。腕組みをした彩夏がスタッフを顎《あご》で促《うなが》す。途端に動きが戻ってきて、何人ものスタッフがステージ上に置かれたグランドピアノに取りついた。さっきまで彩夏がリハーサルで使っていたスタインウェイをステージから下げる。代わりに運び込まれたのは、このホールにもう一台備えられているヤマハのフルコンサートCFだ。

新進気鋭《しんしんきえい》のピアニスト、橘彩夏の我儘《わがまま》振りは、つとに有名だ。だが人気のほどもたいしたもので、開催するリサイタルは、今どきのクラシックイベントでは珍しく会場を満杯にする。スタッフは誰も文句が言えない。

彩夏はリハーサル直前まで両方を弾き比べていたし、彼女の気まぐれに慣れている麻衣子は、そちらも完璧《かんぺき》に調律してあった。大丈夫——慌《あわ》てふためく周囲を見回しながら、心の中で呟《つぶや》く。軽く指慣らし程度にショパンのマズルカを弾いてみては考え込む様子の彩夏は、ぱっと顔を上げてスタッフの中から麻衣子を見つけ出した。

「一藤《いちふじ》さん、これ、ピッチを四四二にして」

彼女の言葉が終わらないうちに、麻衣子は駆けだしていた。客席の奥からステージに向かって段を駆け下りる。走りながら壁の時計を見る。開場まで三十五分。彼女に与えられた時間はぎりぎりというところ。ステージに上がると、スタッフが麻衣子のために下がって道をあけてくれた。

グランドピアノの黒光りする天屋根に麻衣子の顔が映る。それをゆっくりと持ち上げて突き上げ棒で固定した。手前のパネルを外して呼吸を整える。整然と並んだ白鍵《はっけん》と黒鍵《こっけん》。チューニングピンとフェルトのハンマー。鋼《はがね》の弦《げん》。馴染《なじ》みの冷たいたたずまい。麻衣子は素早く道具カバンを開く。革張りの内側のポケットから、チューナーを取り出す。でも手が震え、思わずそれを取り落としそうになる。ロングミュートを中音域の弦に波状に挿《さ》し込んで、真ん中の一本の弦だけが鳴るようにする。いつもの手順だが、焦《あせ》りが出て幾分《いくぶん》もたつく。

チューナーを置き、四四二ヘルツの音叉《おんさ》を抜き取った。手のひらで包み込むようにして人肌に温めた。音叉を膝《ひざ》で打って音を出した途端、周囲の諸々《もろもろ》は意識から消えていく。息を殺して暗がりに立っているスタッフも、着替えのために楽屋に下がっていく彩夏の耳障《みみざわ》りな足音も、熱い照明も、その中で浮遊している埃《ほこり》も、何もかも——。

音叉の振動が、麻衣子の耳骨《じこつ》に伝わる。掲《かか》げた指の骨も同じ周波を感じとる。振動が音になる。すっと気持ちが落ち着いた。

四十九鍵目のAの音を叩《たた》く。そして麻衣子は耳を解放する。ピアノの弦の発する音、基本音と倍音に耳を傾《かたむ》けるのだ。チューニングピンと弦に目を凝《こ》らしてはいるが、あくまでも主役は聴覚である。打鍵している音が彼女の頭の真ん中にある。ごく小さな倍音に耳の神経を集中し、その中の特定の倍音を聴き分けて、それが聴覚に像を結ぶのを待つ。頭で答えが出る前に、もう手が動いてチューニングハンマーを動かしている。ピアノの弦には、一本につき約九十キロの張力がかかっている。調律はその張力との戦いだ。こちらの武器はたった一つ、己の聴力のみである。

右手でチューニングハンマーを操《あやつ》り、チューニングピンを締める。また左手で強く打鍵する。打つ、聴く、締める、その繰り返し。こうやってピアノに向かう度《たび》、麻衣子は姿を消し音に同化している。キッ、キッ、キッという単調な音が静まり返ったホールに響く。

音律を設定し終わったところで、それぞれの音がユニゾンになっているか確かめる。

ピアノのほとんどの音は、二本か三本の弦で鳴るようになっているので、他弦の音を殺すミュートを移動させながら、二本の弦を同時に鳴らしてみるのだ。そうすると、たいていはうなりが生じていることに気づく。本来、複数の弦は同音に合わせるべきだから、このうなりを消していかねばならない。ところが、そうするとピアノの音は単調になってしまう。複数の音程に微妙な差をつけると、不思議なことに音色《ねいろ》は豊かで輝かしく、よく通るものとなる。そこが調律師の腕の見せ所と言えば言えるのだが、これにはかなり高度なテクニックと鋭《するど》い感性が必要になってくる。

彩夏の指示通り、ピッチを調律し直せたのは、開場のわずか三分前だった。

座席数六百の中規模のホールはほぼ満杯。麻衣子は最後列の端の席に座って、鮮《あざ》やかなワインレッドのドレスを着た彩夏がステージに現れ、ファリャの『アンダルシア幻想曲』を弾き始めるのを見ていた。フラメンコギターの書法によるかき鳴らすアルペジオ、叩きつけるリズム——彩夏の演奏には、やや力みと焦りが感じられた。先月のリサイタルで、ピアノ専門誌のコンサートレビューに「橘彩夏は、卓越したテクニックで瑕《きず》ひとつない演奏をする。だがそこにあるはずのメッセージ性が感じられない。クリアすぎて退屈だ」と評論家に書かれたことが、彼女の頭を占めているのだ。

麻衣子には演奏の出来や芸術性などはわからない。彼女にあるのは音、ただ音だけだ。四四二ヘルツに合わせたピアノは、このホールに合ってよく通る音を出した。ピアニッシモも澄《す》んだ音を響かせる。オーケストラと共演するのでない限り、ピッチはピアニストの好みなのだ。今日、彩夏がヤマハのコンサートグランドを選び、ピッチを四四〇ヘルツから四四二ヘルツに上げたのは正解だったと感じられた。

最後の曲はドビュッシーの『前奏曲集第一巻』から『沈める寺』だった。一夜にして海の底に沈んだという巨大なカテドラルの物語を曲にしたものだ。波間から僧侶の読経《どきょう》と鐘の音が聞こえてくるという。鐘の音は硬質で尖《とが》った音で、カーンと鳴らされる。

カーン、カーン——。

麻衣子はこめかみに手をやる。この曲は何度か聴いたけれど、鐘の音を表した部分にさしかかると、頭の芯が痛む。そのせいでこの曲は好きになれない。曲は盛り上がった海の水の中からカテドラルが浮上するクライマックスにさしかかる。フォルティッシモの和音もせり上がってくる。大伽藍《だいがらん》が波の上に立ちあがる。鍵盤に覆《おお》い被《かぶ》さるようにして恐るべき轟音《ごうおん》を打ち鳴らす美しいピアニストを、麻衣子は暗がりから凝視《ぎょうし》していた。


翌朝、仕事を回してくれている調律事務所に寄った。

「橘彩夏に振り回されたんだって？」

春日《かすが》ピアノサービスの社長、春日ユリが、含み笑いをしながら近寄ってきた。麻衣子は弱々しく微笑《ほほえ》み返しただけで、パソコンに向き直った。そこには春日ピアノサービスから麻衣子に振り分けられた調律の予定が入っている。

ピアノ調律師は一般家庭から学校、音楽教室、コンサートホール、結婚式場やライブ会場、どこででも仕事をする。歓楽街の地下にあるクラブを苦労して捜し当て、コンディションの悪いピアノ相手に悪戦苦闘したこともある。

「あの人、最初からヤマハで弾くと決めていたのかもね。今やスタインウェイもコストダウンのために製造ラインを機械化して簡略にしちゃったからね。昔のようないい材料も手に入らないし。でも迷ったふりをしてそこまでピアノのチョイスを引っ張るのは、彼女ならではだわ」

橘彩夏という人を知りつくしているユリは辛らつだ。麻衣子がパソコンの予定表をプリントアウトするのを待って「これに懲《こ》りずにコンサートホールでの仕事がきたら受けなさいよ」と励《はげ》ましてくれた。あなたみたいな腕のいい調律師はそういないから、とユリは続けた。

「ありがとうございます。まだ手探り状態だから、他のピアニストにつくのは自信なくて」

「え？　まさか橘彩夏の専属になるとか？」

「いいえ、それは——」

「ないわよねえ」

今年還暦《かんれき》を迎えたユリは、銀髪をひっつめにした頭を振った。ベテラン調律師でもある彼女は、調律の専門学校を出たばかりの麻衣子に、みっちりと仕事を仕込んでくれた恩人でもある。

先にピアニストである橘彩夏の自宅に通って調律をしていたのは、春日ユリだった。麻衣子が一人前になったのを見極めてから、それを譲《ゆず》ってくれた。二年と八か月前のことだ。ちょうどその頃、麻衣子は調律事務所である春日ピアノサービスを離れて独立した。独立したといえば聞こえはいいが、春日ピアノサービスが受注する仕事が減ってきて、正社員を抱えきれなくなったのだ。

ピアノが売れて売れてしかたがなかったバブルの頃と違い、今は厳しい時代だ。ピアノ人口もピアノの生産台数も減った。少子化と習いごとの多様化が追い打ちをかけ、ピアノ教師も調律師も生計が成り立たなくなってきている。廃業に追い込まれた調律師も数知れない。今、麻衣子は、ピアノメーカーや複数の楽器店、調律事務所の嘱託《しょくたく》として、調律の仕事をもらってなんとか糊口《ここう》をしのいでいる。それでも古巣の春日ピアノサービスから回ってくる仕事が一番多いし、そこを通しての顧客との付き合いは長い。師匠である春日ユリは、腹を割って話せる唯一《ゆいいつ》の人物でもある。二人きりの時には、「社長」ではなく「ユリさん」と呼ばせてもらっている。

麻衣子は季節ごとに代官山《だいかんやま》にある橘家の豪邸に出入りして、彩夏のピアノを調律していた。ユリが先輩調律師を飛び越して、彼女にここの仕事を回してくれたのは、気分屋で傲《ごう》岸不遜《がんふそん》な彩夏には、誰も付き合いきれないと判断したからだろう。口数も少なく、自己主張することもない一藤麻衣子なら務まると踏んだようだ。橘彩夏は、彼女の調律師としての腕を買ってくれて、今までユリを指名していたリサイタルの調律も、麻衣子に任せてくれるようになった。

彩夏のリサイタルが終わって一か月後、橘家が開くホームパーティに麻衣子が出席したのは、そのパーティで彩夏が新しく買ったピアノを弾きたいと言いだしたからだ。

彩夏が手に入れたのは、一九五三年製のベーゼンドルファー・170。音楽の都、ウィーンで生産された明るいフレンチウォルナット仕上げのピアノだった。ベーゼンドルファーは世界三大名器の一つで、ヤマハの子会社となった今も、他のメーカーがとうの昔にやめてしまった伝統的技法での手作りにこだわり続けている。彩夏の許《もと》に来たのは、ヨーロッパから入荷したピアノで、響板《きょうばん》もピアノケース自体も、今となっては手に入れにくいアルプス山麓《さんろく》のフィヒテ材を使用してある。

だが長期間倉庫で放置されていたせいで、中のアクションは再構築《リビルド》しなければならなかった。かなりの数のハンマーと軸《シャンク》を取り替え、弦は全部張り替えてあった。新しい弦はしばらく伸び続ける。安定するまで数か月は弾きこなす必要がある。でも彩夏は自分のスケジュールに合わせて、すぐにパーティをしてお披露目《ひろめ》すると言いだした。難色を示す麻衣子に、「じゃあ、いいことがある。あなたも来ればいいのよ。ずっとこのピアノのそばにいて面倒をみて」と言った。

彩夏のピアノ練習室は温度も湿度も完璧にコントロールされ、音響効果も考慮に入れたちょっとしたホール仕様になっている。椅子《いす》を並べれば、小さな音楽会を開くことも可能だ。麻衣子は彩夏が一曲弾くたびに、談笑する招待客を尻目にベーゼンドルファーの中を覗《のぞ》き込み、やかましい中、耳を澄ますはめになった。

パーティがお開きになった時には疲れ果てていた。それでも職業的な習慣で、ピアノのコンディションが気になる。明日ベーゼンドルファーで練習する彩夏のために、鍵《けん》を叩き、アクションの具合を確かめた。ウィンナ・トーンと呼ばれるベーゼンドルファー本来の音が出るには、もうしばらくかかりそうだった。ふと誰かが背後に立っているのを感じた。天屋根の下から頭を引き抜くと、彩夏の兄である陽一郎《よういちろう》が立っていた。

橘陽一郎——全国に高級ホテルやゴルフ場を展開する橘リゾートの御曹司《おんぞうし》。二年ほど前、急死した父親から会社を引き継いでからは、「イケメン社長」として雑誌に紹介されたりもした。数多くの女性と浮名を流しているらしいが、三十五歳になるまで独身を貫いている。妹がピアニストという華やかな職業に就《つ》いていることも相まって、週刊誌やワイドショーで時折話題になっている。特に興味もないが、顧客の兄ということで、そういう情報を聞くともなく聞いていた。

「続けて」

ピアニストの兄でも調律師のしている作業が珍しいのか、ただそう一言だけ言って、その後もじっとそこにたたずんで見ていた。すっかり調律し直した時には、広い音楽室には陽一郎と麻衣子の他、誰もいなくなっていた。彩夏でさえ、もう自室に引き上げたのか、声もしなかった。麻衣子は道具類をバッグにしまった。

「調律師って大変な仕事だね。それで君、いくらもらうの?」

不躾《ぶしつけ》な質問だったが、あまりに疲れ過ぎていて、頭がよく働かなかった。一回の調律で受け取る金額を陽一郎に告げた。これほどの時間拘束《こうそく》されるには、少なすぎる対価だ。でも本格的に整調や整音をするのでないかぎり、麻衣子レベルの調律師には一律の料金しか設定されていない。いかにも金持ちらしい反応で彼が驚くのを黙って見た後は、バッグを持ち上げて頭を下げた。早く家に帰りたかった。

「ああ、気がつかなかった。飲み物でもどう?」

と言われて初めて煩《わずら》わしいという感情が湧《わ》いてきた。セレブの気まぐれに付き合う義理まではない。

「結構です。もう失礼しますので」

玄関ホールのアンティーク時計が十時を打った。返事を待たずに身を翻《ひるがえ》そうとする麻衣子を、彼は引き止めた。

「なら、送るよ。今車を回してくる」

うんざりした。

「本当に結構ですから。駅も近いですし一人で帰れます。お気遣《きづか》いありがとうございます」

ぶっきらぼうな口調に、気持ちを込めたつもりだった。それは全く陽一郎には伝わらなかったようだ。大股《おおまた》に練習室を出て行きながら、ポケットから車のキイを取り出した。その時、彩夏が部屋に入ってきた。麻衣子を見ると、「あら、まだいたの」と言った。さっきのイブニングドレスからゆったりした部屋着に着替えていた。

麻衣子があの晩、陽一郎の車に乗ったのは、兄妹《きょうだい》がさっと見交わした視線に憎悪《ぞうお》としかいいようのないものを見出《みいだ》したからかもしれない。BMWの助手席に座った彼女に彼は、「君の顔がようやく見られた。今晩はピアノに向かう君のお尻しか見えなかったからね」と茶化したもの言いをした。こういう時に気のきいた会話をする才覚を、麻衣子は持ち合わせていない。ちょっとした興味から安易《あんい》に陽一郎の車に乗ったことを後悔した。どっと疲労感が押し寄せてきた。

陽一郎はピアノ調律師の仕事の内容を聞きたがった。彼はピアノにも、音楽にも全く興味がなかった様子だ。名の知れたピアニストを妹に持つということにも無関心だった。なかなか話に乗ってこない麻衣子に頓着《とんちやく》せず、しゃべり続ける若い経営者の横顔をそっと盗み見た。浅黒い肌。額《ひたい》にはらりと掛かった前髪の向こうに覗く切れ長の目。盛り上がった眉間《みけん》とすっと伸びた鼻梁《びりよう》。研《と》ぎ澄まされた鋼鉄の刃のような鋭さを感じさせる一方で、しなやかに長い睫毛《まつげ》を瞬《しばたた》かせる様子や引き結ばれた唇《くちびる》の片端をすっと持ち上げる癖《くせ》は、柔弱《にゆうじやく》で不安定な自分を持て余しているようにも感じられた。知らず知らずのうちに、麻衣子は彩夏と似たところを捜していた。

彼が本当は、前社長橘宗太郎《そうたろう》の愛人の子で、彩夏とは腹違いの兄妹だということはユリから聞いていた。山陰《さんいん》地方の由緒《ゆいしよ》ある温泉旅館から出発して、一代で今の橘リゾートを興《おこ》した宗太郎は、長く子宝に恵まれなかった。愛人に産ませた男児を引き取って跡取りにすることを決めた途端、世の常ではあるが、正妻に子供ができた。それが彩夏だ。彼女が女児だったせいで、陽一郎はそのまま継嗣《けいし》として育てられたという。実の母が病死したという事情もあった。

ハンドルを握《にぎ》ったまま陽一郎が、助手席へちらりと視線を送ってきた。一瞬だが、その双眸《そうぼう》に当惑《とうわく》と心細さとを見た気がした。まるで迷子になった子が立ちすくんで母親を捜しているような目だった。でもすぐに彼は前に向き直った。

「本当は調律師なんかに興味があるわけじゃない」

心の中でそっと溜息《ためいき》をついた。やはり彩夏と同じだ。この人が何を迷うというのだ。たとえ愛人の子であろうと、確固とした社会的地位と経済力とそれに伴う周囲からの敬意も羨望《せんぼう》も手に入れている人だ。黙って運転を続ける陽一郎との間に気まずい空気が流れる。

「――君に興味が湧いたんだ」

麻衣子は驚いて彼の横顔を見直した。でももっと驚いたことは、「私のお尻にですか?」と自分が返したことだった。陽一郎は声をあげて笑った挙句《あげく》、ぐっとアクセルを踏み込んだ。ＢＭＷは弾丸のように夜を走り抜けた。

麻衣子のワンルームマンションの前で、車は駐《と》まった。

「今度、食事に誘っていいかな?」

車を降りる直前に言われたその誘いを、どうして断らなかったのか、麻衣子にはよくわからない。兄である陽一郎の口から、彩夏のことを聞きたいとふと思ったことは確かだ。

あの輝かしい音楽を奏《かな》でる美しいピアニストを、もっと理解したかった。

車の中で、自分に真《ま》っ直《す》ぐに憎《にく》しみをぶつけてくる妹のことを、彼はこともなげにこう話した。

「あいつの気質を知り抜いている親父が、あの不撓不屈《ふとうふくつ》の精神力をぶつける先を他に向けようと早い時期からピアノを習わせたっていうのに、鍵盤を叩きつけるだけじゃあ、足りなかったみたいだ」

ただ単にその先を聞きたかっただけだった。

だから、陽一郎から指定されたレストランへ出掛けていったのだ。

彼は橘リゾートの重役連中、政財界の付き合い、彼の名声を目当てに近づいてくる人々（女性も含めて）にはすっかり辟易《へきえき》していた。的確なアドバイスはおろか当を得た受け答えすらできない麻衣子を相手に、陽一郎は堰《せき》を切ったようにしゃべり続けた。ずっとこういう会話ができる相手を捜していたのだと言った。きっとそれは率直《そっちょく》な彼の気持ちだったと思う。

長い間、この人は孤独だったのだ。私と同じに。

それでも麻衣子は、誘いに乗ったことを後悔していた。当然のように、次の約束を取りつける陽一郎に、戸惑《とまど》った。彼に深入りすることを恐れた。誰かに自分をさらけ出すということをしたくなかった。全く違う世界に住んでいる陽一郎との仲が発展するとは思えなかった。

自分の優柔不断《ゆうじゆうふだん》さは、わかってはいた。が、改めて嫌になった。なぜこういう人に振り回されなければならないのか、と。長年にわたって、自分の周りに作り上げた頑丈《がんじよう》な防壁を乗り越えて、傍若無人《ぼうじやくぶじん》にこちら側にやってこようとする男を憎みすらした。一流企業の若きトップの気まぐれが終わり、この不毛なやり取りが早くおしまいになることを、じりじりしながら待った。

彼女の世界には、音があるだけ。いつでも心を慰撫《いぶ》してくれる優しいピアノの音が。それを生業《なりわい》としていける、ささやかな世界を麻衣子は愛していたのだ。誰かが入り込んでくることは、恐怖以外の何ものでもなかった。

そんな苛立《いらだ》ちや不安を知ってか知らずか、陽一郎は時間を作っては、麻衣子を誘いだした。世間知らずの調律師に執着《しゆうちやく》することが、一流の企業人である彼にとって、どれほどの意味があるのか訝《いぶか》しい思いがした。ただ陽一郎が包み隠すことなく、自分の心情を吐露《とろ》しているということはわかった。

はからずも麻衣子は、橘家の内情にも通じた。五歳の時に橘家に引き取られたこと。母親であるべき正妻、艶子《つやこ》には辛《つら》く当たられたこと。母親の感情はそっくりそのまま彩夏にも引き継がれている。兄を見下す姿勢を隠そうともしない。父親が急死して、陽一郎に会社経営の一切《いっさい》の責務が移行されてからはなおさらだ。夫を亡くしたことで消沈《しようちん》してしまった艶子に代わって、兄陽一郎の出自の卑《いや》しさをあげつらい、父と比べてはその経営手腕の未熟さをこき下ろしたという。もし陽一郎がいなかったら、ピアニストなんかにならず、自分が橘リゾートを率《ひき》いていたとまで言ったらしい。

　陽一郎はそういういきさつをさも面白そうに語った。まるで聞き及んだ他人の家の醜《しゅう》聞《ぶん》とでもいうように。

　もう充分だと思った。この家族には深入りするべきではない。麻衣子はきっぱりと言った。食事が終わった後、居ずまいを正して。

「もう私に構わないでください」

　陽一郎は、唇の片端をすっと持ち上げるいつもの仕草《しぐさ》で応《こた》えた。

「あなたと私とは全然違う世界に住んでいるんです。もちろん、おわかりだと思いますけど。こうしているのは時間の無駄でしょう」

「そうかな？」珍しく少しだけ逡巡《しゅんじゅん》した。「僕はそうだとは思えないんだ。君と僕とは似ている」

「ばかな……」

　金持ち男のお遊びに付き合う気持ちは毛頭なかった。

「とにかく、二度と誘わないでください。私ももうお応えすることはないと思います」

　一気にそこまで言って席を立った。

店を出る麻衣子を、陽一郎が追ってきた。足早に去ろうとする彼女の肘《ひじ》を、陽一郎が捕まえた。

「待ってくれ」

「放してください」

「気を悪くしたなら、謝る。だから、僕の話をもう一回聞いてくれないか」

「お願いですから、もう私に関わらないでください。私は誰とも深く付き合う気はないんです」息を吸い込んだ。「もちろん、あなたでも。橘リゾートの社長だろうとなんだろうと、そんなこと、関係ないわ。ほんとにもうごめんなんです」

「なぜだ？　どうして君はそんな生き方をする？」

「あなたにそんなこと説明する義務はないわ」

麻衣子は、陽一郎の腕を邪険《じゃけん》に振りほどいた。一瞬、二人の視線が絡《から》み合った。

もし、この人が——と麻衣子は考えた。私がこうなるに至った経緯《いきさつ》を知ったとしたら、どんな反応をするだろうか。あのおぞましい幼少時代のすべてを知ったとしたら？

もちろん、そんなことをする気はなかった。今まで慎重に他人とは一定の距離を置いて生きてきた。春日ユリはおろか、自分の母親にすら、自分の深い部分に触れさせてはいない。こんな私が誰かを愛することなど、金輪際《こんりんざい》ないだろう。寂《さみ》しくはない。むしろ、そこにこそ安寧《あんねい》を見出している。

この人とは到底理解し合えない。こんなに無防備に自分のことを露《あら》わにしてしまう男とは――。

一歩二歩、彼を睨《にら》みつけながら下がると、そのまま麻衣子は歩き去った。今度は、陽一郎は追ってこなかった。歩きながら、ほっと胸を撫《な》で下ろした。これでまた、何も起こらない平凡で平穏な日々を取り戻せると。

皮肉なことに、その晩の二人の様子を写真週刊誌に撮られたことを、麻衣子は数日後の発売日まで知らなかった。

橘　彩夏

苦虫を噛《か》み潰《つぶ》したような顔って、こういうのを言うんだわ、と彩夏は母親を見て思った。その視線を感じたのか、艶子がふっと顔を上げた。

「この人、うちに出入りしている調律師でしょ?」

「ええ」短い言葉で答える。

艶子は、濃い色のレンズの眼鏡《めがね》をはずして、目頭を揉《も》んだ。

「陽一郎さんも困ったものだわ。こんな女と噂《うわさ》になるなんて」

「そうね」

「あなた、随分《ずいぶん》落ち着いてるわね」

母親に「あなた」と言われるごとに、彩夏の胸は小さな棘《とげ》を突き立てられたように痛んだ。

艶子の手には、写真週刊誌がある。その記事は、彩夏もじっくり読んだ。

『貴公子の火遊び』という見出しの下に、「橘リゾート社長、陽一郎氏の今度のお相手は、一般女性」と説明文が付いていた。レストランの前で揉み合うような格好《かっこう》の、陽一郎と、調律師の一藤麻衣子とが写っていた。麻衣子の顔の部分にはモザイクが掛けられていた。しかし、記事には、妹である橘彩夏のピアノの調律師だと書かれている。これでは、素《す》性《じょう》を明らかにされたも同然だ。

「ママは、この前の女性弁護士もだめだって言ったわ。東大卒の。いったいどんな人がお兄さんにふさわしいと思ってるの？」

「あの女は、頭がいいことを鼻にかけていたわよ。あんな女を、彩夏はお義姉《ねえ》さんと呼びたいの？」

「まさか」

「でも、今考えると、この子よりはましだったわね」

「ええ。私もそう思う」急いでそう付け加えた。「いつの間に、あなたの調律師なんかと親しくなったのかしらね」

「この前、私が開いたホームパーティに、一藤さんも出てもらったの。そこで知り合ったんだと思う。でもそんなに深い仲ではないはずよ。お兄さんが気まぐれに食事に誘ったんでしょ」

ついつい言い訳がましい口調になる。この母親の前では、彩夏は小さな子供のように萎《い》縮《しゅく》してしまうのだ。

「仲がどうだとか、そんなこと、どうでもいいわ。こんな無様《ぶざま》なところを写真に撮られるのが、問題なのよ」

「そうね」尻すぼまりに声が小さくなる。「一藤さんには、一言忠告《ちゅうこく》しておくわ」

「それがいいわね。今後一切、うちには関わらないでもらいたいわね」

「大丈夫。あの人は、おとなしい人だから」

「彩夏、気を許したらだめよ。橘家に入れるのなら何だってするっていう人は多いんだからね。陽一郎さんには、それなりの人と早く身を固めてもらわないと」

「わかった」

この人が、兄を疎《うと》んじていることはよくわかっている。当たり前といえば当たり前だ。兄は、愛人の子だから。兄の存在は、父が母を裏切った事実を、常に突きつけられているようなものだ。母が、橘家の後継者として、陽一郎を受け入れ難《がた》かった心情は理解できる。でも、兄という人を憎むあまり、彼のことに気を取られ過ぎていることに、母自身は気づいているのだろうか。

彩夏が母親の意に沿うように努《つと》めていることも、多分知らないだろう。

陽一郎が本当の兄だったらと、何度夢想したことか。それなら艶子の愛情を、まんべんなく二人で分かち合うことができただろうに。

彩夏には、小さい時から何でも与えられた。可愛《かわい》らしい洋服も、高価な玩具《おもちゃ》も、海外旅行も、専属の家政婦も。ピアノに才能があるとわかれば、最高のピアノ教育が施《ほどこ》された。

彩夏は三歳の時にピアノを始めた。十代になってすぐの頃から著名《ちょめい》なピアノ指導者の指導を受けた。私立の音大を卒業した後にスイスのジュネーブ音楽院に留学したという経歴を持つ。その間、国際的なピアノコンクールで六位入賞を果たす。だがどんなに有名なコンクールで入賞しても、プロのピアニストとして海外を飛び回れるなんて幻想に過ぎない。優勝者ですら一年後には忘れ去られるという厳しい世界なのだ。

それでも彩夏が日本でピアニストとしてもてはやされているのは、コケティッシュな美《び》貌《ぼう》と歯に衣着《きぬき》せぬ物言いが受けているせいだろう。テレビのバラエティ番組にも出演して、バラドル顔負けの受け答えをしている。それからもちろん、今は亡き橘リゾート前社長の娘という経歴も箔《はく》をつけている。稀有《けう》なほど恵まれた家庭環境とその経済力で、橘彩夏は常に話題の人だった。

　国際コンクールで入賞を果たした年、父親の橘宗太郎は、彩夏の名を冠した音楽財団を起《た》ち上げ、ふんだんな財力をつぎ込んだ。千葉県の柏《かしわ》市に財団が運営するAYAKAホールまで建てた。そこのこけら落としに、いろいろな楽器とデュオを組んだ演奏は、未《いま》だに語り草になっている。彩夏は出ずっぱりで、『ヴァイオリン・ソナタ』や『チェロ・ソナタ』、『クラリネット・ラプソディ』、『サクソフォン・ラプソディ』を弾いた。

　相手の演奏家は全員男性で、ピアノが伴奏をするというよりも、曲の主導権は常に彩夏が握っているような演奏だった。コンサートのタイトルを『浮気なデュオ』とするなど、話題作りとパフォーマンスの派手さだけは誰にも負けないピアニストと陰口《かげぐち》を叩かれることも、彩夏の瑕疵《かし》にはならない。

　母親は、彩夏を自慢の娘だと思っているだろう。でも、それだけだ。与えるだけ与えれば、相手は満足すると思っているのだ。本当に欲しいのは、そんなものじゃない。ただ平凡に母親に愛されたかった。懸命《けんめい》にピアノに打ち込んだのは、母の気を引きたかったからだ。でもそれでは足りなかった。

　憎い義理の息子に向けられる彼女の視線の、ほんの少しでも自分に向けられれば――。だから、彩夏は、母の味方であることを示すために、兄を憎み、兄に近づく女性にケチをつけ、選んだ兄を愚弄《ぐろう》するのだ。こんなやり方は子供っぽいと、自分でも思う。でもそうするしか、冷たい母親に寄り添う方法を知らなかった。それでも憎悪に凝り固まった母の心は、容易に溶けなかったけれど。

だから今回も、麻衣子を呼び出して忠告した。

「あなたが兄と付き合っているなんて、驚きだわ」

「誤解です。私は陽一郎さんとは何でもないんです」

臆病《おくびょう》で、人付き合いが苦手そうな麻衣子にしては、幾分苛立ったような口ぶりだった。

さすがに自分が載った記事は読んでいるようだ。彩夏は憐《あわ》れむような目で麻衣子を見た。

「兄は本気ではないわ。あの人のこと、よくわかっていないのかもしれないから、忠告しておいてあげる」

「あの人」と言う時、彩夏はわずかに口を歪《ゆが》めた。母の真似《まね》だとわかっている。麻衣子は小さくため息をついた。慎重に言葉を捜しているようだ。視線をリビングルームの窓にやった。窓の向こうの広い庭を、精悍《せいかん》なドーベルマンが走り抜けた。

彩夏は忌々《いまいま》しげに立っていくと、ガラリと素通しの窓を開け放った。

「また犬が放たれてるわ！　誰かケージに入れてちょうだい！」

すぐに若い男性が現れて、ドーベルマンの首輪にリードを掛けた。

「申し訳ありません」

中原《なかはら》という名の男は、この家に雇《やと》われている使用人で、数台ある車の管理や時にはその運転を引き受ける。犬の世話も重要な仕事だ。ドーベルマンは、陽一郎の愛犬で、ブリッツと名付けられていた。陽一郎には従順だが、彩夏と艶子には懐《なつ》かない。今も去り際に、ブリッツは彩夏に向かって歯を剝《む》きだして低く唸《うな》った。

「早く連れていきなさい!」

中原は慌ててブリッツのリードを強く引いて歩き去った。

「兄は——」部屋の中に向き直った彩夏は、刺刺《とげとげ》しい態度を崩さずに言った。「兄は、今まで多くの女性と浮名を流してきたの。でも誰のことも本気で愛さなかった。ただ気ままに遊んでいるだけよ」

彩夏は、有名な女優や、美人アナウンサーや経営コンサルタント、若い大学教授などの名前を挙げた。

「そういう人とばかり付き合っていて、飽《あ》きたんでしょうね。あなたはつまみ食いされただけだと思うわ。悪いけど」

「だから、私はそういうのじゃないんです。どうかご安心ください。これ以上、橘家にはご迷惑をおかけしませんから」

本当に陽一郎とは何でもないのだろうと察せられた。しかし麻衣子が余裕とも取れる笑みを浮かべるのが気に入らない。今まで陽一郎が相手にしてきた女性とは、全く異種の人物だ。色白で目鼻立ちも整い、ほっそりとした体形。でもそれだけ。街ですれ違ったとしてもすぐに忘れてしまうような地味な女。もしかしたら、陽一郎の方は、本気なのかもしれない。ちりちりと嫌な予感が彩夏を苛《さいな》んだ。

遠くでブリッツの鳴き声がした。ケージに入れられるのを嫌がっているのだろう。彩夏は疑り深い目で、じっと麻衣子を凝視した。おとなしそうで、内気なのに、決して彩夏の思い通りにはならないと訴えている気がする。彩夏の中の嗜虐性《しぎゃくせい》が、むくりと頭をもたげた。こういう人種は、徹底的に打ちのめしてやりたい。

「あの人と寝たの？　まさかもうお腹に子供がいるなんてことはないでしょうね」

麻衣子は絶句した。

「もしそうなら堕《お》ろしてもらうしかないわね。まだ間に合うでしょう」

彩夏はパールピンクのルージュを塗《ぬ》った唇の端を上品に持ち上げて惨《むご》いことを口走った。

「兄に今はその気がなくても、橘家の跡を継ぐ人に変わりはないんだから、ちゃんとした家の教養のある女性と結婚してもらわなくては困るの。わかるでしょう？」

これも母の受け売りだ。今までに何度か、このセリフで女性を陽一郎から遠ざけた。血のつながらない息子への嫌がらせとして。

「どうぞご自由になさってください。私には関係ありませんから」

麻衣子の唇が小さく震えているのを見て、ようやく気が済んだ。麻衣子は、ようようのことで感情を押し込めている。そんな調律師を、腕組みをして一瞥《いちべつ》する。

「ピアノの調律は今まで通りお願いするわ。あなた、最高の調律師だもの。でも――」すっと彩夏は目を細めた。「あなたって、とても――とても嫌な感じがするの。調律師としての腕は買うけど、家族にはしたくない」

はっと見返した麻衣子を、彩夏は真っ直ぐに見据《みす》えた。

「気を悪くした？　でも、私の直感って結構当たるのよ」

これは彩夏の本心から出た言葉だった。飾り気のない柔弱な調教師の奥深いところにある小さな黒い染み――。この人は何かを隠し持っているという気がした。

一藤麻衣子

彩夏は言葉通り、麻衣子を調律の仕事からはずさなかった。家族にはしたくないけれど、仕事では使う、というところが冷酷《れいこく》に割り切ったものの考え方をする彩夏らしかった。彼女が出演するリサイタルやコンサートにも今まで通り同行するよう依頼された。

「ものは考えようよ。私もずっと考えてたの。あなたはコンサート・チューナーになれる資質を持っている」

ユリはそう言って、麻衣子の背中を押した。コンサート・チューナーとは、音楽ホールやレコーディングスタジオなどでプロのピアニストが弾くピアノの調律を専門に請け負《お》う調律師のことだ。中には高名なピアニストから指名されて彼らのコンサートについて回るチューナーもいる。でもそうなるには、ただ調律の腕がいいだけではだめだ。ピアニストの意図《いと》を汲み取り、彼らが望む最善の形でピアノを整えておく能力や、音響に関する知識、音楽的センスも必要だ。時にはピアニストにアドバイスをし、ふいのアクシデントにも臨機応変《りんきおうへん》に対応しなければならない。日本にはそんなコンサート・チューナーは数えるほどしかいない。

ユリの気持ちは有り難いけれど、麻衣子はどう考えてもそんな派手な仕事には向いていないとわかっていた。彼女は、初めてピアノを習う子供たちにいい音を用意してあげたいし、長い間、捨て置かれたピアノに命を吹き込んでやりたいし、純粋に音楽が好きな人々のためにどんなピアノもよく鳴るようにしてあげたかった。麻衣子が幼い頃、ピアノを習っていた時の幸福感と高揚《こうよう》感を、音を通じて誰かに共感してもらいたかった。今も小さな手を鍵盤の上にそっと置いた時の感触を忘れてはいない。

「もったいない。せっかくのチャンスなのに。あなたの耳は特別よ。その欲の無さがあなたの成長を妨《さまた》げているわ」

ユリの言葉にまた曖昧《あいまい》に微笑み返したものだ。

ユリはコンサート・チューナーとしての仕事も引き受ける。一度はピアニストを目指して音大を出たユリには、ピアニストの気質や技量を見抜く力も備わっている。そういう点が重宝《ちょうほう》がられていて、いくつかの音楽ホールと契約を交わしている。麻衣子も何度かそういう場に立ち会わせてもらった。でも調律という仕事は、補佐役などとして手伝えるものではない。たった一人の孤独な作業なのだ。ただ見て、聴いて勉強するしかない。その経験を積ませてもらったことは有り難かった。ユリは、自分が引退した後のことまで考えて、麻衣子にコンサート・チューナーの仕事を譲ろうとしたのかもしれない。

しかし、麻衣子にその方向性を無理に押しつけることには二の足を踏んだ。それで食べていけるまでには相当な時間がかかる。正社員から嘱託になった麻衣子の生活を保障することすら難しい。春日ピアノサービスだっていつまで続くかわからない。時間をかけて人を育てられる余裕がなくなってきている。

そうこうするうちに、ユリと契約を結んでいた音楽ホールがひとつ、閉館することになった。バブル時代に地方自治体は、競って税金で音楽ホールを作った。そのハコモノは、今や地方自治体のお荷物になり下がっている。経済不況のあおりを受けて、クラシックコンサートに足を運ぶ人が減ったせいだ。コンサート・チューナーが必要とされる機会は、ますます少なくなるばかりだ。ユリも残念がりながらも、それ一本でやっていけとは言わなくなった。

それでも彩夏の申し出を受けて彼女のリサイタルでの調律を請け負っているのは、麻衣子のささやかなプロ意識だ。ピアニストが自分を選んだ以上、それに応えたかった。

調律という作業のみに限定すれば、コンサート会場だろうとマンションの一室の一般家庭だろうと、麻衣子にはあまり関係がない。張りつめたピアノの弦を打つ度に、彼女の中のあらゆる細胞が音に向かうのだ。麻衣子は常に聴いている。呼吸するみたいに――。

調律師が行うピアノの音の聴き分けは、たくさんの小鳥の囀《さえず》りの中から、たとえばヤマガラの声だけをより分けて、それに集中するようなものだと言われている。麻衣子の耳は、愛媛県で過ごした子供時代にそういう訓練をいやというほど積んでいた。

山あいにある伯父《おじ》の家。閉じ込められた納戸《なんど》の暗闇の中、視覚を奪われた彼女は、聴覚を研ぎ澄ますしかなかった。麻衣子は板戸の隙間《すきま》に耳を当て、貪《むさぼ》るように家の中の音を聴いていた。伯父が見ているテレビの音、家事をする伯母《おば》があちこち歩き回る音、食器類がガチャガチャと触れあう音。

それからもっと小さな物音。たとえば家の中を自由に飛び回る蠅《はえ》の羽音を麻衣子は聴いた。ガラス窓に何度も体当たりする小さな硬い音や、息絶えてポトリと床に落ちる音まで。洋間にある猫足のサイドテーブルに載せられた飾り時計の音も憶《おぼ》えている。それは和時計の形をしていて、上部には両側に分銅《ふんどう》をぶら下げた棒天符《ぼうてんぷ》が渡してあった。棒天符は、カチコチと交互に動いて秒を刻んでいた。古い冷蔵庫のモーター音は常に家の底にある通奏低音だ。それらの雑音は混じり合い、絡まり合って家の中に沈殿《ちんでん》している。しかし一旦《いったん》精神を集中させれば、麻衣子はその一つ一つを聴き分け、動きを追うことができた。

夜には、彼女の聴覚は際《きわ》だって鋭敏《えいびん》になった。しんと静まりかえった家の中。家のすぐ裏手を流れていた肥治川の流れの音は、一段と大きくなる。麻衣子は音だけで水の量や速さ、濁《にご》り具合まで知ることができた。声を出すことを憚《はばか》るような密《ひそ》やかな母の声は、細い糸のように耳に流れ込んできた。

そこで培《つちか》われた能力が、今の麻衣子を聴覚の職人として生かしていると知れば、あの伯父はどんなふうに思うだろう。姪《めい》からピアノを取り上げた男は――。

私はあの苛酷《かこく》な運命に打ち勝ったのだ、と麻衣子は思う。ピアニストにはなれなかったけれど、ピアノという全能の楽器に関わって生きる人生を自分の力で取り戻した。だから私は発達した耳を使ってピアノの芯にある音に触れ、音律という織物を織り上げていく。

陽一郎からの連絡は途絶《とだ》えた。

セレブ男の気まぐれも、マスコミに騒がれたおかげで、ようやくおしまいになったということか。写真雑誌に載せられるのなら、もっと話題性のある相手を選べばよかったと後悔しているのかもしれない。もうあの兄妹に煩わされることもないと思うと、麻衣子はようやく安堵《あんど》の吐息《といき》をついた。まったくつまらないことに巻き込まれたものだ。

しかしあの記事の反響は大きかった。春日ピアノサービスにも、いくつかのマスコミから問い合わせがあったらしい。ユリはまともに相手にしなかったようだが。

「あなたが一般女性だったことで、かえって陽一郎氏の本命だって思われたのかもね」

ユリは、騒がれてもどうせ一時のことと腹をくくりなさいと言った。陽一郎が別の女性と噂になれば、すぐに消えてなくなる話題なのだろうけど、麻衣子は不快だった。

伯母の幸枝《さちえ》が心配して電話をかけてきた。伯母はあんな雑誌など読まないのだけれど、その記事のことは、ワイドショーなどでも面白《おもしろ》おかしく取り上げられたのだった。

「麻衣子ちゃんらしくもない。いったいどうしたん?」

東京で暮らして長いのに、まだ伊予《いよ》の訛《なま》りが残る口調で幸枝伯母は言った。

「心配かけてごめんなさい。あの記事は全くのでっち上げ。橘彩夏さんのピアノを調律させてもらっているから、そのせいで――」

麻衣子は手短に説明した。幸枝は大仰《おおぎょう》にため息をついた。

「あの、伯母さん――」急いで言葉を継ぐ。「お母さんは、どうしてる?」

「元気よ。でもこのことは耳に入れてないんよ。あの人、いらんことをくどくど考えるから」

ちくりと心が痛んだ。母とはうまくいっていない。本当なら、実の娘である麻衣子が面倒をみるべきなのに、伯母に母親を押しつけているという負い目があった。他人が見てもおかしな同居生活だ。なにせ、母と伯母とは血のつながりがないのだから。幸枝伯母は、死んだ父の兄の奥さん。つまり、母にとっては義姉《ぎし》にあたる人だ。

「でもな、たまには顔を見せてあげて。お母さん、最近、血圧が高くてね」

「わかった。伯母さん、ほんとにごめんね」

「気にせんでいいよ。麻衣子ちゃんは、いつでもそうなんやから。伯母さんも一人でおるより、なんぼかええわ。お母さんと暮らす方が」

「今度の週末には行く」

「わかった。あんたの好きなもん、こしらえとくわ」

電話を切って、心の中で幸枝伯母に手を合わせた。

麻衣子が、曲がりなりにもこうして自立した生活が送れるのは、彼女のおかげだ。もし、母と二人で東京に出てきていたら、共倒れになっていたに違いない。母は誰かに寄りかからなければ生きていけない人だ。自分は常に庇護《ひご》されるべき身だと思い込んでいる。当然生活能力もないが、それを恥ずかしいとも、情けないとも思わない。

娘である麻衣子が、そんな母を疎ましがり、決してああはなりたくないと思っていることも知らないだろう。さっぱりした性格のユリが、奇妙な母娘《ははこ》関係を問うたこともあるけれど、母との間に横たわる複雑な事情を語ることは決してできない。

一度狂った歯車は、どうしたって元には戻らない。

母は死ぬまであの調子だろうし、麻衣子は母とはずっと一定の距離を保っているに違いない。そうしていられるのは、すべて幸枝伯母がいてくれるからだ。

「お母さんを甘やかしたんは、お父さんやろかねえ」

一度、伯母が冗談半分にそう言ったことがある。あの依存体質は、生まれつきのものなのかもしれないが、それを増長させたのは、確かに父だろう。快活で、能動的でよくしゃべる人だったと記憶している。事業を次々に興《おこ》し、骨身を惜《お》しまず働いていたようだ。商才もあり機転もきいた人だった。何事にも円転滑脱《えんてんかつだつ》に対応して、そつがなかった。

うちでは何でも父が決めていた。面倒なことは、たいてい父が引き受けていた。お金の運用も、人づきあいも、交渉ごとも。母は郵便局や銀行にすら行ったことがなかったのではないか。

父がカワイのアップライトピアノを、妻にも娘にも黙って購入したのは、麻衣子が四歳の時だった。その当時、父が何の商売をしていたかよく憶えていない。だが、羽振りがよかったことは確かだ。住まいは大田《おおた》区の山王《さんのう》だったと思う。JR大森《おおもり》駅の西側にあたるその地域には、古くからの洋館が建ち並んでいた。昭和初期には、多くの文士や芸術家が移り住んだ場所だ。高級住宅街には違いないが、いかにもという派手さはない落ち着いたたずまいだった。

　そういう場所に麻衣子たち一家は移り住んだ。その前にどんな所に住んでいたかは、幼すぎて記憶がないのだが、庭付きの一戸建てに入った途端、「大きなおうち！」と叫んだことを憶えているから、その頃一気に暮らしぶりがよくなったことは確かだ。麻衣子は可愛らしい制服の幼稚園に入園した。送り迎えする母は、おしゃれな服を着て、念入りに化粧していた。麻衣子はそんな母が誇らしかったが、今思えば周囲からは浮いていたと思う。

　父自身は、たいしていいものを身に着けたりはしなかった。母は料理があまりうまくなかったけれど、そんなことに文句《もんく》も言わなかった。彼の生きる指針は、ただ妻と娘に贅沢《ぜいたく》をさせることだったのかもしれない。世間知らずの妻がより純朴《じゅんぼく》に、可愛い娘がより愛らしく、そして幸せに笑っているために使える金を儲《もう》けようとしたのだ。そういう意味では、母は最適な妻だったろう。いい時も悪い時も父に頼りきり、人形のように微笑んで、父が与えるものをただ享受《きょうじゅ》していた。そして麻衣子はその付属品だった。母と麻衣子は、囲われた柵の中で平和に草を食《は》む羊だった。

「ほら、麻衣子、いいものを買ってきたよ」

　居間に運び込まれるピアノを、目を丸くして凝視している娘の頬《ほお》を、父はそっとつついた。誕生日でも何でもない日だった。

「麻衣子ちゃん、明日からピアノを習いにいかなくちゃ」

母も屈託《くったく》のない笑い声をあげた。

麻衣子は椅子に腰かけて鍵盤を撫でる。

「弾いてごらんよ、麻衣子」

父に促されて、麻衣子はそっと白鍵を押してみる。

ポロン、ポロン――

音がつながっていく。胸が熱くなる。これが私のものになった。こんな大きな楽器を弾けるなんて――。言葉が出てこなかった。

きっとあのままの生活が続けば、麻衣子も何の疑いもなく母と似た女性になっていただろう。父の理想の女性像に。

でも父は結局彼女の成長した姿を見ることはなかった。彼がしたことは、あんなに愛した妻と娘を顧《かえり》みることなく、自宅近くのマンションの屋上から飛び降りることだった。

幸枝伯母と母は、足立《あだち》区の西新井《にしあらい》に住んでいる。

別にこの土地に地縁があったわけではない。母はもともと北関東の生まれの人だったけれど、もうこちらには身寄りがない。愛媛から出てくる時、伯母が頼った不動産屋が紹介してくれた中古の一軒家だ。西新井は、古い木造住宅の連なりの中に、にょっきりと新しいマンションが建つ、どこにでもある下町の風情《ふぜい》だ。町工場も多い土地柄だ。麻衣子が一緒に住んでいた頃と変わったのは、その町工場がいくつか廃業した後に若い人が入ってきて、工房を開いたりアトリエにしたりしているところか。それから外国人向けの安宿も増えた。それら新参の人たちによって妙な活気を呈《てい》している。

伯母が買った家は、西新井大師《だいし》の裏手にあった。たいして物件を見て回ることもせず、「お大師さんのそばなら、間違いないやろね」と決めた。四国は、弘法《こうぼう》大師の国だから、そんなところで決めてしまったのだ。

一藤家は、愛媛の山奥にある七富利《ななとり》村で十数代続く名家だった。父はその家を後にして、都会で一旗揚げるつもりだったようだ。父が亡くなった後、皮肉にも母は麻衣子を連れて父の兄である日出夫《ひでお》伯父を頼った。それしか生きていく術《すべ》がなかった。そして十年の年月をそこで暮らした。麻衣子が夜明け前に見る夢に出てくる重厚《じゅうこう》な屋敷がそれだ。七富利村がダム建設のため、ダム湖の底に沈むことになり、村民は住み慣れた土地を追われた。伯母は県が用意した代替地や、知り合いのいる土地ではなく、都会に出るという選択をした。最後の村長だった日出夫伯父は、村が無くなる直前に不幸な死に方をしていたから。

一藤家は今、ごちゃごちゃした都会の片隅でひっそりと終わりを告げようとしていた。

「元気にしとったの?」

幸枝伯母は、玄関に立った麻衣子を招き入れながら言った。

「ええ」

「仕事、忙しいんかね?」

「まあまあ。ごめんね。あんまり来られなくて」

「そんなことはええがね。はよお上がり」

上《あ》がり框《がまち》に足を置くと、みしりと板が鳴った。麻衣子たちが移り住んだ時でも、築二十年は過ぎていた。あれからもう十五年も経つのだから、相当に古い。それに狭い。七富利村で住んでいた、迷うほど広く天井の高い屋敷を思うと、雲泥《うんでい》の差だ。だが、伯母は「こっちの家の方が住みやすい」と言う。「歴史のある大きな家なんか、不便で寒いだけよ」と。

「郁子《いくこ》さん、麻衣子ちゃんが来たよ」

居間で伯母が奥に声を掛ける。それに答えるでもなく、のっそりと母が姿を現した。

「お母さん、体の具合はどう?」

母が口を開く前に、麻衣子の方から声を掛ける。母は不定愁訴《ふていしゅうそ》とでもいおうか、年から年中「あそこが痛い」「ここが動かない」と言い続けている。大儀《たいぎ》そうに座布団《ざぶとん》の上に座り、ひと通り、体の不調を訴える母の言葉に耳を傾ける振りをした。幸枝伯母は、台所に立っていって、お茶菓子の用意をしている。

「そう。それは大変ね。大事にしなくちゃ」

ろくに話を聞いていないくせに、麻衣子は深刻な顔を作ってみせる。お盆を持って現れた伯母が、どこそこの病院では、こう言われた、ああ言われたという話を付け加える。それにも神妙に相槌《あいづち》を打ってみせる。伯母も母の気持ちに沿うように話しているのだとわかる。そう思うと、無気力でマイナス思考の母と暮らしてくれる伯母に感謝の念を抱かずにはいられない。何十年も前、この二人の間に起こったことを思えば、なおさらだ。

あの因習《いんしゅう》にまみれた土地から離れること、病的なほど人に寄りかかり、負のエネルギーを撒《ま》き散らす母との間をとりもってくれたこと、それが伯母が麻衣子にしてくれた最良のことだった。

「お母さんのことは心配しなくていいよ。年寄り二人で、何とか生きとるからね」

「年寄りだなんて。伯母さん、まだ七十歳にもならないのに」

伯母は「ふふふ」と笑う。そばで母はむっつり黙っている。一回りも年下の母なのに、伯母よりも、ずっと年を取っているように見える。伯母は美しい人だ。年を重ねた今も変わらない。張りは随分失われたとはいえ、染みひとつない白い肌に、はっきりした目鼻立ち、流線型の眉《まゆ》。もっと若い時には、あんな田舎《いなか》にいるのが不思議なほどの美人だった。でもそんなことには、昔も今も伯母は無頓着だ。

「毎日お大師さんにお参りして、やってることはやっぱり年寄りだよ。お母さんも誘うけど、まあ、この人がついてくるのは、三回のうちに一回やわ。ほら、整形外科の先生は、歩かないかんて言うでしょうが」

半《なか》ば母に向かって言う。

「ねえ、お母さん、今年は三人で旅行にでも行かない？　私が旅費くらいはなんとかする。段どりもする。遠くでなくても、ほら、鎌倉《かまくら》とか、鬼怒川《きぬがわ》でもいいね」

「気が向かないね。そういうことは」

「じゃあ、どうしたいわけ？　お母さんは」もう何度も親子の間で繰り返されてきた不毛なやり取りだ。わかっているけど、言葉がこぼれ出す。「お母さんは気鬱《きうつ》になってるのよ。もうちょっと生活を楽しもうと思わないの？　伯母さんにも悪いわよ」

伯母が居心地《いごこち》悪げに、そばで身動《みじろ》ぎをした。

母は、ゆっくりと首を回して麻衣子を見た。その母を、麻衣子も真っ直ぐに見返した。

母は――この人は、こうして作りあげた悲嘆《ひたん》と憂苦《ゆうく》の砦《とりで》から出てこようとしない。人生を立て直すという努力を厭《いと》い、失墜《しっつい》感を抱えている。夫に死なれて以来、負の感情に支配されたままなのだ。そういった生き方は、彼女自身の人間性を損《そこ》なうだけでなく、たった一人の娘の人格まで浸潤《しんじゅん》し続ける。私が臆病で目立つことを極端に嫌うのは、この母のせいだ。会うとつい、麻衣子はそこを突きたくなる。

「お母さんは何もかもをすっかり諦《あきら》めて生きてるのね。お母さんがしょっちゅう痛みを感じるのは、心因性だってお医者様に言われたじゃない。心療内科に行ってみた方がいいって」

母は、まじまじと麻衣子を見据えた。灰色がかった瞳は娘をとらえているはずなのに、どこか虚《うつ》ろだ。前かがみの姿勢といい、脂肪を蓄《たくわ》えた体をだるそうに動かす仕草《しぐさ》といい、およそ活力などというものからかけ離れた姿態《したい》だ。目の下の垂《た》れた涙袋がぴくりと動く。

それからゆっくりと口が開いた。

「心を病《や》んでいたのは、あんただろ?」

「またそんなことを……」

言葉が詰まった。母が麻衣子にした酷《ひど》い仕打ちの一つは、子供の彼女を精神科にかからせて「おかしな子」という烙印《らくいん》を押そうとしたことだ。あの頃、混乱の極みにあった我が子を持て余し、病気だという安易な結論に落ち着かせようとしたのだ。そうすれば、少なくとも母親失格とは言われないだろうから。

「診断だってちゃんと出たんだ。一か月も入院して――」

「でもちゃんと治療を受けて退院した。私は私でしっかりやってる」

母は暗い顔をゆっくりと左右に振った。

「悪かったね。そうだ。あんたはあんたでうまくやってるよ」

これでこの話はおしまい、とでもいうように、彼女は口をつぐんだ。

「そうだよ。麻衣子ちゃんは、しっかり者よ」横から伯母が口を挟む。「郁子さん、そんな前のことをここで言うことなかろうがね」

一度黙り込んだ母は、頑として口をきかない。

結局、伯母に送り出されるように、麻衣子は家を出た。伯母には悪いが、母と離れて一人暮らしをしてよかった。母のそばにいると、また過去に囚《とら》われて苦しむだけだ。恐怖や哀《かな》しみは、明け方の夢だけで充分だ。

帰りに春日ピアノサービスに寄ろうと、品川《しながわ》の駅で降りた。

「一藤さんですよね？　一藤麻衣子さん」

背後から声を掛けられた。足を止めた麻衣子の前に、男が立ちふさがる。本能的に顔を背《そむ》けた。

「あの――ちょっといいですか？」

男を避《よ》けて立ち去ろうとしたが、男は麻衣子の行く手を阻《はば》んだ。

「ちょっとお話を聞かせてもらえませんか？」

つい足を止めた。春日ピアノサービスの近くでもあり、調律の関係の人だろうかと勝手に推測してしまった。

「あの、私、こういうもので――」

ごそごそとジャケットの内ポケットから名刺を取り出し、渡される。それを一瞥《いちべつ》して、舌打ちしたい気持ちになった。名刺の肩書きには、フリーライターとあり、三谷賢二《みたにけんじ》という名前が印字してあった。

「橘陽一郎氏とはどういうご関係ですか？　写真に撮られたのは、どういういきさつで？」

一瞬口ごもる。例の写真週刊誌のデタラメ記事に絡めて、さらにつまらない記事を書こうとしている輩《やから》が大勢いるのだ。それを面白おかしく読む読者も。

「橘家は、私の顧客です。それだけです」

毅然《きぜん》とした態度を取ろうとするが、声はあまりにか細い。

「でも個人的な付き合いはあるわけでしょ？」

相手は食い下がる。こういう人種と対峙《たいじ》したことのない麻衣子には、戸惑いしかない。

「ありません」

振り切ろうと背を向けた。

「一対一で食事するほどの仲ではあるわけだ」

さすがにむっとした。

「お引き取りください。何もお話しすることはありませんから」

「じゃあ、今回のことは誤解だと？」

「そうです」

思わず答えてしまい、相手のペースに巻き込まれているのでは？　と不安になる。

「そうですか。とんだ災難だったわけだ。あなたにとって」

災難だったと思っているのは、陽一郎の方だろうと思ったが、そこまでは言わなかった。一刻も早くライターなどという人物から離れたかった。

「じゃあ、失礼します」

足早に立ち去ろうとする麻衣子の背中に、三谷の声が飛んできた。

「これも隠れキリシタンの呪いでしょうかね？　東京まで出てきたのに」

足がぴたりと止まった。振り返る勇気のない麻衣子の前に、ゆっくりと男が回り込んできた。

「こんなところで、七富利村の出身者に会えるとは思わなかったですよ」

「あなた――誰？」

声がかすれた。

男は、余裕のある笑みを浮かべた。自分が発した言葉が、どれほどの重さがあるのか、よく知っているという態度だった。改めて正面に立った男を見た。くたびれた安物のジャケット。シャツの襟元《えりもと》に細い銀のチェーンが見え隠れしている。退廃《たいはい》的な匂いが漂う。

「私も七富利村の出なんですよ」

足下がぐらりと揺れる感覚。耳の奥でぴしゃりと水が跳ねた気がした。

三谷賢二

「私も七富利村の出なんですよ」

三谷は、噛んで含めるように言った。「まあ、あなたは憶えていないと思いますがね。こんな所で会えるとはね。あの記事の追加取材を頼まれて、橘氏の今度のお相手を探っていたら――」

相手は凍りついたように動かない。視線は、ひたと三谷をとらえたままだ。

「一藤って珍しい名字ですからね。もしやと思ったら案の定だ。七富利村最後の村長の姪《めい》ごさん、だったですよね」

狙いすました一撃で、一藤麻衣子は観念したようだった。血の気《ちけ》がすっと引いたような青白い顔だ。近くの喫茶店《きっさてん》に誘うと、抵抗することもなくふらりと後をついてきた。

奥まった席に着いた時は、茫然自失《ぼうぜんじしつ》といった態《てい》だった。それでも、三谷の顔を窺《うかが》いながらしきりに自分の記憶を探っているように見受けられた。

「村を離れた時、俺は二十二歳だったから、中学生だったあんたがよく憶えていないのは、当然だね」

青白かった顔にすっと赤みが戻った。急にぞんざいな口ぶりになった三谷に怒りを覚えたか。いい兆候《ちようこう》だ、と三谷はそっとほくそ笑んだ。相手の感情を掘り起こすことから取材は進む。彼女の記憶喚起《かんき》を助けるために、口を添えた。

自分は七富利農協のガソリンスタンドで働いていたのだと言った。一藤の家にも、灯油を何度も配達したことを伝えたが、麻衣子は首を傾《かし》げた。

「クレイジー・ムーン」にやりと笑ってやると顔を背けた。「これ、俺たちが組んでたバンドの名前なんだけど。村で唯一のロックバンド」

自分で言っておいてぷっと噴《ふ》き出した。

「そう嫌な顔をするなって」と三谷は馴《な》れ馴れしく言う。「馬鹿な野郎が集まって騒いでただけだ。村に残る若いもんは少なかったから。消防団にも青年団にも入らされて、健全な活動もやってたんだ」

耳をつんざくようなエレキギターの音や、がなり立てるようなボーカルの声が甦《よみがえ》ってきた。練習もしたけど、いくらやってもへたくそな演奏だったと思う。あの晩も、悦《えつ》に入って演奏していたのだ。あの晩——村長が死んだ晩。

同じ記憶にたどり着いたのか、麻衣子は途端に顔をしかめた。

三谷は煙草《たばこ》のパッケージをポケットから取り出したが、それが空なのに気づいてひねり潰した。

「今、フリーのライターをしているんだ。前は雑誌の専属ライターをしていたんだけど、それだけでは食えないんでね」

彼は雑誌の名前を口にしてみた。けれど、覚えのない名前だったのだろう。麻衣子は反応しない。

「田舎もんがもの書きなんかになったのにびっくりしたって顔してるよ」

どうにかこちらの話題に釣り込みたくて、一人でしゃべり続ける。

「あんた、知ってるか？　村がなくなってからの七富利村の人たちのこと」

そう尋《たず》ねられてようやく麻衣子は首を横に振った。とっかかりができた。きっとこの女は、東京に出てきてから、同郷者とは関わりを絶ったのだ。特に麻衣子は、あの村にはいい思い出なんかないだろうから。

三谷が聞き及んだ元村民の消息を、一方的に伝えた。

かなりの補償金をもらって村を離れた人々だが、貧しい山村でつましく生きていた住人が、思いがけずまとまった金を手にしたのだ。代替地に豪邸を建て、固定資産税が払えず手放してしまったなどという話はまだいい方だった。別の地で新しい商売を始めて失敗し、一財産を失った話。金の分配をめぐって仲のよかった家族が見苦しく罵《のの》し合い、挙《あげ》句《く》訴訟や傷害事件に発展したという話。彼らの懐《ふところ》を狙った詐欺《さぎ》事件も横行《おうこう》したという。

気のいい元村民は、うまい儲け話にころりと騙《だま》されてすべてを失った。村を離れて数年間は、自殺者も何人か出たらしい。特に悲惨《ひさん》な出来事に遭遇《そうぐう》しなくても、生活ががらりと変わったのだ。慣れない場所での慣れない仕事、人と人とのつながりも失われ、孤独に苛《さいな》まれて自ら命を絶つのだ。

「俺もさ——」自分のことも、さもないことのように付け加える。「結構な金を懐に入れて東京に出てきたんだ」

山林や畑を所有していた彼の家にもそれ相応の補償金が払われた。村を出てすぐに父親が病死し、弱った母親を姉に押しつけて、三谷は都会を目指した。

「姉貴には、東京で商売を始めてこの金を何倍にもしてから呼び寄せるって言ってさ」

ウェイトレスに持ってこさせた煙草のセロハンをむしり取りながら、熱に浮かされたように話し続ける男を凝視する麻衣子の顔に、嫌悪《けんお》感が浮かんでいる。立って出て行かれるのではないかと三谷は懸念《けねん》したが、相手はスプリングの具合のよくないソファに根が生えたように座り続けていた。

「でも結局その金は、全部失《な》くしちまった」三谷は、ソファの背にもたれて天井に向けて煙を噴き上げた。「お決まりのように、ギャンブルにはまって。たった二年かそこらの間に」

まだ大丈夫だ。麻衣子はじっと聞き耳を立てている。

「まったく酷いもんさ。大方は競馬と競輪。俺は狭い部屋の中でちまちまやるギャンブルは性《しょう》に合わないんだな」

貧相なフリーライターの身の上話には、うんざりした表情。

「でも妙なこともあるもんで、その体験を書いてみないかって言われて——」

競輪場で知り合った人物が、小さな編集プロダクションに所属していたということを付け加えた。

「暇《ひま》を持て余していたし、ヤバい連中から借金までしてたから、なんとか金を作ろうと必死だったんだ」

結局本にはならなかったが、編集者には面白いと言われた。それがライターになるきっかけだった。競馬や競輪の専門の雑誌に、裏話的なコラムを書くようになった。それだけでは食べていかれないから、何でも書く。雑誌の情報記事。政治、経済、スポーツなどの花形記事はどこかのやり手のライターに回るから、グルメや新商品紹介、アンケート調査などの手間賃仕事が主だ。三谷は村にいた頃、組んでいたバンドの曲作りでは、作詞を担当していた。少しは文才もあったのかな、などと小刻みに煙を吐き出して笑ってみた。

今は雑誌も売れず、出版社も青息吐息《あおいきといき》だから、三谷のような便利屋は使い捨てのように利用されるだけだ。それでも自前で取材して記事を書き、週刊誌や雑誌に売り込むこともあるのだと三谷は説明した。時には企画を持ち込んで、自分が主導してひとつの事件や人物を追うこともあると。

「話し過ぎた。俺のことはどうでもいいんだ」三谷はぐっと身を乗り出し、その分、麻衣子は身を引いた。「あんたの恋人は、橘リゾートの御曹司。でも本妻の子じゃない」

「だから、恋人なんかじゃありません」

射《い》るように彼女に睨みつけられた。三谷は怯《ひる》まない。マスコミ業界の最下流で、ペンを持って生活の糧《かて》を生みだしているというだけの人種だが、それだけ場数は踏んでいる。一度食らいついたら、あの手この手で相手から言葉を引き出すのだ。

「呪われた一藤家の末裔《まつえい》が、ちょっと訳ありのセレブ男と噂になったってわけだ」

「呪われた……」

麻衣子の体の力が、すっと抜けたように感じられた。さっきまで彼女を奮《ふる》い立たせていたものが、消えていく。もうこっちのもんだ、と三谷は心の中で思った。

「橘陽一郎の相手があんただって気づいた時、思い出したんだ。あんたの伯父、つまり七富利村の村長がおかしな死に方をしたことを。あの時、狭い範囲では、呪いだの祟《たた》りだのと口にする人は結構いたよな」

麻衣子は何も言わず腰を上げた。三谷は早口にまくしたてた。

「十五年前、ダム建設を推し進めてきた村長が死んだ。全身火傷《やけど》でね。七富利村は、隠れキリシタンの里だった。だから、一藤村長は非業《ひごう》の死を遂《と》げたキリシタンの呪いで命を落としたんだと。何せ一藤家は、安住の地を見つけたキリシタン流民《るみん》を無情に狩りたてた一族だったからな。もうありふれたスキャンダル記事なんかにすることない。ある雑誌が、過去の奇妙な事件や未解決事件を取り上げてシリーズで記事にしている。そこなら高く買ってくれる。橘家の複雑な家庭環境や愛憎劇《あいぞう》まで絡めて書けば、話題性は抜群だ」

「やめてください!!」

かすれた声は、意に反して弱々しい。

「無理矢理結び付けて、そんなくだらない記事をでっちあげるなんて。誰も本気になんかしない。あの当時だってすぐに消えてしまった根も葉もない噂よ」

「本気になんかされなくていいんだ。面白ければ——ね」

三谷はブリーフケースのファスナーを開いて、ガサガサと中を掻《か》き回した。そして写真のカラーコピーを取り出した。

「ほら、これ」麻衣子の鼻先にそれを突きつける。「これはあんたの伯父さんの肩に残った焼印だ。死体の肩にはっきりと」

麻衣子の喉《のど》からヒッと悲鳴が漏《も》れた。

「どうしてこんなものを……」

「俺みたいな仕事を長くやってると、何かとコネクションができてくるもんなんだ。こんな捜査資料を裏から手に入れることができるようになるのさ」

勝ち誇ったかのように三谷はにやりと頬を歪めた。麻衣子は唇をわななかせ、力なく椅子に腰を下ろした。

彼女の目の前にある写真——それは、焼け爛《ただ》れて死んだ彼女の伯父の体にくっきりと浮かんでいた十字の焼印を拡大したものだった。あの日、駆けつけてきた警察の鑑識官が写したものだ。

麻衣子は真っ青な顔で三谷を見返した。その瞬間、三谷は中学生だった麻衣子をはっきりと思い出した。村長のところに引きとられた孤独な少女だった麻衣子を。

まだだ——と三谷は思った。俺たちの村は水の底に沈んだけれど、まだ眠りについたわけじゃない。隠れキリシタンの伝説に包まれながら、湖水の下からいつでも誰かを呼んでいる。

一藤麻衣子

陽一郎から電話がかかってきた。まず、週刊誌に写真が載ったことを詫《わ》び、それから連絡が遅くなったことを詫びた。海外出張と会議が重なっていたのだと彼は言った。まるで耳に入ってこない言い訳を、麻衣子は黙って聞き流した。今までも噂になった相手の女性に、こうして謝罪して気持ちを和《なご》ませていたのか。

「もう結構ですから」相手の言葉を遮《さえぎ》った。「写真のことはもう気にしていません。そのうち忘れられるでしょう。もう蒸し返すような真似はしないでください」

「もう会わないってこと?」

「そうです」

「いや、会うべきだよ。僕らは似ているって言っただろう。きっと――」

「よくわからないわ。あなたが言っていること」麻衣子は、とうとう声を荒らげた。「私は一介の調律師です。あなたが相手にするような人間じゃない。あなたはちゃんとした家の教養のある女性とお付き合いください」

以前彩夏に言われた言葉を、皮肉を込めて叩きつけた。電話の向こうで、陽一郎が何かを言っていたが、かまわず切った。

それから何度か彼からかかってきたけれど、出ることはなかった。しまいに拒否設定にした。それでとうとう諦めたようだった。

少し後ろめたい気はした。彼が嫌いなのではなくて、彼の熱意が怖かったのだ。なぜ自分なんかに執着するのか、理解できなかった。解《げ》せないもの、判断のつかないものには近づきたくなかった。母を疎《うと》ましがりながらも、こういう後ろ向きな気質は、彼女から受け継いでいると自覚している。

それに陽一郎との仲が続くと、また三谷に探りを入れられるのではないかと、それが一番怖かった。七富利村でのことは、もう思い出したくもなかった。三谷の書いたいい加減な記事が、雑誌に載せるほどの価値がないとボツになることを祈るしかない。

無力な自分は、淡々《たんたん》と日常の仕事をこなすのみだ。

春日ピアノサービスから、新しい仕事が回ってきた。引っ越しをする音大のピアノ科の教授が、ピアノの運搬とそれに付き添ってピアノの調律とを依頼してきたらしい。

「あなたをご指名なの」

ユリに言われて、ふと警戒心が頭をもたげた。直後に気を取り直す。いちいちそういうことを気にしていたら、新しい顧客はつかない。

「心配しないで。ピアニストとしても名の通ったしっかりした方よ。きっと橘彩夏についている調律師としてのあなたの腕をどこかで聞き及んだんだと思う」

ユリもそう付け加えた。

春日ピアノサービスには、提携しているピアノ運搬の専門業者がある。そこと連携して完璧な形でピアノの移送を行っているのだ。

数日後、運送会社とも打ち合わせをして、教授の家に出向いた。丹下秀子《たんげひでこ》先生という教授は、南荻窪《みなみおぎくぼ》から三鷹《みたか》市に引っ越しをするのだという。瀟洒《しょうしゃ》な洋館の呼び鈴《りん》を押す。しやれた外観だが、敷地はそう広くはない。近隣の住宅も建て込んでいる。グランドピアノが二台あるという話だったが、きっと窮屈《きゅうくつ》なのだろう。三鷹に広い家を見つけて越していくのだという。

呼び鈴に応えて扉を開けたのは、五十年配の背の高い女性だった。

「ああ、あなたが一藤さんね。紹介してもらったの。あなたを是非《ぜひ》にって」

ちょうどその時、家の前にピアノ運搬業者の二トントラックが着いた。バックで狭い進入路に入ってくる。顔見知りの作業員が降りてきて、挨拶《あいさつ》した。彼らとともに、丹下先生に案内されるまま、ピアノを置いてある部屋へ入った。ピアノはプレイエルとヤマハのベビーグランドだった。プレイエルは、先生が祖母から引き継いで大切に弾いているものだそうだ。

「ちょっとタッチを確かめておいて。向こうでも同じにしてもらいたいから」

丹下先生はせかせかとことを進める。梱包《こんぽう》しかけた荷物がピアノ室のあちこちに転がっている。先生は、ピアノを打鍵してみる麻衣子のそばで、五線紙を広げる。段ボール箱を机にして太い軸の万年筆で、細かい音符を書き込み始めた。

「ごめんなさい。引っ越しの準備も満足にできないくらい、忙しくて。でもピアノの運搬だけは丁寧《ていねい》にしてもらいたかったの。調律師さんに立ち会ってもらえると助かるわ」

作業員は、家の中と外を行ったりきたりして、運搬用の道具を運び込んでいる。プロの演奏家や音楽教師向けに、調律師を派遣《はけん》するピアノ運搬は、たまに需要《じゆよう》がある。作業員も心得たもので、麻衣子が音を出している間、騒音をたてないようにそっと働いている。

「あ、そうそう。あなたを紹介してくださったのは、橘彩夏さんの――」

五線紙に視線を向けたまま、丹下先生は話しかけてきた。やはり彩夏からの口ききだったのか。そうではないかと思っていた。他に心当たりのある人はなかった。あの美しいピアニストの考えていることはわからない。

「――お兄さんの、橘陽一郎さんなの」

さりげなく続いた後の言葉に、手が止まった。麻衣子が驚いているのに気づかず、彼女は万年筆を動かしながら、しゃべっている。

「私の夫は建築家なのよ。橘リゾートのホテルのうち、いくつかは夫の設計事務所が請け負ったの。それで――」

ようやく丹下先生は顔を上げた。鼻の上の老眼鏡をずらして、こちらを見ていたが、

「ああ、ほら、来たわ。彼」と言った。

つられて後ろを振り返ると、開けっぱなしにしたままの玄関ドアの向こう、駐車スペースに見覚えのあるBMWが駐まるところだった。スーツ姿の陽一郎は、作業員にここに駐車しても邪魔にならないかどうか確かめている。啞然《あぜん》として突っ立ったままの麻衣子を見つけて、笑いかけた。

「お茶は出せないわよ。こんな状態だから」

丹下先生のもの言いから、かなり親しい間柄だと推察できた。

「丹下夫妻とは、長年の付き合いでね」

「でも私の演奏会には一度も来たことがないの。この人」

ピアノ室に陽一郎が入ってきた時には、平静を取り繕《つくろ》えるくらいにはなっていた。

「春日ピアノサービスをご紹介いただいて、ありがとうございます」

素《そ》っ気《け》ない口調で答え、またピアノに向かう。丹下先生も、それ以上、無駄口を叩くこともなく、俯《うつむ》いて一心に音符を書き込み始めた。

三人の作業員たちは、ベビーグランドの方から梱包にかかった。陽一郎は、すっと部屋の隅に下がって、手際よく脚をはずされ、包まれていくグランドピアノを興味深そうに見ていた。

やがて専用の毛布で梱包し、縦に立てられたグランドピアノは、運び出されていった。狭い通路も、作業員はピアノに回した専用のベルトを自分の肩に掛け、難なく担《かつ》ぎ出す。二台ともが運ばれてしまうと、丹下先生は、書き散らした楽譜を掻き集めた。そのまま、別の用事を思い出したのか、家の奥に引っ込んでしまった。陽一郎と二人で取り残され、気まずさに顔を背けた。広くない庭に、一本の桜の木があって、さかんに花びらを散らしていた。

むっつりと黙ったままの麻衣子に、陽一郎は「こうでもしないと、会えなかったから」とまるで高校生のような弁解をした。「三鷹の家にピアノを納めて済んだら、少し話ができないかな？」

「向こうでは、かなり時間がかかります。二台のピアノを調律しないといけないので」

あくまでビジネスライクな口調を崩さず、そう答えた。

「いいよ。待ってる」

からかわれていると感じた。彼のような人種に接したことのない、地味な女を困惑《こんわく》させて喜んでいるのだ。上昇志向の強い、理性的で華やかな女性に飽きた男が気を紛《まぎ》らせているのだろう。たいして食指《しょくし》が動かない獲物を、両足で押さえつけ、くちばしで弄《もてあそ》んでいる猛禽《もうきん》類みたいに。

「迷惑なんです。本当に。私は仕事でここにお邪魔しているんですから」

その時、丹下先生の足音が廊下の向こうから聞こえてきた。

麻衣子は、身を翻して玄関に向かった。こんな会話をしているのもばかばかしい気がした。先生は、がらんとしたピアノ室で、陽一郎と立ち話を始めたようだ。靴《くつ》を履《は》いて外に出た。作業員たちの姿はないが、荷台の収納庫には、きちんとグランドピアノが積まれていた。

抜かりはないだろうが、二台立てて並べたグランドピアノの状態を確認するため、収納庫の中を覗いた。右にプレイエル、左にヤマハがきちんと梱包されて固定されていた。その時、プレイエルの足下に、小さな物が転がっているのが見えた。暗がりに目を凝らすと、一本の万年筆だとわかった。先生が楽譜に書き込む時に使っていた、漆塗《うるしぬ》りの上等な万年筆だ。

きっと梱包する時に、毛布のどこかに紛れ込んでいて、トラックの床に落ちたのだろう。作業員の誰かに言って取ってもらおうかと思ったが、誰も戻って来そうにない。麻衣子は荷台に手をついてよじ登った。今日の作業のためにパンツで来たのがよかった。作業員のように飛び乗るというわけにはいかなかったが、何とか荷台に上がれた。ヤマハのピアノの横に少し隙間があった。そこにかがめた体を押し込み、プレイエルの方へ手を伸ばす。這《は》いつくばるようにしないと、手が届かない。腕を思い切り伸ばすが、うまくいかない。体を入れ換えて、肩を床につけるようにした。頰が床に敷《し》いたコンパネにくっつくほどだ。指先が、万年筆に触れるところまでいった。もう少し――もう少しでつかめる、そう思った時だった。

バタンッと大きな音がして、背後の扉が閉められた。

「えっ！」

万年筆はどこか奥の方へコロコロと転がってしまった。麻衣子が中にいるのに気づかず、誰かが扉を閉めてしまったのだ。真っ暗な中に一人閉じ込められた。

「ちょっと！　待って！」

慌てて立ち上がろうとして、ピアノでしたたかに頭を打った。慎重に立ち上がり、扉にすがりつく。拳《こぶし》でドンドンと叩くが、何の反応もない。万年筆を拾うことに気を取られて、作業員が戻ってきたのに気がつかなかったのだ。

目を開いていても、何も見えない。みっしりとした重厚な闇がどっと押し寄せてくる。動悸《どうき》が激しくなった。頭の中に脈打つようなひどい痛みを感じる。

ずるずると床に崩れ落ちると、胎児《たいじ》のように丸まった。大きく口を開いて、叫び声をあげようとしたが、出てきたのは、シュウーッという虚《むな》しい息の音だけだった。息が吸えない。気が遠のいていった。

ガチャガチャと扉の取っ手が回されている。それを、すごく遠いところからの音のように聴く。閉じたままの目が、明るい光だけを感じる。誰かが荷台に跳び乗ってきた。麻衣子を抱き起こそうとしている。ぐなぐなとされるがままに、彼女はまだ目を開けられないでいた。

「大丈夫か？」

陽一郎の声だった。

「すみません！」

謝っているのは、うっかり扉を閉めてしまった作業員だろう。

「具合が悪そうだわ。病院に連れていった方がいいんじゃない？」

心配そうな丹下先生の声で、ようやく薄目を開けた。陽一郎がひょいと麻衣子を抱き上げ、荷台から下ろされた。

「まず、うちの応接間へ。まだソファが残っているから」先生の声が追いかけてくる。陽一郎の腕から逃れようと、身をよじるが、彼はしっかり抱きかかえたまま、離してくれない。

「大丈夫ですから」

ソファの上に下ろされて、小さな声で囁《ささや》いた。先生が持ってきてくれた水を飲むと、もっと落ち着いた。「すみませんでした。ちょっとびっくりしただけです。ほんとに大丈夫ですから」

「でもあなた、顔が真《ま》っ青《さお》よ」

薄い布を掛けてくれながら、先生がそう言う。体を起こそうとすると、天井がぐらりと揺れた。陽一郎が、もがく麻衣子を押しとどめた。頭の後ろに当てられたクッションにもたれてしまう。

また目を閉じた。しばらくこうしていれば、よくなるだろう。外で二トントラックのエンジンが掛かる音がした。

「気にしなくていい。先生とピアノは先に三鷹に行くらしい。今日が無理なら、調律は明日でいいそうだ」

張りつめていた気持ちが萎《な》えて、急速に力が抜けていった。

「先生は、かまわないから、ここでしばらく休んでいけばいいって」

陽一郎は、どこかから丸椅子を持ってきて、麻衣子のそばに座った。

「一つだけ訊《き》いていい？」

「ええ」もう抗《あらが》う気力もない。

「ミツルって誰？」

「えっ？」

「君、さっき呼んでいたよ。荷台に閉じ込められた時。ミツルって」

「私が？」

私がミツルの名前を呼んでいたというのか。暗闇の中で出会った男の子の名前を——。

橘 彩夏

彩夏は、リストの『メフィスト・ワルツ第一番』を弾いていた。一音ずつ重ねていく連打と駆け巡るような素早いパッセージ。鍵盤の上で彩夏の指が跳躍《ちようやく》し、和音を鋭く刻み込む。

新しく手に入れたピアノは、かなり安定してきた。甘美《かんび》で温かい音色《ねいろ》を響かせるようになった。中音から高音にかけては玉を転がすような音色。低音は豊かで深みのある音色だ。ピアニッシモの音の美しさは玄妙《げんみよう》としかいいようがない。

ベーゼンドルファーというピアノは、響板だけを響かせるのではなくて、ピアノケース全体を共鳴箱として響かせるように設計されているという。だからケースも力ずくで曲げた合板ではなくて、フィヒテの無垢《むく》板が使われている。そもそもヨーロッパのピアノの木材は、自然乾燥がメーンだ。木材を人工乾燥させる日本のメーカーのやり方だと、安定性と均質性には優《すぐ》れるが、線維《せんい》組織を劣化《れつか》させてしまい、美しい響きを損なわせる。何年もかけて自然乾燥させた木材で作られたピアノは、温度、湿度の影響を受けにくく、響きや音色に秀《ひい》でている。ベーゼンドルファーは、約六年間屋外で天然乾燥させ、そのうえで乾燥室で微調整している。金属フレームも、鋳造《ちゆうぞう》後六か月は放置して、材質が安定するのを待つという贅沢さだ。

彩夏は、ベーゼンドルファーを千葉県柏市のＡＹＡＫＡホールでのリサイタルに持ち込んだが、芳《かんば》しい評はもらえなかった。このピアノは移動に弱く、動かすとざらざらした機嫌《きげん》の悪い音を出す。

ベーゼンドルファーのよさを引き出すには、弾き手のテクニックがそれなりに必要なのだ。それはベーゼンドルファーを美しく歌わせるテクニックであって、ピアニストとしての技量とはまた別の何かなのだと、以前、教えを乞《こ》うた指導教授が言っていた。弾き手が緊張していると、それを楽器の方が敏感に察するのだと。ベーゼンドルファーには、瞑想《めいそう》しているような静かで穏《おだ》やかな気持ちで向かわなければならない。この気難しく、気品高い楽器は、自分から弾き手を選ぶのだ。そういう意味では、自分はまだこのピアノに受け入れられていない。

曲が終わり、ほっと一息をつく。静かに蓋《ふた》を閉めた。後ろに控えて演奏を聴いていた麻衣子が、そっと体を動かしたのがわかった。

「兄は、どうしてもあなたが気になるようね」

ベーゼンドルファーの調子が悪いと、調律師の一藤麻衣子を呼びつけたのだ。それを口実に、こういう不愉快な話をする自分は、さぞ嫌な女に見えるだろう。

「そんなことはないと思います」

「でも実際会っているでしょう?」

つい詰問《きつもん》するような口調になる。

麻衣子は、か細い声で言い訳じみたことを口にした。陽一郎が紹介してくれたピアノ教師の家で具合が悪くなり、陽一郎に迷惑をかけてしまった。それ以来、何度か会ったという。

今までは、母が兄の結婚相手について神経を尖らせても、それとなく話を合わせていただけだった。彩夏の会ったこともない相手なら、平静でいられた。でも今回だけは看過《かんか》できない。自分の身近な女性に兄が惹《ひ》かれるなんて。それもこんな平凡で飾り気もない女に。

庭の方から、ブリッツの吠《ほ》える声が聞こえてきた。犬の声に気を取られる振りをして、外を見やる。弾丸のように、黒い犬が芝生の上を走り抜けていった。ベルベットのような光沢《こうたく》のある毛に覆われた、美しい犬だ。忙しい陽一郎に代わって飼い犬の世話をする中原は、充分な運動をさせ、手入れも怠《おこた》らない。しなやかな獣は、広い庭を縦横無尽《じゅうおうむじん》に走り回っている。陽一郎は、ブリッツがいるから、この家を出られないと言った。

「ブリッツは、心を通わせた大事な友なんですって。この家で唯一のね。兄がそう言ったわ」

そう言うと、麻衣子は、はっと顔を上げた。そのいちいちの仕草に苛立つ。陽一郎は、私たち家族には馴染《なじ》まず、犬だけに心を通わせているというのか。それを聞いて、この女は同情の念を抱いただろうか。

彩夏はわざと忌々しそうに舌打ちをしてピアノの前から立ち上がった。おもむろに掃《は》き出し窓へ寄っていく。途端に、飛び出してきたブリッツが、窓の向こうで立ちあがった。

二本の前足が、ドンッと二重サッシのガラスを叩いた。ふいを突かれた彩夏は、「ギャッ！」と叫んで尻餅《しりもち》をついた。

「こらっ、ブリッツ！」

中原が、慌てて走り寄ってきた。ブリッツは、何事もなかったようにおとなしく連れられていった。おろおろと駆け寄る麻衣子を目で制して、彩夏は立ち上がった。

「手首を捻《ひね》ったりしたらどうしてくれるのよ！」

誰に言うともなく毒づいて、腕を軽く回してみる。そして調律師に向き直った。

「あなたのこと、少し調べさせてもらったわ」

「えっ？」

「別に兄とあなたのことを認めたわけじゃないの。ただ母が心配するものだから」

「何でそんなことをするんですか？　陽一郎さんと私は、ほんとに何でもないんです」

「だから念のためよ。母は、兄と噂になる女性のことを一応知っておきたいらしいの。調べたのは、あなただけじゃない。今までも何人かいるわ」

母の艶子が、陽一郎が付き合う相手の素性を知りたいのは、難癖をつけて彼を罵りたいからだ。兄もそれをわかっているのだろう。何と言われてもどこ吹く風だ。だから、彩夏も母に同調する。平気虚心《きょしん》を保ったような彼の態度には、胸が悪くなるのだ。陽一郎のような出自の持ち主なら、もっと僻《ひが》んだり奸佞《かんねい》になってもよさそうなものを。

「あなたのお父様は、事業に失敗して自殺なさったそうね」

氷のような冷たい言葉の礫《つぶて》を麻衣子に投げつける。

「そうです。私が五歳の時でした」一瞬口ごもった挙句、麻衣子は答えた。

「それはお気の毒ね」

言葉は次々と溢《あふ》れ、相手を嘲《あざけ》り、嬲《なぶ》る。そのうち、熱に浮かされたようになっていくのだ。

「事業家とは名ばかり。次々と景気のいい話に飛びついて、行き当たりばったりの商売をしていただけのようね。苦労したんだ。あなたとお母様は――」

「ええ、でも――」

「似ているわね」

「え?」

「兄の身の上と」

彩夏は数歩離れたまま、真っ直ぐ麻衣子の目を覗き込んだ。口は笑みを浮かべているのに、目は凍《ここ》えるほど冷たく、底知れぬ悪意をたたえていた。

「兄を産んだ人はね――」汚いものに触れたように、やや顔をしかめる。「結婚していたの。なのに父が言い寄ると、さっさと夫を捨てて父の愛人になったのよ。その変わり身の早さときたら――」

「はっ」というふうに彩夏は口を歪めて息を吐いた。

「贅沢な暮らしがしたかったのよ。結局はそれ。甲斐性《かいしょう》のない夫との生活に疲れていたんでしょう」

すべては彩夏が生まれる前の話だ。これを繰り返し彼女に吹き込んだのは艶子だ。母は、わが娘を味方につけるためにそういう行為に及んだのだと思う。だが、それを聞いていた時、兄に注がれる母の視線が妬《ねた》ましかった。相手を貶《おとし》めるためとはいえ、母は陽一郎に常に関心を持って注視していたのだ。彩夏は、見たこともない陽一郎の生みの母親を憎み、兄を憎んだ。

彩夏は掃き出し窓をがらりと開けて、ウッドデッキに出た。遮断《しゃだん》されていた外の音が流れ込んでくる。ブリッツの鳴き声は聞こえない。中原が、散歩に連れ出したのかもしれない。

明るい陽の光の中に歩み出た彩夏の、鮮やかなプリント柄のジョーゼットのドレスが輝きを増した。額に手をかざすと、大ぶりのフープピアスが揺れる。すっとここの風景に馴染んでいる。高名な建築士に設計をまかせた家屋や、庭を包み込む濃緑《こみどり》の木々にさえ祝福されているかのようだった。

彩夏は、ウッドデッキの上で振り返った。付けまつげに縁取られた双眸《そうぼう》をやや細めて、ベーゼンドルファーの向こうに立つ麻衣子をじっくり観察する。刺し貫くような視線に耐えかねて、麻衣子は俯いてしまう。

「一藤麻衣子さん――」彩夏は自分の調律師をわざとそんな呼び方で呼んだ。今まで顔のなかった人間に、初めて表情を見つけたとでもいうように。「あなたのお母さんて、自分の夫の兄と関係を結んでいたんですってね。兄と似ているって言ったのは、そういうこと」

麻衣子は、ぎゅっと胸の前で拳を握り締めた。冷たい鼓動を刻む心臓を庇《かば》うような仕草だった。彩夏は悦に入って、追い打ちをかける。

「夫に自殺されて路頭に迷ったあなたの母親は、こともあろうに、義理の兄を誘惑して生活の面倒をみてもらってた。それもひとつ屋根の下に正妻と愛人と、その娘とが同居してたんですって？　十年間も！　十年よ。信じられない。それが田舎の因習なのかしら。ええと、あの、愛媛の山奥の村――七富利村だったかしら？」

その名前を耳にした途端、麻衣子は半開きにした口で喘《あえ》いだ。息をするのも苦しいといった風情だ。

「誰も彼も節操《せっそう》のないこと。兄とあなたは、磁石のS極とN極みたいに引き寄せられたのね。当然のなりゆきとして」

それから母から頼まれたことを、さらりと口にした。

「いくら欲しいの？」

す昂《たか》ぶらせた。
彩夏の言う意味が理解できないのか、麻衣子の表情に変化はない。それが彩夏をますま
「いくら払えば兄と別れてくれるの？　あなたを橘家に受け入れるわけにはいかないの。
もちろんおわかりでしょうけど。兄はそこのところがよく理解できていないの。よそから
来た人だから」
ようやく麻衣子の顔が引き攣《つ》った。
「今まで……」麻衣子は、ひりついた喉から声を絞り出す。「そういうことをしてきたん
ですか？　陽一郎さんを結婚させないために」
「人聞きの悪いことを言わないでよ」怒りを含んだ声で答えた。こんなひ弱な女に反駁《はんばく》さ
れるとは思わなかった。「兄の結婚を阻害《そがい》しているわけじゃないの。兄には橘家に釣り合
った人と橘家の流儀にのっとった結婚をしてもらいたいだけ」
とうとう黙り込んだ麻衣子に、勝ち誇ったように彩夏は言い募《つの》った。
「兄にはあなたから別れ話を切り出してね。あなたの納得する金額を振り込ませてもらう
から」
「私は――」麻衣子から再び、静かだが強梁《きようりよう》な反撃が返ってきた。「私はお金なんかい
りません。陽一郎さんとは何度も言っている通り、付き合っていません。でも今度お会い
して、きっぱりお断りします。それはあなたに言われたからではなく――」胸の前の拳が

震えている。それが彼女にできる精一杯の怒りの表現なのだろう。「私の意思でそうするんです。あなた方には、もう関わりたくありませんから」

彩夏は、完璧なカーブで引かれた片眉をすっと持ち上げた。

「わかった」

それだけ言うと、彩夏は身を翻した。

一藤麻衣子

彩夏とその母親は、私を貶めるためによっぽどいい興信所を雇ったようだ、と麻衣子は振り返る。ショックだったが、冷静になってみると、ばかげたエネルギーをあの母娘は使ったものだと思えた。裕福で社会的地位の高い家は大変だ。陽一郎に今度は憐憫《れんびん》のようなものを覚えた。

どんな報告書を手に入れたのか知らないが、彩夏の言うことにも理があった。麻衣子の父は人の下で働くことを嫌い、地道に生きることを嫌った人だった。ばかげた趣味に入れ上げ、分《ぶ》に合わない相手と付き合い、常に何やかやと目移りして、精力的に動き続けた。

商売の方は、投機的で少しばかり目先が利《き》いたが、いつもうまくいくとは限らなかった。最後は人に騙されて財産をすべて失った。そういうことを後になってから知った。子供の目で見ていた父とは、かなり違っていたようだ。でも幼い麻衣子にとってはいい父親だった。それで充分だった。彼は彼なりのやり方で、妻子を愛していたのだ。

そのことを言い返したかったが、唇を震わせることしかできなかった自分が情けなかった。他人から見れば、自分の才覚を過信した、尻の据わらない迂愚《うぐ》な男としか映らないだろう。実の兄すらそう断じたのだから。

でも彩夏の口から七富利村の名前が出るとは思わなかった。完全に不意打ちだった。耳の奥で鐘の音が鳴り響いた。

カーン、カーン――

あれは半鐘《はんしょう》の音。不吉《ふきつ》な音だ。あそこでは、火事よりも肥治川が増水した時、警鐘として鳴らされる方が多かった。大方の家は肥治川沿いに立ち並んでいたから。

私が十年を過ごした村――七富利村。

麻衣子はそこに思いを馳《は》せる。今では火の見櫓《やぐら》も水の底だ。

意図的に封印していた記憶をそっと押し開いてみる。水の底から何かがゆらゆらと浮かび上がってくる幻覚。それはしだいに人の形になる。死体――焼け爛れた皮膚がべろりと剝《む》けている。濁った緑の水を掻き分けながら、その不気味なものは浮上してくるのだ。肩には焼印。十字架の焼印。麻衣子は村を離れてもしばらくは、このフラッシュバックに悩まされた。

その都度《つど》、彼女は悲鳴を押さえるために、歯を食いしばらなければならなかった。自分の頭の中でつくりあげた、幻覚だとわかっていたけれど。うつ伏せになっていた死体がぐるりと回転して麻衣子を見上げる。剝けた皮膚を、まるで魚の鰭《ひれ》のようにひらひらさせながら。そして——あいつは私に向かって笑いかける。もう死んでいるくせに。

途端に腐った水が鼻と口からどっと流れ込んできた気がして、麻衣子は小さく呻《うめ》いた。

もうフラッシュバックによる心神耗弱《こうじゃく》から抜け出せたはずだった。思春期の頃は、自分の殻《から》にこもってやり過ごすしかなかったけれど、ピアノ調律師になるという夢を持ったことで、麻衣子は本当の人生を取り戻した。父が生きていた頃の明るく屈託《くったく》のない人生を。なのに今日、彩夏によって容赦《ようしゃ》なく過去に向き合わされたのだ。

もしかしたら、あの人はどこかで陽一郎という兄を慕《した》っているのかもしれない。有能でハンサムで魅力的な兄を。だから近寄ってくる女性を憎むのではないか。

「君と僕とは似ている」と言った陽一郎の言葉を思い出した。彼は無意識に、自分の身の上に似た女を求めていたのだろうか。そうだとしても、いや、そうだからこそ、陽一郎からは離れていようと思う。同情や共感などという軽い感情では、麻衣子は誰ともつながりたくなかった。彼女が身の内に隠し持ったものは、ただの複雑な家庭環境などというものではない。何もかもをひとくくりにして、人を見下そうとしている彩夏には、わかりようもないことだけれど。

この一族と関わることで、捨ててきたはずの過去が剝き出しになって麻衣子に迫ってくる。陽一郎と付き合っていると誤解されたせいで、こうして妹の執拗《しつよう》な詮索《せんさく》を受けることになった。その上に陽一郎と会っている写真を撮られたことで、同郷の三谷に気づかれた。あの男が書こうとしている記事のことを知れば、彩夏は小躍《こおど》りして喜ぶだろう。何もかもが、麻衣子をあの山奥のダム湖の底に引きずり込もうとしている。

――隠れキリシタンの呪い

三谷が発したあの言葉が、耳の奥に甦る。そんなんじゃない。そんな伝承に基づいた生《なま》易《やさ》しい噂話とは違う。真実はもっと残酷でおぞましいのだ。

麻衣子は自分に問いかける。逃げおおせたと思っていたが、それは私の思い込みだったのではないか。これは仕組まれた罠《わな》なのだろうか。それとも当然の報《むく》いを、今私は受けようとしているのか。

意を決して陽一郎を呼び出すのに、数日かかった。

彩夏のことを持ち出したくなかった。彼女に脅《おど》されたから、こんなことを言い出すのだと思われたくなかった。今後も、彩夏とは、ピアニストと調律師の関係で淡々と付き合いたかった。麻衣子のちっぽけなプライドだ。何らかの特権を持っていると勘違いしている人たちには、理解できないかもしれないけれど。

芝浦《しばうら》の運河《うんが》沿いのカフェ。五月の連休明けの午後で、街中は汗ばむような陽気だが、ここは水の上を吹いてくる風が心地よい。二人が座ったテーブルは、デッキの上の大きな日傘の下だ。歩く人の中にも、お茶を飲んで談笑する人の中にも、夏服が混じっている。

「その後、どう？　体調は」会うたび、彼はそう尋ねる。丹下先生のところで倒れた麻衣子の様子が尋常《じんじよう》ではなかったからだろう。ミツルのことを訊かれないのには、ほっとしている。

「何も変わりありません。ありがとうございます」

頭を下げた。ここを指定したのは彼女だ。橘リゾートの本社ビルにも近いし、すぐに話を切り上げて別れられるようにするためだ。

「珍しいね。君の方から電話をくれるなんて」

わざと明るい調子で言い、陽一郎はコーヒーを啜《すす》った。

もうこうして面と向かって会うこともないだろう。醒《さ》めた気持ちで、麻衣子は様子のいい男を見返した。仕立てのいいグレーのスーツに、紺《こん》地にゴールドのピンストライプのネクタイ。磨《みが》き上げられた細身の革靴。シックで目立たず、それでいて高級。橘陽一郎という人物を表現するのに、これ以上のものはないと感じられる格好だ。

彼はコーヒーカップの向こうから、やや困惑気味に視線を送ってくる。沈鬱《ちんうつ》な表情の麻衣子が、何かを言い出すタイミングを計っていると気づいている。勘のいい人だから。しかし麻衣子が逡巡しているうちに、彼は口を開いた。

「きちんと申し込むべきだと思ったんだ。こんな中途半端な関係でなく」落ち着いたしぐさでカップをソーサーに戻す。

「僕と付き合ってくれないか。特別な人として」

特別な人？　それはどういう意味ですか？　と問うこともうない。それで却《かえ》って切り出し易くなった。

「お断りします」陽一郎は特に驚いた様子はなかった。

「あなたと付き合いたくありません」

「それは僕が嫌いだということかな？」

幾分余裕のある態度で尋ねてくる。

「いえ——」慌てて付け加え、はっとする。つまらない言葉を重ねるのは、無意味だ。麻衣子が言いたいことはもう決まっているのだから。

「私は——」無意識に息を吸い込む。「男性とお付き合いする気はありません。結婚する気もありません。誰とも」

陽一郎は、黙って麻衣子の話を聞いている。

「私は、子供を産む気もありません。だから――」

テーブルの向こうの陽一郎の表情を読むことはできない。

「だから、あなたと付き合えません。あなたは、橘家の後継者として、立派なお子さんを産んでくれる女性と結婚すべきです。そうでしょう？　なら、私と付き合うのは時間の無駄です。ちょっとした遊び心でこんなことを言われているなら、お断りです」

やはり陽一郎は何も答えなかった。川向こうの倉庫がリノベーションされてフォトスタジオになっているらしく、ウエディングドレスに身を包んだ花嫁《はなよめ》と白いスーツの花婿《はなむこ》が出てきて、運河をバックにポーズをとっている。それを見るともなく見ていたが、ふっと前に向き直った。

「どうしてそんな決心をしたんだ？」

そこまで答えるつもりはなかった。でも言葉が口をついて出た。

「私は、一藤の家を絶やすために生きているんです。私が最後の一人なので――。私は、自分の家系を滅ぼしたいの。一滴の血脈もこの世に残さず」

この隙のない人にしては不用意に、大きく目を見開き、半分口を開いたまま、彼は麻衣子を見詰めた。愕然《がくぜん》とした様子だ。それはそうだろう。こんな破滅的なことを言う女性なんか、どこにもいないはずだ。

言葉を失った態《てい》の陽一郎を置いて、麻衣子は席を立った。

運河を屋形舟が通り、かすかに賑《にぎ》やかな音楽が聴こえた。超高層ビルの一面が、傾きかけた陽を反射して、ぎらりと光った。彼女は一度も振り返らなかった。

第二章　水の戯《たわむ》れ

一藤麻衣子

通りかかった家からピアノの音が聞こえてきた。きれいに刈《か》り込まれたカナメモチの生垣《いけがき》の向こうに窓があって、そこから漏《も》れてくるようだ。麻衣子は足を止めてそれに聴き入った。ラヴェルの『水の戯《たわむ》れ』だ。

水のさざめき、伸びやかな流れ、淀《よど》み、ぶつかり合い、跳ねる飛沫《しぶき》——まさに水の動きそのものを描写したような主題で始まり、透明な音色《ねいろ》が曲を貫いている。

どんな人が弾いているのか知らないけれど、水の粒を思わせるアルペジオのパッセージを一心に弾く弾き手は、かなりの腕前だ。のどかな晩春の日の午後、細い道で所在なげに立っている麻衣子を、郵便配達員のバイクが追い越していった。

『水の戯れ』を聴いているうちに、肥治川上流を思い出した。澄《す》みきった水は陽の光を透過して、水底《みなそこ》に伸び縮みする網目模様を映し出す。時折きらりと光るのは、身を翻《ひるがえ》した鮎《あゆ》かウグイの銀色の腹だ。川の上には岸に生えた木々が枝を伸ばし、そこここにひんやりした木陰《こかげ》を作りだしている。川面《かわも》をわたってくる風は気持ちよく、時間が経《た》つのを忘れさせてくれた。

常に動き、流れ下る川は、いつも新しいものに生まれ変わっている気がした。

だから、麻衣子は飽《あ》きずに川を見詰めていたものだ。新しいものになりたかった――。

父を亡くした麻衣子たち母娘が、あの村へたどり着いたのは夏の終わりのことだった。父の、形ばかりの弔《とむら》いが終わって、身の周りの整理がついたのがその頃だったのだ。

知人の口車に乗せられ、いかがわしい先物取引に手を出して大きな損失を出した父の葬儀は寂しいものだった。いつも賑《にぎ》やかに人に囲まれるのが好きな人だった。山王の家には多くの来客があり、父は上機嫌《じょうきげん》でしゃべり、笑っていたものだ。あの頃父の周りにいた人々は、手のひらを返したように去っていった。家も手放さなければならなかった。愛すべきカワイのピアノと一緒に。

麻衣子がお嬢様然としてピアノを習いに行けたのは、一年にも満たない期間だった。家財道具をすべて残して、たった一つきりのスーツケースを引いた母が家のドアをバタンと閉めた。あの音は、幸福な子供時代の終わりを告げる音だった。

七富利村には初めて足を踏み入れた。父は、家族を一度も自分の生まれ故郷に連れていこうとしなかったのだ。父の死を知らせたけれど、伯父夫婦は葬儀に出てくることはなかった。

ＪＲ伊予大洲《おおず》駅から山間部に向かうバスに揺られている間、母は一言も口をきかなかった。死んだ夫の実家に身を寄せることが不安でしかたがなかったのだろう。夫に頼りきりだった母は、いきなり大海原《おおうなばら》の真ん中に放り出されたようなものだった。時折、口元をハンカチで覆《おお》い、虚《うつ》ろな目で窓の外を見やる母に、それでも五歳の麻衣子はぎゅっと体をくっつけていたのだった。たった一人の肉親であり、庇護《ひご》者である母親に。

大洲盆地を流れる肥治川の東の奥、感応寺《かんおうじ》山系に続く、壺神《つぼがみ》山、黒山、牛ノ峯の山々が連なる山懐。肥治川の上流域に当たり、切れ込んだ深い谷になっていた。そのせいで周囲の山で発生した霧《きり》にすっぽりと覆われることが多かった。隠れキリシタンの伝説が残るあの地が、麻衣子の第二の故郷になった。

バス停に降り立った時、目に入ったのは肥治川の流れだった。七富利村は、肥治川に沿って開けた村だった。川面は太陽の光を照り返し、村の中心部をおおらかに流れ下っていた。川幅もあり、水量も多い川だった。その光景は、沈んでいた幼子《おさなご》の心を少しだけ浮き立たせた。

「お母さん、あそこで泳げる？」

子供らしい麻衣子の問いかけにも、母は唇を一文字に食いしばったままだった。

七富利村は山間部に位置しながら、肥治川の水運を利用して栄えた土地柄だった。上流から木材、木炭、楮《こうぞ》、和紙、菜種油《なたねあぶら》などの山ならではの特産物が運ばれてきた。その中継地が七富利村だった。運ばれてきた物品は庄屋である一藤家の蔵に納められた。江戸時代、一藤家には、生産者、卸《おろし》商、小売商、役人、そして旅芸人までが集《つど》ったという。

そのせいで、村は肥治川に沿って開けているのだった。まさに豊かな川はあの村を支える大動脈だったわけだ。

そういうことを麻衣子が知るのは、ずっと後になってからだった。

その時の彼女は、伯父夫婦が住む屋敷の大きさと格式の高さとにただ圧倒されていた。鳥居門をくぐって踏み石をたどると、二間にわたる大きな式台を持つ堂々とした玄関が現れた。母は、そこから入っていいものかどうか逡巡《しゅんじゅん》していた。何もかも、人に決めてもらって生きてきた人は、そういうことすら判断がつかないのだった。

「ごめんください」

とかけた声は、とうてい奥まで届きそうになかった。母の声というよりは、気配を感じて出てきてくれたのは、幸枝伯母だった。

「郁子さん、麻衣子さんやろ。よう、おいでたな。お疲れやろ。どうぞ、お上がり」

バスを降りて、この家に来るまでにすれ違った村の女は、色黒でがっしりした体格で、いかにも田舎《いなか》の農婦という風情《ふぜい》だった。だが、初めて会った伯母の幸枝は、線が細く、柔和《にゅうわ》な感じがした。なにより、きれいな人だった。その当時、四十半ばの年齢だったと思うが、年よりも若く見えた。そんな人に迎えられて、ほっとしたことを麻衣子は憶《おぼ》えている。

二人は慌《あわ》てて靴を脱いだ。高い式台を上がるのに、小さな麻衣子は一苦労した。そこでようやく母は、伯母に挨拶《あいさつ》をした。「お世話になります」とか「ご面倒をおかけします」とか、そういうありきたりな文言《もんごん》を言うのさえ、たどたどしかった。穏《おだ》やかに微笑《ほほえ》んで、それを聞いた伯母は、母が提《さ》げてきた荷物を一つ持つと、くるりと背を向けた。母娘は、急いで後を追った。ついていかないと、家の中で迷ってしまいそうだった。

「ここがお二人の部屋。少しお休みなさるとええわ」

暗い部屋だった。畳《たたみ》も心なしか、じめっと湿っているような気がした。それでも母は、ようやく目的地にたどり着いたという安心感からか、へなへなと座り込んでしまった。

部屋の奥に小さな窓があり、早速麻衣子は木枠の窓を引いて開けた。すぐ下に川が見えた。本当に屋敷の一番奥まった場所なのだということがわかった。

それ以降、麻衣子は肥治川を眺《なが》めて過ごすことが日課になった。

川の流れは毎日違った。川底の小石が見えるほど水量が減ることもあれば、ごうごうと恐ろしいほどの濁流《だくりゅう》になることもあった。水害のこともよく考えて建てられた屋敷だったから、堅牢《けんろう》に組まれた石垣の上にあり、屋敷が流されるなどということは、建って百何十年かの間に一度もなかったそうだが、それでも怖かった。平底舟は、あの頃も釣りや川を行き来するのに使われていて、それを舫《もや》うための木の桟橋《さんばし》が各家にあったのだが、それは時折流されていたように思う。

大水が出ると、火の見櫓《やぐら》の半鐘《はんしよう》が鳴らされた。雨風の音と増水した川の音に重なって、さらに恐怖心を掻《か》き立てた。あの音は、今も麻衣子の耳にこびりついている。

とりわけ、伯父が亡くなった年の梅雨《つゆ》の時期、豪雨に見舞われた時の半鐘の音は、不吉《ふきつ》な音だった。きっとあれは混乱の極みにあった麻衣子自身の心が反映された音だったからだろう。

ガーン、ガーン――

濁った嫌な音だ。時たま聴いていた澄んだ音ではなかった。

ガーン、ガスッ――

今でもあの鐘の音は、麻衣子の頭の中で鳴り響く。濁っているから、撞《つ》き手も力まかせに叩《たた》く。ますますささくれだった音になる。心の中心に突き刺さる、麻衣子を糾弾《きゆうだん》する音に変わる。

ふいにあれを叩いていたのは、三谷だったと思い至った。消防団に入っていて、火の見櫓の近くに住んでいた男。そうだ。音とつながる記憶は、すっと浮かび上がる。今、フリーライターになってまた麻衣子の前に現れた男。あの男が書こうとしているのは、水の底に沈んだ一藤家の狂った血筋とそのおぞましい終焉《しゅうえん》だ。

初めて会った伯父、一藤日出夫は醜怪《しゅうかい》な男だった。父とは全く似ていなかった。背が低く、ずんぐりむっくりした体型だった。何よりも目を引くのは大きな頭だった。一本も毛のない頭頂部は平らで、両端がぐっと張っていた。胴は長く、手足が短かった。もしかしたら、足の長さが少し違っているか、どちらかの足に不具合があるのかもしれなかった。伯父が歩くと、大きな頭が左右に揺れるのだった。そのうえ両の目が極端に離れているので、幼い子の目には、何か壊れかけたもの、崩れかけたもののように映った。

重い上瞼《うわまぶた》が被《かぶ》さってきているような両の目から放たれる視線は、初対面の義妹《ぎまい》と姪《めい》を震え上がらせるには充分だった。

麻衣子を見るなり、「つまらんの。女の子ォでは」と吐き捨てるように言った。あの言葉は忘れられない。存在する価値のないものに貶《おとし》められた気がした。それまで父から無上の愛を注がれて生きてきた五歳児には酷《こく》な言葉だった。

伯父夫婦には子供がなかった。だから麻衣子だけが一藤家の血を引く子供だったわけだ。それが、伯父が彼女たちを引き取った理由の一つだったのだが、その時は知る由《よし》もなかった。七富利村の名家だった一藤の家柄に、伯父がどれほどのプライドを持ち、それを存続させることに心を砕《くだ》いているかということも。

麻衣子が男児でなかったことがそれほどこの人を落胆《らくたん》させることなのか、理解できなかった。

「まあ、しゃあないの。隆行《たかゆき》が残した子ォじゃけん、ほり捨てるわけにもいかんじゃろ」

そばで畏《かしこ》まった母は、それに反論するでもなく、ただ身を縮こまらせていた。

父は東京に出る時、一藤家から相当の財産分けを受けていたのだ。それを使い果たしただけでなく、残した借金を清算するのに、伯父はかなりの金額を融通《ゆうずう》せねばならなかった。その上で、生活能力のない母と麻衣子とを引き取ることにした。そういう事情は、伯父夫婦にとっては愉快とはいえない成りゆきだったろう。その後、伯父はことあるごとに、弟の山師《やまし》的生き方をあげつらい、都会に憧《あこが》れて出ていった者の成れの果てを笑い物にした。その妻や子にわざと聞かせようという意図があったのだろう。麻衣子は大好きだった父が泥にまみれていくのを、悲しい気持ちで見ていた。

しかし不思議なもので、繰り返し吹き込まれると、父が軽薄《けいはく》でつまらない男だったのかもしれないと思い始める。その子である自分も、世間に遠慮して生きていかねばならないと感じられた。大きな一藤家の中で、居候《いそうろう》としての有り様が、そのまま社会での地位のように思われた。

母は、父が死んだことですっかり芯を抜かれたようになっていたから、そういう環境に抗《あらが》おうともしなかった。ただ流れに身をまかせていれば、やがて誰かがどうにかしてくれるのではないかという情けない生き方を選んでいた。子を守らなければという気概《きがい》も薄れていた。自分は、守られる存在だという頑《かたく》なな思いに支配されたままだった。

麻衣子は秋から村の幼稚園に通ったが、友達はできなかった。無口で内気な女の子に、誰もかまわなかった。

本当はピアノが弾きたかった。あの優しい音に癒《いや》されたかった。

母にしつこく訴え、母の口から伯父にそれとなく頼んでもらったことがあった。

「ピアノ？　そんなもん、買えるんやったら、あんたらこんなとこに戻ってこんでよかったやろ」

伯父の言葉に一蹴《いっしゅう》された。伯父のそばで伯母の幸枝が申し訳なさそうに肩をすくめた。

麻衣子は落胆し、心を閉ざすしかなかった。おそらく他人の言い分をきっぱりと撥《は》ね付けられない性分は、あの頃身に着いたものだろう。いつまでも悲憤慷慨《ひふんこうがい》の甘い領域に留まる母を嫌いながらも、麻衣子も同じ生き方をしてきたと言えるのかもしれない。

三谷賢二

三谷は麻衣子を呼び出した。この前接触した時、怯《おび》えきっていたから断られることはないという自信があった。案の定、麻衣子は言いなりに出掛けてきた。

「この十字架、バランスが悪いと思わないか？　横棒と縦棒が同じくらいの長さじゃないか。普通、十字架っていったら縦棒が長いもんだろ？　なんか十字架というよりもプラスの記号に見える」

この前、彼女に見せた鑑識写真のコピーをまたテーブルの上で広げてみせた。ほら、筆でさらっと書いた「十」という字みたいだと三谷は説明した。相手は、吐き気をこらえているような表情だ。三谷はもちろん、これが死体に浮かび上がった徴《しるし》だとわかった上でしゃべっている。なのに、そんなおぞましいことには全く頓着《とんちゃく》しないライターに嫌悪《けんお》感を抱いているのだ。同じような場面は過去に何度かあった。事故や事件の被害者家族から話を聞き出す時、相手の気持ちなど思いやっていたのでは、金になる記事は書けない。

「やめてもらえませんか？」

弱々しく訴える麻衣子の言葉にわざと「へ？」と片頰《かたほお》を歪《ゆが》める。

「そんな昔のことを蒸し返して記事にするの、やめてもらえませんか？」

「そういうわけにはいかないな。こんな面白いテーマ、滅多《めった》に独り占めできないよ。俺もようやく日の目を見ることができるんだ。この世界で生き抜くには、度肝《どぎも》を抜くような記事を書かないとな」

この前、写真週刊誌に載った扇情《せんじよう》的な記事だって同じだ。観光業界の若きリーダー、橘陽一郎は注目の人である。彼にまつわる話題なら、多くの読者の興味を引くのだ。三谷の書いたものが活字になれば、今以上の虚実《きょじつ》入り混じった報道合戦が始まるに違いない。それをこの女は恐れているのだろう。地味で目立たず生きてきた麻衣子が、突然こんなことに巻き込まれ、懊悩《おうのう》しているのはよくわかった。さっきからテーブルの下で、爪が食い込むほど力まかせに両手を組み合わせている。

三谷は無理矢理、写真のコピーを麻衣子の目の前に突きつけた。

口にした疑問の通り、その十字架が正しいものか、三谷には判断がつかなかった。違和感はあるが、調べてもよくわからないのだ。

隠れキリシタンの伝説が残るとはいえ、七富利村の人々は神仏を崇《あが》めるばかりで、キリスト教を信仰する人など一人もいなかった。ただ遺構としては、観音像が道端の祠《ほこら》の中に残っていて、それは大事にされていたように思う。彼もその像は何度も目にした。道端に、ぽつんとそれはあった。

常に誰かの手によって、花や供物《くもつ》が供えられていた。

花崗岩《かこうがん》でできた子安《こやす》観音像。もはや目鼻もはっきりしないほど朽《く》ち果て、下半身は苔《こけ》で覆いつくされている。だが右手に幼児を抱き、左手を頬に当てた思惟像《しいぞう》であることはかろうじてわかった。郷土史家によると、これはマリア観音だというのだ。江戸時代、キリシタン禁制が厳しくなり、多くの殉教者が出た頃に、キリスト教信徒がマリア像や十字架などの礼拝の象徴を、仏像や仏具に仮託《かたく》して密《ひそ》かに礼拝していたのだという。マリア観音像の衣服の結び目が十字結びになっている。弾圧された人々が信仰を続けるための拠《よ》り所《どころ》だったようだ。

だから、それと知られないように十字架もバランスを欠いたものにしてあったのかもしれないと想像できた。

三谷も、中学校の歴史の先生から教わったことをうっすらと憶えていた。ネットで検索して調べたことと重ね合わせてみる。伊予に宣教と宣教師館の建設の許しを与えたのは、小早川隆景《こばやかわたかかげ》という君主だった。一五八七年のことで、ザビエルが来日して三十八年後のことだ。だが、不幸にもちょうどその年、豊臣秀吉《とよとみひでよし》によるイエズス会バテレン総員の国外追放令が出た。隆景も移封《いほう》になって去った。

伊予での宣教はならなかったが、京阪地方での迫害を恐れたキリシタンたちが、伊予にも流民として千人規模で流入した。前人未到の山の奥を切り開いて住みついたのが七富利村だったという謂《い》われがあるのだ。が、確たる資料が残っているわけではない。ただ寂しげに立つマリア観音像だけがそれを伝えていた。

そしてあのマリア像に祈っていた人々を迫害する手先となったのは、一藤の祖先だという知識もあった。それは七富利村では、おおっぴらに口にされることはなかったが、周知の事実だった。大洲藩の命を受けて、隠れキリシタンを狩りたてるために村に遣《つか》わされたのが、庄屋である一藤家の始まりだと。しかしもう何百年も前の話だ。それで実力者である名家の一藤家を非難する者など村には存在しなかった。時代錯誤《さくご》も甚《はなは》だしい話だ。

でも、不気味な十字架が死んだ村長の体に浮かび上がったと知った時、村民の脳裏《のうり》には、あの伝説が過《よぎ》ったに違いない。

「最初に一藤村長の死体を見つけたのは、彼の妻、つまりあんたの伯母さんに当たる一藤幸枝さんだったんだろ?」

三谷の問いかけに、麻衣子は顎《あご》だけを動かして頷《うなず》いた。抗おうとする気力も殺《そ》がれたように見えた。この写真のコピーが手に入ったのはラッキーだった。そのせいで、彼女はすっかり消沈《しょうちん》し、三谷の手中に落ちたと感じられた。まるで隠れキリシタンの呪縛《じゅばく》に囚《とら》われたように。

「警察に連絡したのは?」

「母です。伯母は風呂場で伯父の姿を見て、母を大声で呼び、それからじっとそこに立ったままだった。ただ茫然《ぼうぜん》と」

三谷は、当時の新聞や取り上げた雑誌の記事をひと通り調べてあった。全国で起こった不可解な事件を専門に掘り下げて書いていたライターが手掛けた記事だ。知り合いを通じて彼に接触し、当時集めた捜査資料の中にあった十字架の焼印の写真を譲り受けた。相手は、三谷が何を嗅《か》ぎつけたのか知りたがったが、徹底的にとぼけた。

たまたま一人で家にいた晩、村長は死んだ。誰もそれに気づかなかった。どんなにしっかりした妻でも、帰宅後、夫が無惨《むざん》な死体になって転がっていたら正気ではいられなかっただろう。麻衣子の母親の一藤郁子も、義姉の反応を見ただけで、まともに風呂場の中は覗《のぞ》いていないのだった。ただ這《は》いずるように玄関にある電話に取りついて、駐在所に電話をかけるのがやっとだった。

姪の麻衣子は夜っぴて行われた中学校の行事から早朝に帰宅し、自分の部屋に直行して眠っていた、と記事にはあった。その間に彼女の伯母と母も戻ってきたようだ。すぐに七富利村の駐在が駆けつけてきた。

平和な村でそんな場面に出くわすこともない駐在は、すっかりうろたえていた。騒ぎを聞きつけて近所から人がちらほら顔を覗かせてもいた。

「ええね？　ここには絶対に入ったらいかん。今本署に連絡をとるけんね。ええね？」

そう言って自転車を飛ばして駐在所に戻っていったのだと麻衣子は、感情のこもらない口調で淡々《たんたん》と語った。

自失した母は、言われるまでもなく、座敷でくず折れるように横になったきりだったと。

三谷は、その時の状況を想像してみた。一藤幸枝が風呂の脱衣場まで退《しりぞ》いて立ちつくしている。全く感情の読み取れない蠟《ろう》人形のような伯母の前を通り過ぎて、麻衣子は湯気の立ち昇る風呂場を覗いたのだそうだ。

風呂の湯はぶくぶくと沸き立っていた。村長がそのせいで酷《ひど》い火傷《やけど》を負ったことはすぐにわかったはずだ。熱湯になるまで沸いてしまった湯の中に誤って転落してしまったのだと誰もが判断しただろう。

旧式のガス湯沸かし器には温度制御装置などついていなくて、消し忘れると沸騰《ふっとう》するまで沸いてしまうのだった。それで昔は幼児の転落事故などがたまに起きていたようだ。ふざけて風呂の蓋《ふた》の上に乗ってしまい、それを踏み抜いて沸騰した風呂の中に落ち、全身火傷を負うという事故だ。豪壮な家だったけれど、村長の家の設備は何もかもが古かった。都会の家より、十年、いや二十年ほども旧式だったらしい。もうすぐ新しい土地で新しい家を建てるのだからと、改装することはなかった。あの当時、薪《たきぎ》で沸かすタイプの風呂さえもまだ村にはたくさんあった。

村長はなんとか自力で洗い場には出たようだ。しかし熱傷による損傷は激しかった。胸から下が赤剝《あかむ》けの状態だったという。黙り込んでしまった麻衣子の脳裏には今、まともに見てしまった伯父のおぞましい死の様相《ようそう》が、ありありと再現されているのだろう。

それだけなら、単純な事故だと結論付けられるはずだった。村長が、酔った上の不注意で起こした事故だと。家族が留守をした晩、「沸く」の方向にレバーを回したまま寝入ってしまい、夜中に目覚めて慌てて風呂場に行って事故に遭《あ》ったのだと。

しかし、事故死だと決着をつけるには、不可解なことがあった。村長の肩につけられた十字の焼印だ。たった二センチ四方ほどの十字架だったが、実にくっきりと肌に記されていた。これはどう考えても風呂の沸騰事故でついたものとは考えられなかった。真っ赤に焼かれた鉄製の焼きごてをじゅっと押しつけたとしか思えない痕《あと》だった。

それに村長を取り巻く複雑な事情があった。村長として、ダム建設を強引に推し進めた彼を憎々しく思っている者はたくさんいた。そのうちの誰かが村長を殺し、腹いせに七富利村の象徴であるキリシタン印をつけて去ったと考えられなくもなかった。野蛮《やばん》な、ある意味憎悪《ぞうお》に満ちたやり方だ。

大洲署から刑事やら鑑識課員やらがやってきて、捜査に当たった。村長の遺体は、愛媛大学の法医学教室で解剖《かいぼう》に附《ふ》された。体内からは、アルコールとかなり多めの睡眠薬の成分が検出された。薬は妻の証言から、常用していたものだと裏付けられた。時に、指定された用量より多い量を服用することもあったと幸枝夫人は言ったそうだ。ダム建設はもう決まっていたけれど、それに伴う煩雑《はんざつ》な仕事は増え、その上にまだ移転承諾書に判をつかない家が何軒かあった。県から言い渡された期限は迫る。村長は時々眠れずイライラし、酒量も増えていた。

死亡推定時間は、前日の午後十一時から日をまたいだ午前一時の間と断定された。警察の捜査は続けられたようだが、その時間、妻も義妹も、それから姪の麻衣子も家にいなかった。村長は一人で風呂を沸かし、一人で風呂場に行った。そして命を落とした。結局あの十字の印の由来はうやむやになり、村長の死は単純な浴槽での熱傷事故と結論付けられた。もう十五年も前のことだ。七富利ダムができて、村民は散り散りばらばらになった。新しい土地での生活を軌道《きどう》に乗せるのに精いっぱいで、誰もがあの悲惨な事故のことを忘れ去った。

質問が途切れると、麻衣子は陰気に黙り込んだ。これ以上は何もしゃべらないと決意したように見える。三谷はしだいに苛立《いらだ》ち始めた。くわえた煙草《たばこ》を小刻みに動かしつつ、横目で麻衣子を見据《みす》えた。

やかましくしゃべる女性のグループが近くの席に着いた。それを潮《しお》に、三谷はついに諦《あきら》めた。横を向いてふうっと一筋、煙草の煙を吐き、「じゃあ、また続きは今度ゆっくり。よく思い出しておいてくれよ」と腰を上げた。

伝票をくしゃっと丸めて取った時、麻衣子は安堵《あんど》したのか、肩を大きく上下させた。

一藤麻衣子

三谷から解放されて、麻衣子は帰途《きと》についた。

あんなライターに呼び出されて、嫌々ながらも応じなければならない自分が情けなかった。でも怖かった。彼がどんなことを調べ、何に勘付くのか。どんな記事を書くのか。どうしても知りたかった。電車に揺られながらも、彼によって呼び覚まされた記憶が、麻衣子を責め苛《さいな》んだ。

中学二年から三年になる春休み、中学校の記念行事から帰ってきた朝、初めて徹夜したこともあり、疲れきって、家に帰るなり泥のように眠ってしまった。騒がしさに目覚めて、風呂場で見た伯父の惨《むご》たらしい死体。彼は奇妙に体をねじって洗い場のタイルに体を押し付けていた。まるで焼け爛《ただ》れた体をタイルで冷やそうとでもしたみたいに。腰から下は横を向いているのに、上半身はうつ伏せで、顔を入り口の方にぐっと傾けていた。瞼は わずかに開いており、姪にものを問うように向けられていた。

そんなおかしな体形のまま伯父は固まっていた。すでに死後硬直が始まっていたのだ。

もうどうにも手の施《ほどこ》しようがないことは中学生の麻衣子にも理解できた。伯父は皮膚を失った部分から滲出《しんしゅつ》した体液と血液にまみれていた。剝けた皮膚は、体のあちこちからぶら下がっていて、黄色い脂肪《しぼう》が溶けて裏にくっついている部分もある。もともと醜《みにく》かったあの男は、この世のものとも思えない奇怪な造形物になって息絶えていた。

その後、繰り返し彼女を苦しめる伯父の幻影はあの時のものだ。かろうじてくっついている左肩の皮膚に刻印された十字の文様《もんよう》から、麻衣子は目が離せないでいた。あれはなんだろう？　あのいやにくっきりとした徴《しるし》は？　熱傷から逃れたぶよぶよした白い肌の上の黒焦げの十字。この男は死に値すると、神様が付けたマークみたいだ。

そうやって、パトカーが何台もサイレンを鳴らして駆けつけてくるまで、伯母の横でじっとしていたのだった。

これは私の仕業《しわざ》なのだ、とそれだけははっきりと思った。

学校の帰りの道端にあったマリア観音は、麻衣子にとって特別な意味を持っていた。あのマリア観音に祈っていた人々を迫害する手先となったのは、一藤の祖先だと知っていたから。

麻衣子は祈ったのだ。マリア観音像に。一藤家を罰してください、あの傲慢《ごうまん》な家長を黙らせてくださいと。

だが、どんなに祈っても、麻衣子の祈りは聞き届けられなかった。だから、彼女は自分で行動を起こしたのだ。前の晩、伯父のウィスキーの瓶《びん》に睡眠薬を混ぜ込んだ。伯父が医者から処方された睡眠薬の置き場所は知っていた。それをシートごと持ちだし、河原《かわら》の石で打ち砕いてウィスキーに溶かした。夜には必ずそれを伯父が飲むと知っていたから。

でも伯父を殺そうとしたわけじゃない。その晩、彼が思いついたおぞましい計画が実行されないようにと願っただけだった。しかし結果はあまりに残酷だった。伯父はアルコールと睡眠薬とを同時に摂取《せっしゅ》したせいで、ふらふらしながら風呂を沸かし、熱湯になっているのに気づかずに湯船に転落したのだ。

あの時に嗅《か》いだ臭いもまだ憶えている。風呂場に近づくにつれ、漂ってきた異様な臭いは、沸騰した湯に人間が煮られた臭いと、洗い場で死んだ伯父が静かに腐っていく臭いだった。

些細《ささい》な意図、ちょっとした悪意が思いがけない結果を招くことはある。麻衣子の小さな、でも決定的な悪行は誰にも気づかれなかった。

あの朝、伯父の肩に浮かび上がった十字架の痕跡《こんせき》は、麻衣子が身の内で醸《かも》し出した邪心《じゃしん》を諌《いさ》めるためにマリア様が現したものなのか。それとも神をも恐れぬ行為に及ぼうとした伯父を誅《ちゅう》するために残されたものなのか。

ダムができて、肥治川の流れは変わっただろうか。今も耳の奥に残るあの流れ。肥治川のそばの家で熱湯に煮られて死んだ醜い伯父。肥治川はダム湖となって水をたたえ、さらに深く、重くなった。湖底で渦巻《うずま》いている不定形の恐ろしいものに、麻衣子は今も怯え続ける。底に沈んだものは、水を伝ってどこへでもやってくるのだ。

都会まで逃げてきた私は、細い水の筋を引きずっている――？

ワンルームマンションのある日暮里《にっぽり》で下車した。よく行く近所のコンビニにふらりと入った。一人になるのは怖かった。まだ少しだけ人のいる場所にいたかった。書棚で、週刊誌の見出しに目がいった。

橘陽一郎のインタビュー記事が載っている。どうしてもこの人の名前が目に入ることを、厭《いと》わしく思いつつも、手に取った。すべてはこの人と関わったことから始まったのだ。パラパラとページをめくってみる。

『愛すべき相棒』というタイトルで、有名人のペットを紹介する記事のようだ。橘家の広い庭をバックに、陽一郎がブリッツのそばで膝《ひざ》をついている写真が出ている。ブリッツの首に腕を回して爽《さわ》やかに笑う陽一郎。ブリッツも、彩夏が嫌い、恐れる獰猛《どうもう》な大型犬という風情は全くない。剽悍《ひょうかん》な姿態《したい》とはうらはらに、目には従順さや信頼が見てとれる。お互いが心を許し合った関係だと感じられた。

記事には「このドーベルマンは、動物愛護施設から引き取ったものだ」とある。「尻尾《しっぽ》と耳を切り落とした傷痕《きずあと》が化膿《かのう》して、死に瀕《ひん》していた犬が捨てられていたのを、愛護施設で見つけた陽一郎氏が引き取って、治療して助けた」と。

意外な気がした。血統書付きの犬を、高い値でペットショップから買ってきたものとばかり思っていた。

「ブリッツは、心を通わせた大事な友なんだ」と言ったという陽一郎。たった一匹のドーベルマンしか、彼の味方はいないのか。悲しい気持ちで雑誌を閉じた。

もしかしたら、私たちを組成しているほんの一部分は、似通ったものかもしれない、と麻衣子は思う。だからといって、麻衣子に何ができるというのだ。そういう二人が寄り添ったって、余計に苦悩が深まるだけだ。虚しさで虚しさを埋めることはできない。やはり陽一郎をきっぱりと拒絶して正解だったのだ。彩夏がまだ麻衣子をクビにしなければ、ブリッツを見ることはあるだろうが、陽一郎と口をきくことはもうないだろう。

食欲もなく、麻衣子はペットボトルの水だけ買ってコンビニを出た。住んでいるワンルームマンションに向かって歩く。

「愛すべき相棒」声に出して言ってみる。

――なあ！　もっと弾いて、ピアノ！　それ、ピアノじゃろ？

「ミツル君……」

麻衣子は明け方の夢を思い出していた。暗闇を怖がらない不思議な子。初めて出会った時、麻衣子は五歳で、ミツルは一つ上の六歳だった。体は小さかったが、すばしっこくて好奇心旺盛《おうせい》だった。

あの夢の中では、ミツルは沈みゆく村に取り残されているのだ。あれは麻衣子が勝手に作りだしたストーリーだ。実際にはダムが出来て村が沈んだのは、十年以上も後だった。でもミツルは別れた時のまま、十歳の子供のままだ。

ミツルは暗い納戸《なんど》の中でしか姿を見せなかった。心細い麻衣子を励ますように。しかし麻衣子が学校に通い始め、少しずつ環境に適応するようになると、元気をなくしていった。そして唐突に姿を消した。自分の役目は終わったとばかりに。

――納戸で寝てしもて、夢でも見たんやろ。

幸枝伯母に優しく慰《なぐさ》められたけど、麻衣子は頑なに彼が再び現れるのを待ち続けた。あまりに突然に途絶《とぜつ》してしまった幼い友情。ショックだった。彼女の生まれて初めての小さな友だち。さよならを言う間もなかった。あの子はどこかで生きているに違いないと自分に言い聞かせて悲しみと心細さを紛《まぎ》らわせた。麻衣子の意識は、今もあの子をあそこに閉じ込めたまま、成長もさせないで懐《なつ》かしんでいる。

自分のマンションに帰り着いた。

階段を使って二階まで上り、鍵《かぎ》を使ってドアを開ける。フロアライトが優しいオレンジ色の光で迎えてくれる。帰りが夜になる時には、必ず灯《とも》して出るようにしている。部屋の照明をつけて、ライトを消した。乱暴に靴を脱いで、窓に寄っていった。稠密《ちゅうみつ》な闇が窓の外にべったりと広がっていた。急いでカーテンを閉めて息を整えた。

時々、不意打ちのように闇を意識してぞっとすることがある。幼い時の体験がそうさせるのだ。

無性《むしょう》にミツルに会いたかった。ミツルは夜目がきき、暗がりを怖がる麻衣子を面白《おもしろ》がった。


母の郁子は七富利村の伯父の家に落ち着くなり、体調を崩した。東京からあんな田舎までたどり着いたことで、一つの目的を果たしてしまったとでもいうように寝ついてしまった。一藤の家には、真巳《まみ》という若い女性が手伝いで雇われていた。彼女の仕事は、一言で言えば屋敷の維持管理だ。

一藤家はかつて油屋とハゼの株を持っていて、これらを独占的に製造していた。まだ菜種油や木蠟《もくろう》が大きな金を生んでいた時代の話だ。

玄関の間の左には、立派な神棚を備えた神前の間、続いて中の間、表の間。控えの間から出入りできる八畳の奥座敷は主人の客間で、床の間に違い棚、平書院《ひらしょいん》が設けられていた。奥向きには仏間、ヨマと家人が呼ぶ居間、寝室。これらは全部畳敷きで襖《ふすま》で仕切られていた。茶の間の隣には一つだけ洋間があったが、これは戦後に改装されたものらしかった。居間の隣の台所は落ち座という板の間で、だだっ広い土間がくっついていた。

麻衣子たちが来るまでは、伯父と伯母と真巳がこれだけの広さの屋敷に住んでいたのだ。伯父は家のことにはノータッチだから、伯母の手には余る。枯山水の庭や古井戸のある中庭まであり、中庭を囲んで蔵や隠居部屋、使用人の部屋まで残っていた。家事には一切手を貸さない伯父だが、かつての栄華を顕示するこれらの空虚な部屋全部をきちんと維持しておくことにはこだわった。そのせいで、雇い人を置かなければならなかったのだ。

真巳は使用人用の部屋で、一人で寝起きしていたと思う。

使わない部屋が連なる家の奥まで陽が入らず、土間の上に組まれた梁《はり》や、廊下の天井、九寸角の大黒柱、板戸などには常に煤《すす》のように暗闇がこびりついていた。それだけで幼い少女を怖がらせるには充分だった。

母が寝ついてしまった麻衣子たちの部屋は、廊下の突き当たりの一番奥の六畳間で、伯父や伯母の居室とは離れた場所にあった。

しばらくしてやっと寝床《ねどこ》から離れた母は、精神的に浮き沈みがあって全く頼りにならなかった。環境の激変によって麻衣子も不安定な気持ちを抱えていたから、母にかまって欲しかった。が、自分の不運を嘆《なげ》くばかりの母は、娘のことにまで気が回らなかった。

一藤家は周囲の広大な山林を所有し、伯父は製材所や建設業も営《いとな》んでいた。伯父はやがて七富利村の首長に打って出る名士だったし、一藤家の家長だった。その権力は絶大で、村も家庭も彼が支配する王国だった。伯父は、外ではリーダーシップのある物わかりのいい男を演じていた。だが一旦《いったん》家に帰ると、傲慢《ごうまん》で狭量《きょうりょう》な男だった。自分の思い通りにことが運ばないと、すぐに激昂《げっこう》した。

麻衣子は、美しくて品のいい伯母が、なんで伯父のような見映《みば》えの悪い男と結婚したのか不思議だった。彼女の言葉の端々《はしばし》から、頭のよさも垣間見《かいまみ》えた。なのに、一言も伯父に言い返すということをしなかった。

伯父は、自分の妻に気分しだいで暴力をふるった。あの当時、妻を殴《なぐ》る男なんて田舎にはごまんといたのかもしれないが、麻衣子も母も震え上がった。優しくて陽気な父とは正反対の性格だった。家長である自分には、家族を率《ひき》いる責任があり、それには力で制するのが一番であると、伯父は信じて疑わないようだった。

原因はもう憶えていない。台所から鍋物を運んできた伯母を伯父がいきなり殴りつけたのだ。土鍋は壁まで飛んで砕け散った。熱い中身がばしゃりと撒《ま》き散らされた。エプロン姿の伯母は、無様《ぶざま》にひっくり返って呻《うめ》いた。彼はそんな妻を大声で罵倒《ばとう》したのだ。アンバランスで不細工《ぶさいく》な体に、ふんにゃりとした白い肉をまとった伯父の、どこにこんな力があるのかと思えるほどだった。伯母は何をされても黙って耐えていた。

母と麻衣子はいつもびくびくして、伯父の顔色を窺《うかが》わなくてはならなかった。さすがに彼女らに手を上げるということはなかったが、伯父は一藤家の暴君に変わりはなかった。感情の起伏の激しい義兄《ぎけい》を恐れ、母はますます萎縮《いしゅく》してしまった。

「伯父さんの言う通りにしなさい」

「伯父さんにさからってはいけないよ」

その後何度となく繰り返される母の口癖は、この頃から始まった。

子供心にも伯母が気の毒だった。伯母の幸枝は、きびきびと働き、繁栄の残影を宿す家を取り仕切っていた。身を寄せた母や麻衣子には、そっと心配りをしてくれた。でもそれは夫の目の届かないところでだった。ただ単に横暴な夫が怖いのだろうか。それとも別の信念でもあるのだろうか。彼女は、決して夫に逆らわなかった。

母が一度意を決して「義姉さんは何の落ち度もないのにこんな仕打ちを受けて。義兄《にい》さんはもう少し考えたらいいのに」と声をかけたことがあった。多分、母の調子が比較的いい折に、並んで台所に立っていた時だと思う。

幸枝伯母は、菜っ葉を刻みながら、ふっと寂しげに笑った。

「おかしいやろねえ、都会から来た人には。でもあたしはこういうふうにしかできんのよ」

その時は、母はどうも得心のいかない顔をしていた。でも部屋に帰ると、「多分、あの人は、子供を産むことができなかったことで、負い目を感じてるんだわ」と呟《つぶや》いた。子供の麻衣子に言って聞かせるというよりは、独り言に近い呟きだった。母は、自分なりの解釈をして、自分を納得させる癖があった。今考えると、世間知らずな稚拙《ちせつ》な考えに基づいたものだったと思う。短絡的《たんらく》なこの考えは、後々、彼女の愚《おろ》かな行動を導き出すことになる。

麻衣子は、よく家の裏の川べりに下りていった。丸太を組んだ桟橋は、伯父の家にもあって、平底舟が一艘《そう》舫われていた。伯父はあの体で、気が向くと器用に舟を操った。家が立派なだけに、桟橋もよそより大きかった。そこに立って、滔々《とうとう》と流れる豊かな肥治川をぼんやり見たり、小石を投げたりしたものだ。

時折、そこに舟を着けてくる人があった。川漁が得意な老夫婦で、川で獲ったモズクガニや鮎《あゆ》、鰻《うなぎ》、テナガエビなどを伯母に買ってもらいにくるのだ。夫の方は、無口でろくに挨拶もしない人だったが、老婆《ろうば》の方はよくしゃべった。名字は知らないが、カツさんという人だったと思う。カツさんは、麻衣子のことを「じょん」と呼んだ。「お嬢ちゃん」というこっちの呼び方だと知るのに、しばらくかかった。

夫は器用な人らしく、この人が来たら、伯母は手間賃を払って、簡単な修理や庭木の剪《せん》定《てい》などをさせていた。カツさんは夫の仕事が終わるまで、門の下で待っていた。隆盛《りゆうせい》を極めた頃には代官の宿となっていたあの家の門は、立派な瓦屋根《かわらやね》がついたものだった。そこに座って、カツさんは、通りかかる人を誰彼となく呼び止めては長話をしていた。野良《のら》仕事帰りの農婦や散歩途中の老人などは、門の中に入ってきて、腰を下ろして話に興《きよう》じた。それを聞くともなく聞いていると、麻衣子にも伯父の家の中のことが少しずつわかった。

カツさんは、幸枝伯母が大洲の城下の由緒正しい家の出だと言った。だけど、その家はすっかり没落してしまい、困窮《こんきゆう》した時に遠縁《とおえん》にあたる一藤家が援助したらしい。その縁で伯母が伯父に嫁《とつ》ぐことになったようだ。

「まあ、ここの奥さんはかわいそうなもんやが。家のためにこんな山奥にお嫁に来ることになってからに」

言外に、「家の事情であんな見てくれの悪い男に嫁がされて」と言っているようだった。

「奥さんは、体が弱かったけん、若い時はさいさい実家に戻って養生《ようじよう》しとったわい。ひと月もその上も戻ってこんことがあったぜ。あれはここが嫌じゃったんやろな。そら、あんた、わかるやろ?」

相手の農婦もうんうんと相槌《あいづち》を打つ。

「そんでも偉いな、あの人は。結局は旦那《だんな》さんに仕《つか》えて立派にこの家を盛り立てて」

「おなごっちゅうもんは、腹をくくったら強うなるもんよ」

「子供がおらんのは、気の毒じゃな」相手が答えると、「そら、気の毒じゃ。名のある庄屋さんやのに、跡継ぎができんのは」

それから、すぐ近くで地面に小枝で絵を描いている麻衣子に向かって、「じょんが、この跡取りになるんかいの」と尋《たず》ねる。

麻衣子は、その意味もよく理解できなかったが、しゃがんだまま、激しくかぶりを振った。

それから話は、もしダムができて村を離れたらどうするかということに移る。カツさんは、肥治川から離れたら川漁ができなくなってつまらん、と言った。

母は、朝起きてこられないことも多かった。伯母が用意する朝食が食べられず、よく麻衣子は涙をこぼした。一度堰《せき》を切ると、自分でも抑制《よくせい》がきかなくなる。しまいには天井を仰《あお》いで大声で泣いた。同じ座卓で食事をしていた伯父は目に見えて苛立《いらだ》った。挙句《あげく》、手っ取り早くこの怪物をどうにかしようと麻衣子を引き立てる。

母娘に与えられた部屋の前で廊下は曲がり、そのまた先に納戸がある。そこで麻衣子は乱暴に突き転がされた。伯父が板戸を力まかせに閉じると、彼女は暗闇に一人でとり残された。八畳ほどの板間には、使われなくなった家財道具や不用品が押し込められていた。

高い場所にある丸い窓の磨《す》りガラスから薄ぼんやりと漏れてくる光で、それらの形が黒く浮かび上がっている様は、もの言わぬ亡霊《ぼうれい》が林立しているように思えた。

それは恐怖以外のなにものでもなかった。板戸にすがりついて火がついたように泣き喚《わめ》いた。板戸は縦桟《たてさん》の舞良戸《まいらど》で、とても子供の力では動かすことができなかった。

声は枯《か》れ、喉《のど》を傷《いた》めるほど大声で泣いても、誰も来なかった。一番近くの部屋で伏せっているはずの母さえ。

暗闇の中でよく麻衣子は気を失った。とうてい耐えられない恐ろしい場所にいるための自己防衛だったのかもしれない。何度閉じ込められても、麻衣子は暗闇に慣れることができなかった。舞良戸にぴったりと身を寄せ、その隙間から漏れる光だけにすがった。

そこに耳を当てて、やがて一つの約束のように、幸枝伯母が助け出してくれるのを待つのだ。伯父が仕事に行ってしまうと、伯母はすぐに麻衣子を納戸から出してくれた。

しかし伯母は夫に「小さな子に、こんな酷いことをしないでやってください」と忠告することはなかった。彼女は決して夫にたてつくことはなかった。従順というよりは、もうそういう気力をなくしているというふうだった。あの家は、伯父の偏執《へんしつ》的な尊大さと伯母の静かな諦念《ていねん》とでできあがっている脆《もろ》い楼閣《ろうかく》だった。

冷酷な伯父は、ちょっとしたことでも麻衣子をそこへ閉じ込めるようになった。なぜそんな目に遭わされるのか、わからなかった。多分、私が女だからだろうと麻衣子は思った。母と同じに自分なりの理由付けが欲しかった。伯父さんは、女が嫌いなのだ。私を見ているのが嫌なのだ。暗闇に放置される訳はそういうことなのだと自分に言い聞かせた。それでも伯父に襟首《えりくび》をつかまれて引きずられながら、柱にしがみついて抵抗した。どうしても閉じ込められるのは怖かった。泣いて泣いて、廊下で失禁することもあった。伯父はそれを見て、さらにいきり立った。自分の尿の中に顔を擦《こす》り付けられた。

　そういうことを繰り返して悟《さと》った。伯父はあの見てくれにコンプレックスを持っていて、それを克服するためには、他人を虐《いじ》め苛《さいな》むしかないのだ。自分というカタチを保っておくために、他人を損ねるのだ。それも決まって自分より弱い者を。歪んだ精神状態だ。

　どんなに抵抗しても、結局麻衣子の行き場は納戸の闇の中だった。

納戸として使われているあの部屋は、オサンベヤと呼ばれる産室だったらしい。戦後もしばらくはその用途で使われていたのだと伯母の口から聞いた。

「昔は、家でお産するのが当たり前じゃったけんな」

　奥まった薄暗い部屋を産室に当てるのは、他人を遠ざけるためとか、お産は汚《けが》れるから日光が当たると罰が当たると信じられていたのだという。磨りガラスの嵌《は》め殺しの窓が一枚きりの陰鬱《いんうつ》な部屋の来歴は、麻衣子をさらに震え上がらせる材料にしかならなかった。

　母は、その時のことをほとんど憶えていないと言う。自分の子が酷い目に遭っていたことすら自覚していないのだった。もうそのことを嘆く気も麻衣子にはないけれど。

　納戸に乱暴に投げ込まれ、伯父が足音も高く去っていった後、背後の暗がりの中から物音が聞こえることがあった。カサカサと紙をめくるような乾いた音だったり、ズルズルと何かを引きずる音。さんざん喚いてぐったりし、感覚が鈍《にぶ》くなった麻衣子は、もはや泣く気力もなく耳をそばだてる。そろそろと奥の方へ足を踏み入れた。どうせここに何度も入れられるのなら、隅々まで知っておきたいという気になった。知らずにいると、想像力がさらに恐怖心を膨《ふく》れ上がらせるのだ。

　金具の取れた簞笥《たんす》や長持ち、蜘蛛《くも》の巣の張った機織《はたお》り機、潰《つぶ》れかけた行李《こうり》、壊れた扇風《せんぷう》機《き》やストーブ。木製の桶《おけ》や盥《たらい》、後は何に使うのかもわからない道具が黒い影になって麻衣子の後ろに連なっていた。肩から力が抜けていった。どうってことのない不要な品物——私と同じ、誰にも愛されず忘れられ、捨てられた物の集まりだ。

　行李を開けると、縞《しま》の模様の反物《たんもの》が出てきた。白地に細い線が等間隔で並んでいる模様だ。ふっと既視感に襲われた。麻衣子は反物を板戸から漏れる光の所まで持ってきて、ピアノの鍵盤に見立てて弾いた。頭の中でピアノの音が鳴り響いた。父が死ぬ前まで習っていた教室で、なんとか両手で弾けるくらいにはなっていた。懐かしいカワイのピアノの感触が甦《よみがえ》ってきて、怖い暗闇にいることも忘れられた。

またかすかな音が聴こえ、手を止めた。そっと周囲を見渡す。

「なあ！　もっと弾いて、ピアノ！　それ、ピアノじゃろ？」

頭の上から子供の声が降ってきた。麻衣子はぎょっとして仰向《あおむ》いた。

屋根裏から子供の首が覗いていた。多分、「キャッ！」というふうな叫び声を上げたと思う。窓に近いところにいる子の表情は、比較的よくわかった。その子は声を上げて笑った。納戸には天井がなかった。空間を充分に使えるように屋根の勾配《こうばい》に沿って梁は斜めに掛けられていて、棟木《むなぎ》部分で交差させていた。そこにちょっとした中二階が設けられているのだった。その時まで、そんな構造には気がつかなかった。

「誰？」

恐る恐るそう訊《き》くのがやっとだった。

「僕な、ミツル。あんたは？」

「麻衣子」

それが初めてのミツルとの出会いだった。

「なんでそんなとこにいるの？　どうやって上がったの？」

「こうやって」

ミツルは、ひょいと簞笥の上に飛び下りた。簞笥の上から手を伸ばして、簞笥の引き出しを階段のように段々に引き出して、ピョンピョンと弾むように下りてきた。

麻衣子は呆気《あっけ》にとられてミツルがそばに来るのを見ていた。怖いという気持ちは湧かなかった。その感情は、すでに使い果たしてしまっていた。

「なんでここにいるの?」また同じことを訊く。

「お母ちゃんに会いにきた」

「えっ? 真巳さん?」

ミツルは、シイッと人差し指を口に当てた。誰も聞き耳なんか立てていないのに。

「ほでもな、黙っといて。僕がここにおるの、誰かに知られたら大ごとやけん。そうなったら、もうお母ちゃんに会えんようになる」

カツさんの話を思い出した。麻衣子に対してではなく、いつか近所のおばさん相手にしていた話だ。真巳は、村内の家に嫁いで子供ももうけたけれど、離婚して戻ってきたという。実家でも肩身が狭い。そんな真巳を、幸枝伯母が不憫《ふびん》がって、一藤の家で雇ってやったのだという。いつも暗く、誰にも打ち解けない様子の真巳は、伯母のいうことはよくきいた。多分年は三十そこそこだったように思う。

「真巳はな、愚図《ぐず》なうえに知恵ものうてな――」カツさんは、かわいそうにというふうに顔をしかめた。どうやらもともと愚鈍《ぐどん》な娘だったのが、お産でさらに精神的な混乱をきたしたと伝えているようだった。子供を育てるには不安があると、やんわりと実家に戻されたのだった。

「性《しよう》のええ子なんやけど、うまいこと世渡りできんのよ」

と近所のおばさんは真巳をかばっていた。

「お母ちゃんは、知らん顔する時もあるけど、ほでもええんよ。僕、お母ちゃんに会いたいもん」

真巳も婚家に残した子が気がかりなのだろう。親子は人目を盗んで会っているのだ。麻衣子は一歳年上だというミツルがうらやましかった。離れていても、そこまでして子供を可愛《かわい》がってくれる母親を持っていることが。麻衣子が布団《ふとん》にくるまっている母のそばに寄っていっても、母はくるりと寝返りを打って、反対側を向いてしまうのだった。

「それじゃあ、今日はここに隠れてるの？　初めて？」

「ううん。もう三回目。麻衣子ちゃんがここに閉じ込められるの知っとったよ。あの男の人誰？　怖いおいさんやなあ」

「あの人は私の伯父さん。お母さんは具合が悪くて寝てるから」

「へえ」

おかしな物音は、この子がたてていたのだとわかって、ほっと安心した。

「ミツル君がいるの、ちっとも気がつかなかった。ここ、暗くて怖いから、奥の方まで見たことなかった」

「怖くないよ！」暗闇は好きなんだと彼は言った。「こっそり隠れとかんといかん。暗くないと誰かに見つかる」

麻衣子はすっかり感心した。ミツルは、ピアノをもっと弾いてとせがんだ。

「でも音、出ないよ。ほんとのピアノじゃないから」

「聴こえるよ。麻衣子ちゃんが弾いとるピアノの音、聴こえる」

麻衣子は広げた縞模様の反物の前に座った。

「じゃあ、『大きな古時計』を弾きます！」

ミツルは、小さな手で拍手してくれた。麻衣子にも、明るく澄んだピアノの音が聴こえる気がした。

「ねえ、今度からいつもここにいて。この家に来た時は」

「うん、ええよ。でもお母さんにはこのこと、話したらいかんよ。お母さん、僕と会う時、すごくびくびくしよるんじゃけん」

麻衣子は生真面目《きまじめ》に頷いた。同年代の友だちができたこと、その子と秘密を分かち合っていることが、素直に嬉《うれ》しかった。

それからは、納戸に閉じ込められても泣かなくなった。いつもミツルがいるということはなかったけど、伯父から邪険《じゃけん》にされた時には、自分から率先《そっせん》して納戸に逃げ込んだ。ミツルみたいに暗さに目が慣れると、少しの光源で納戸の中の様子がよく見えた。暗闇にも少しだけ馴染《なじ》んだ。

暗がりの中では、耳はさらに鋭敏《えいびん》になった。ミツルと麻衣子は「音当て遊び」をした。鳥の声や虫の声に耳を澄ます。ミツルは重なり合った鳴き声から、一つ一つの種類を聞き分けた。鳥や虫の名前をよく知っていた。何度も繰り返すうちに、麻衣子もその特技を身に着けた。

風の音、川の流れの音、水車が回る音、雨が地面を叩く音、軒先から水滴が滴《したた》り落ちる音。落ち葉が舞う音、秋祭りのお囃子《はやし》、製材所の電気ノコギリのたてる鋭《するど》い金属音、鐘を撞《つ》く音、山の中腹にある寺の住職の読経《どきょう》の声まで。

何もかもに音程があり、リズムがある。その音を、麻衣子は架空のピアノでなぞって音楽にした。聴き手はミツル一人。でも最高の聴衆だった。

その年の秋から翌年の春にかけて、麻衣子とミツルにとって、幸せな時間が流れた。麻衣子はミツルとの約束を頑なに守って、彼の存在を誰にもしゃべらなかった。真巳にも声をかけなかった。自分の子供を連れ込んでいるのがばれたら、伯父は許さないだろうから。伯父に抗《あらが》えない伯母も真巳をかばえない。

真巳は病弱だった。よく熱を出したし、腹も下した。伯父は「使いもんにならん！」と容赦《ようしゃ》もなかった。とろくさいから、怪我《けが》も絶えなかった。鎌で手を切ったり、火傷をしたり、梯子《はしご》から落ちたり。伯母はその度に病院に連れていってかいがいしく看病をしてやっていた。もともと虚弱体質なのか、一度体調を崩すと、なかなかよくならなかった。怪我に伴う傷も、感染症を起こしたり、化膿《かのう》したりして治りが悪かった。

母親が寝込んでいる間は会えないから、ミツルも姿を現さなかった。麻衣子は真巳が寝つくと、がっかりした。よくなるかと思うと、また具合が悪くなる真巳にイライラした。

伯母は体が丈夫になる薬だといって、何かの薬草を煎《せん》じたものを飲ませていたが、あまり効果はないようだった。真巳は、その臭い煎じ薬を飲むのが気が進まないようだったが、まずそうな顔をして飲んでいた。

真巳が元気を取り戻して、ミツルが可愛らしい声で「麻衣子ちゃん!」と納戸で呼び掛けてくれると心が浮き立った。どこでどう言葉を交わしているのか、この親子が会っているところを麻衣子は見たことがなかった。そのへんのことに触れるのを、彼女はなんとなく遠慮した。

二人は、いろんなことをおしゃべりした。ミツルは、東京での暮らし振りを聞きたがった。麻衣子たちが住んでいた家、ピアノのレッスン、母が着けていた香水、デパートで売っている物、友だちを呼んでの誕生日パーティ、ディズニーランド、地下鉄、どんな洋服を着て、どんな物を食べていたか――。束の間《つかま》、麻衣子は父が生きていた頃の幸福感に浸《ひた》れた。

「ええなあ、ええなあ」とミツルは目を輝かせた。

あの邂逅《かいこう》がどれほど麻衣子の救いになったことか。一藤家の中では、彼女はさらに苛酷《かこく》な状況に置かれていた。伯父は麻衣子が納戸を怖がらなくなったのが面白くないようだった。麻衣子が自分たち夫婦に馴染まない。暗くてほとんど口をきかない。子供らしくない。村で唯一の幼稚園に通っている麻衣子に、友だちが一人もいない。伯父が姪を詰《なじ》ろうとすれば、いくらでもあった。納戸の中で独り言を言うおかしな子だとも言われた。

　それをあの人間離れした奇怪ともいえる容貌《ようぼう》で言われるのだから、純粋に伯父が怖かった。カツさんによれば、子供の頃から、伯父の頭には一本の毛も生えていなかったらしい。奇妙な頭の形を、あの地方では「お鉢が張った」というのだが、どこを見ているかわからないぎょろりとした離れ目と相まって、薄気味悪がって誰も近寄らなかったと、老婆は容赦がなかった。

　麻衣子が抵抗しないので、伯父は彼女を納戸に放り込む以外は、特に身体に危害を加えるということをしなかった。けれど、「お前はつまらない劣った人間だ」と貶められ、精神的虐待《ぎゃくたい》を受けているようなものだった。たった一人の味方のはずの母も当てにならず、納戸の暗闇以上の暗さの中にいる気がした。

　恐怖と孤独が極限に達した時、麻衣子はどこででも失神した。脈打つような頭痛がしだしたと思ったら、視野が狭《せば》まってくる。呼吸も早まる。その後の記憶はない。そのまま捨て置かれることも、母の隣に寝かされていることもあった。発作的なそういう症状さえも、麻衣子の演技だと断じられた。凄絶《せいぜつ》な幼児時代だった。常に緊張と不安が彼女を支配していた。

そうやって麻衣子はなんとか小学生になった。母もその頃には、ようやく激変した環境を受け入れ、精神的に持ち直していった。まだ多少の浮き沈みはあったが、日常生活に支障が出るほどではなくなった。

真巳は、一度入院した。そのまま、家に戻ってこなかったらどうしようと思ったけれど、子供の力ではどうにもならない。伯母は伯父に叱《しか》られながらも病院へ看病しに通った。幸いにも真巳は退院してきて、働き始めた。でも痩《や》せ細り、顔色がどす黒くなっていて驚いた。病院の薬が体に合わなかったのだと伯母は説明した。結局、真巳の病気が何だったのかわからずじまいだったらしい。彼女の近くに寄ると、あの煎じ薬の匂いがして、胸がむかむかした。

鈍牛《どんぎゅう》のような真巳は、さらに寡黙《かもく》で、陰鬱になった。それでいて面倒をみてくれる伯母にはますます従順になった。

幸枝伯母の周囲には暴戻《ぼうれい》な夫だけでなく、依存傾向の強い義妹、発作《ほっさ》を起こす姪、原因不明の病気を抱えた使用人と、問題だらけだった。伯母は、そうなればなるほど、張り切ってくるくる働いた。幸枝伯母がいなければ、一藤の家は成り立たなかっただろう。いくら伯父が威張《いば》っても、支えているのは、伯母だった。

それをわかっているのかいないのか、伯父はことあるごとに一藤家の歴史を大仰《おおぎょう》な態度で語った。何も知らない母と麻衣子に、畏怖《いふ》の念を抱かせ、有無を言わさず旧弊《きゅうへい》な枠の中に取り込もうとするように。

「郁子さん、あんたも知っといてもらわんといかんけん、よう聞きや」

夕食時は、彼はたいてい酔っている。同じ銘柄のウィスキーをだらだらといつまでも飲んでいた。伯父はウィスキーのグラスを握り締め、上目づかいに二人をねめつけた。たるんだ生白い肌が酔いでぽっと赤らんでいた。

「はい、わかりました」

居ずまいを正してそう答える母は、しっかりしてきたというよりは、どこか変わって見えた。横柄《おうへい》で権高《けんだか》な伯父に陶酔《とうすい》しているようだった。母という人は、そういう大きなもの、己の理解を越えたものには、無条件で屈してしまうところがある。それが結局は楽だからだ。

「一藤家は大洲藩主の流れを汲《く》む由緒《ゆいしょ》正しい家なんじゃけん。ただの庄屋とは違う。家来を連れて帰農した被官武士ちゅうこっちゃ。長い間、村の長《おさ》を務めてきた。この血を受け継ぐ者は、もうわしと麻衣子しかおらん……」

苦々しい口調で伯父は言った。姪のことを話しているのに、肝心の姪の方は見なかった。

武士の身分から七富利村に土着した一藤家は、庄屋格を仰《おお》せつけられ、大洲藩から名字帯刀を許された。伯父は家系図やら、名字帯刀を許可する旨の書かれた古い文書まで持ちだしてきた。一藤家は由緒正しい家系なのだ、と繰り返す伯父は、そこから出た異端児の父を暗に切り捨てようとしていた。

一藤家は大洲藩を治めた加藤《かとう》氏とつながりがある。藤が下につく名字は、いずれも藤原《ふじわら》氏の流れを汲むといわれている。一藤は、この地につかわされる時に、藤原氏や加藤氏とつながる血筋を表すために改められたものだという。

山奥でも栄えた一藤家は、藩に対して難渋者《なんじゅう》への御救米《おすくいまい》、御上納金を度々《たびたび》献上していた。

そういう過去のものを振りかざす伯父は、やや滑稽《こっけい》で憐《あわ》れだった。子供心にもそう感じた。自分の外見の悪さ、性格の歪みを、今や何の価値もないものを広げて隠し、なおかつ小さな家や村の長であることで嵩《かさ》にかかっているようだった。

「ええか。庄屋はの、士農工商の身分制度では農民じゃが、この村では最高の地位にあったんじゃ。武士の役人と同じ仕事を任されとった。藩政を担《にな》っておったんじゃで。年貢《ねんぐ》の徴収、戸籍の調査、土地の売買、質入れに対する証印――」

ずらずらと並べられた役職の中に、宗門改《しゅうもんあらため》という言葉が出てきた。

伯父はにやりと嫌な笑い方をした。

「よう聞いとけ。宗門改とはな、江戸時代に禁教令が出た後、キリシタンの摘発を目的にできた制度なんや。ここんとこはもう資料も何も残っとらんがな。一藤家がこの地に遣わされたんは、隠れキリシタンを見つけだして藩に差し出すんが主な目的じゃあったと言われとる」

麻衣子は、咄嗟《とっさ》にマリア観音像を思い浮かべた。もう三年生かそれぐらいにはなっていたと思う。それでは、あれを隠れて拝んでいた人々を狩りたてて処刑させたのは、私の祖先ということか。ぞっとした。

そういうレクチャーを、麻衣子たち母娘に施して、ようやく決心がついたのか、伯父は、「ゆくゆくは麻衣子に婿《むこ》養子をとって、一藤の家を継がせる」と言った。

母が麻衣子の隣でほっと息をつくのがわかった。幸枝伯母は、顔色ひとつ変えなかったから、喜んでいるのか、嘆いているのかわからなかった。どっちにしても彼女は夫に従うしかないのだけれど。

少しずつ、一藤家内部での居場所ができてくるにつれて、麻衣子はあまり納戸に行かなくなった。ミツルもそう頻繁《ひんぱん》には来なくなっていた。彼は七富利小学校には通っていないのだ。村を出た父親についていき、大洲の小学校に行っていると言った。麻衣子は八歳、九歳と成長するにつれ、体も大きくなったのに、ミツルはなぜか小さいままだった。

納戸の闇に溶け込むように、ちんまりと座って彼女を待っていた。

さすがに麻衣子は心配になった。

「ミツル君、元気ないね。どこか具合が悪いの？」

「ううん、どうもない」

ミツルは、弱々しく微笑むきりだった。麻衣子もそれ以上、踏み込んでは訊かなかった。麻衣子は自分で自分の人生を切り開いていく術《すべ》を少しずつ身に着けていた。もうそれほどミツルの存在に頼ることはなくなっていた。


生き抜くための方策を見つけたのは、母も同じだった。

いや、どうだったのだろう。伯父が真剣に一藤家の存続を考え始めたせいで、そういうことになったのか。伯父は麻衣子を後継者に指名すると同時に、もう一回、別の方法を試すことにしたのか。

小学生になってから、麻衣子は母とは別の部屋を与えられた。ちゃんと学習机も買ってもらえた。それが嬉しくて、彼女は有頂天《うちようてん》になっていた。部屋は、いくつかある六畳間の一つで、母が起居する部屋からそう離れてはいなかった。

深夜に母の部屋に伯父が忍んでやってきていることに気づいたのは、おそらく麻衣子より伯母の方が早かったと思う。伯父と伯母は別々の部屋で寝起きしていて、子供の麻衣子はそれを不思議だとも思っていなかった。

まず伯父の態度が変わった。何か気に入らないことがあって、伯母に対して勢いで上げた手を、ふいに下ろしてぷいと横を向いてしまうことがあった。おかしな反応だった。この家の独裁者として君臨《くんりん》する伯父が、後ろめたい何かを感じているようだった。その理由には、長いこと気づかなかった。母は別段変わった様子はなく、淡々と過ごしていた。

真実は知らない方がよかった。でもミツルとの「音当て遊び」で鍛《きた》えられた麻衣子の耳は、捉《とら》えてしまったのだ。夜更《よふ》けのかすかな音を。誰かが息を弾ませるかすかな気配。細く長く吐きだされる声。何か囁《ささや》くような小声も混じる。夢の中でそれらを聞きながらも、眠たさに負けて、また寝入ってしまうということが繰り返された。

これが明らかな異変だと気付いたのは、夜トイレに立った時、廊下のはずれに亡霊のようにパジャマ姿で立っている伯母を見たせいだった。麻衣子の姿を認めると、はっと我に返ったように自室に戻っていった。あの一連の物音が、母の部屋から聞こえているのだとわかった。それを伯母は聞いていたのだと。

伯母が立っていた位置よりも近くで、より鮮明に、あの音を聴いた。

知っている音のどれとも違う。風の音に似た、笛の音に近い、でもそこには意思が込められていた。ヒュッ、ヒュッ、ヒュッというような小刻みな息づかい。フフンという鼻にかかった音。それから――もっとかすかに「はあっ」という吐息混じりの声。これは明らかに母の声だった。

麻衣子は後ずさった。眠っているはずの母がたてるわけのない音だった。

奇妙な音。何かが母の身に起こっているらしいとは感じられた。でも彼女のしたことは、伯母と同じに自室に引き上げることだった。本能的にそうするのが最良のやり方だと思えたのだ。

「そんなん、見てみたらいいんよ」

ミツルは、さもないことのように言った。久しぶりに会ったミツルは、体がとてもだるそうだった。もう十歳になっているはずなのに、出会った時より一回り小さくなっているような気がした。

「それよりか、弾いて、ピアノ」

麻衣子は気が乗らなかったが、弱ったミツルのために「十人のインディアン」を弾いた。布の上で指を躍《おど》らせながら、物事が悪い方向に回っているような気がしてならなかった。もうミツルとは会えないのではないか。母が遠いところに行ってしまうのではないか。麻衣子はこの村から一生出られないのではないか。

悪い予感に震えながらも、彼女は陽気なピアノ曲を弾き続けた。

母の部屋からの不穏《ふおん》な物音は、不定期に続いた。麻衣子が気を張っているせいで、伯父が母の部屋の方へ廊下を歩いていく音がいやでも耳についたのだ。伯父は自分の部屋から洋間を抜けてやってきた。和時計の秒針の音が麻衣子を起こす。伯父の歩き方は特徴がある。足音も特異だ。タトタトタタン――トン。廊下を行く伯父が、麻衣子の部屋の前を通っていった。でもそれが何を意味するのかは、小学生にはわからなかった。ミツルの提言に従って、その原因を突きとめるのには、まだ一か月以上かかった。

家の中の空気は微妙におかしくなっていた。それも感じていた。伯父、伯母、母の三人の間に緊張が漲《みなぎ》っているようだった。伯父と伯母は、それを心地《ここち》悪《わる》げにしていたのに、母はそれを楽しんでいるように見えた。たった九歳の子は、自分を守るためにそういう変化もすぐに感じ取るアンテナを持つようになっていた。

周囲をはばかって、低い声で伯父が母に言葉をかけているようだった。ごくごく短い言葉だ。耳をそばだてながら、麻衣子は大胆に廊下を歩いていった。

「郁子――」と伯父の声がした。

「ふふ」と笑ったのは、母だ。

麻衣子は一気に襖を開いた。枕元に灯された傘付きのランプが、絡み合う二匹の醜いケモノを照らしだしていた。

彼女はその場で気を失った。

三谷は諦めなかった。電話をしてきて、彼の持ち込んだ企画が、ある編集プロダクションで通ったと言ってきた。

「向こうはすぐに取材を始めてくれと言ってる」

弾んだライターの声に、麻衣子は身を強張《こわば》らせた。どうしても三谷は過去を掘り出したいのだ。「隠れキリシタンの呪い」という噴飯《ふんぱん》もののキーワードで。そうして世間からひっそりと身を隠して生きてきた彼女を衆目《しゅうもく》にさらす気だ。麻衣子は、これ以上は取材に協力できない、ときっぱり言った。

「私のことを書いたら、あなたを訴えるわ」

声が震えた。三谷は、ふふんと鼻で笑った。

「別にあんたのことを書くわけじゃない。俺は事件を追っているだけだ。訴訟を起こされても痛くも痒《かゆ》くもないね。ことが大ごとになって、あんたに注目が集まるだけだ。おかげで掲載誌はさらに売れる」

「事件ではないわ。私の伯父は事故で亡くなったのよ」

そう言っても、三谷にはこたえなかった。電話の向こうで、あの歪んだ笑い方をしているに違いない。わかっている。事故だろうと事件だろうと、面白い記事にさえすれば、読者はついてくるのだ。麻衣子は追い詰められていた。

調律の仕事を終えて北千住《きたせんじゅ》の街を歩いている時、軽い眩暈《めまい》に襲われた。周りの風景がぐにゃりと歪んで見えた。バス停に置いてあったベンチを見つけて腰を下ろす。冷たい汗が流れて気分が悪かった。

三谷が現れて以来、子供の頃に襲われた発作にまた見舞われるのではないかという不安に苛まれている。弱い自分がほとほと嫌になった。

二十分ほど休んで落ち着いたので、歩きだした。昼下がりの商店街。路地に入ると、木造やモルタル造りの民家が軒を連ねている。どこまでも続いていそうな狭い路地を抜けていく。茶色の猫が前を横切った。立ち止まって辺りを見回した。どうやら来る時に通った路地とは違う道に入ってしまったらしい。客先を訪ね歩く調律の仕事では、よくあることだ。ようやく路地を抜けた。車も行き来する道路に出たので、ほっとした。道を渡った向こうに比較的大きな建物があった。小さなマーケットの裏口のようだ。正面はもっと大きな道に面しているのだろうから、そっちに回れば駅の方向がわかるかもしれない。

その時、裏口に人が現れた。エプロンをして段ボール箱を抱えたその女性に、麻衣子の目は釘付《くぎづ》けになった。百七十センチもあろうかと思われる、大柄な女性の動作を、麻衣子は追った。

彼女は、どさりと段ボール箱を置くと、エプロンの裾《すそ》で汗を拭《ふ》いた。色褪《いろあ》せたエプロンには、「いろはマート」とあった。向こうも、道の向こうでじっと立ちつくしている麻衣子に気がついて、顔を上げた。二人の視線が絡み合った。

「麻衣子――?」

声は届かないけれど、彼女の口が麻衣子の名前の形に動くのがよく見えた。

女性は大股に道路を渡ってきた。

「司《つかさ》?」かすれた声で麻衣子は問うた。「あなた、東京にいたの?」

それもこんな近くに。麻衣子の住む日暮里からは目と鼻の先だ。司はそれには答えず、彼女の腕を引っ張った。

「ここでは話せないよ。そこに公園があるから、そこで――」

「いいの? 仕事中なんじゃ……」

「いいよ」

素っ気なくそう言って、司は先に立った。道路の先に小さな児童公園があった。二人は、そこのベンチに腰を下ろした。

「びっくりした。こんなところで会うなんて」

ドミノのように、過去から知り合いが次々飛び出してくる。でも三谷の場合と違い、司には純粋に懐かしさを覚えた。彼女は、七富利小学校で唯一、麻衣子が心を許したクラスメートだった。

司はエプロンのポケットから、細い円筒形の紙包みを取り出した。水色に白い水玉模様。ラッキーミントというラムネ菓子だ。それを見てそっと微笑んだ。司は子供の頃からこのラムネ菓子が好きで、しょっちゅう食べていた。その嗜好《しこう》は今も変わらないようだ。

司は、五円玉みたいに穴が開いたラムネ菓子をひとつ口に放り込むと、麻衣子に勧《すす》めるでもなく、また包みをポケットにしまった。

それから彼女は、あそこで雇われて働いているのだと言った。

「あんまり流行《はや》らないチンケなマーケットなんだ。経営者は年寄りで、あたしがいないと回らない。もう辞めたいんだけど、引き止められて辞められないの」

司が標準語をしゃべると、妙な気がした。七富利村では、皆と同じように伊予弁でしゃべっていたから。二人で近況を報告し合った。まだ結婚していないという司は、一人でこの近くのアパートで暮らしていると言った。

「もう爺《じい》ちゃんも婆《ばあ》ちゃんも死んでしまったからね。あたし一人、食べていければいいと思って」

彼女は祖父母の家に引き取られ、七富利小学校には、四年生の時に転校してきた。親が離婚したという事情だったと思う。

「あんたは？　どうしてるの？」

麻衣子は調律師をしていること、母と伯母も東京に出てきていることを手短に話した。

「ふうん」たいして興味がないように司は、がりりとラムネ菓子を噛《か》んだ。「最後に会ったのは、ほら、あんたが入院してた時だったね」

昔の知り合いに会うと、やっぱり思い出したくないことに触れられる。しょうがないことだけど。

「あの時はありがとう」

「別にいいよ。あんたの担当医に呼ばれただけだよ。お見舞いに行ったわけじゃないし」

七富利村を離れて東京に舞い戻ってから、麻衣子は心神耗弱《こうじゃく》状態が続き、日常生活にも支障をきたすようになった。自分で自分の心がコントロールできなかった。多分、伯父の惨《むご》い死に方が大きく関係していたと思う。激しい自責の念に苛まれたのだ。

幼児の頃からあった失神したり記憶が飛んだりする症状が顕著《けんちょ》になり、麻衣子は母によってこども医療センターというところの精神科に入院させられた。治療の過程で、麻衣子の主治医が、たった一人の友人だった司を呼び出して、カウンセリングに参加してもらった。あの時は確か、同室だった莉沙《りさ》という少女も一緒で、グループカウンセリングだったと思う。それがどんな治療に役立つのか知らないが、司は文句も言わずに来てくれて、主治医の質問に答えてくれた。

思えば、あの時にもう彼女は東京にいたのかも知れないが、混乱の極みにあった麻衣子は、連絡先を訊くこともなく、別れてしまったのだ。

「じゃあ、今は一人で暮らしてるんだ。苦労したんだね、司」

「別に」

司の無愛想さには馴れている。かえって懐かしい気持ちが増した。

「ねえ、これからは連絡を取り合おうよ。私、日暮里に住んでるから」

麻衣子は自分の携帯番号を教えた。携帯電話を持たない司は、マーケットの事務所の電話番号を教えてくれた。

司に駅までの道を訊いて別れた。この偶然に麻衣子の心は浮き立った。なんで今まで忘れていたのだろうとさえ思った。司は、小学四年生から中学を卒業するまで、無二の親友だったのだから。でもそういうことは往々にしてあるのかもしれない。小、中学校の時の友だちと、いつの間にか疎遠《そえん》になってしまうことなど。

あの時、二人の出会いは、本当に天の配剤ともいうべきものだった。その頃の麻衣子は、喪失感に苛まれていた。一つは、母を伯父に奪われたという思い。それからミツルが納戸から消えてしまった寂しさだった。

伯父と母との関係は続いていた。小学生だった麻衣子は、伯父と母との関係をどう理解したらいいのか、混乱していた。暗闇以上に、目の当《ま》たりにした一匹のケモノが怖かった。醜い伯父に圧《の》し掛かられて、息を弾ませる母。あの家に来て少しずつ変質した母は、とうとう決定的にどこかを崩れさせてしまったのだ。もう自分の知っている母ではなくなった。醜い伯父と同種の何かになってしまった。

父が恋しかった。ピアノが弾けた生活が恋しかった。

あの場面を見た麻衣子は、しばらくは一人で眠れなくなった。伯母がそっと自分の部屋へ誘い、自分の布団に入れてくれた。伯母は傷ついた姪を優しく慰めてくれた。もう自分の味方はこの人しかいないという気がした。伯母は、弱い立場の人間を放っておけない人だった。気がきかないうえに病弱で、行き場のなくなった真巳を追い出すということをしなかった。いつも自分のそばに置いて、なにくれとなく世話を焼いていた。カツさんの夫にも、手間賃を払って仕事を与えていた。本当は、二人ともたいして役に立っていなかったと思う。

彼女の性分からして、不憫な姪のことも捨て置けなかったに違いない。

「どうして夜になるとおじさんは、お母さんのところに行くの?」

「おじさんとお母さんは、何をしているの?」

子供らしい、率直な疑問をぶつける姪には困ったことだろう。伯母にとっては残酷な問いだ。夫が義妹と通じていたのだから。

初めは子供だましのような言い訳でごまかしていた伯母も、途中で考えを改めたようだった。

「一藤の家にはな、跡継ぎがいるの。伯母さんはもう年を取ってしもうたから、子供が産めんの。じゃけん、お母さんに頼んで代わってもろうたんよ」

「お母さんは子供を産むの?」

「そうなったらええなあ、と伯母さんは思うけど、どうじゃろねえ」

「おじさんの子供?」

「そうやけど、そうなったら、麻衣子ちゃんの弟か妹になるねえ。嬉しいやろ? そんな子供が生まれたら」

嬉しいんだろうか。よくわからなかった。よくわからないが、理《り》不尽《ふじん》な気がした。伯父がすることは何もかも嫌だった。伯父のいいなりになっている母も。その営みの末、生まれる子も邪悪な子のような気がした。

「おばさんは嬉しいの?」

「そりゃあ、嬉しいわ。お母さんが赤ちゃんを産んでくれたら」

いつか母が、「多分、あの人は、子供を産むことができなかったことで、負い目を感じてるんだわ」と言ったこと、カツさんが「まあ、ここの奥さんはかわいそうなもんやが。家のためにこんな山奥にお嫁に来ることになってからに」と言ったことが思い出された。

伯母の言い分は、納得できなかったが、この人もこれを黙って受け入れているのだと、子供心にその部分だけは理解した。なら、私もそうすべきなのかもしれない。無理矢理口に含まされた熱くて苦いものを、何とか飲み下すように。

伯母の諦めに倣《なら》うこと、それがあの時、麻衣子が学んだ生きる術だ。

伯母は麻衣子をぎゅっと自分の体に引き寄せて、背中をとんとんと叩きながら、歌うように伯父と母のこと、一藤家のこと、自分のことを囁いた。

麻衣子はうつらうつらしながら、それを聞いていた。やがて救いのように眠りが訪れた。

伯母は、昔から他者を助けることが身についた人だった。

もう一つの喪失感は、ミツルを失ったことだった。

どれだけ待ってもミツルが納戸に来なくなった。とうとう麻衣子は業《ごう》を煮やして、真巳に尋ねてみたのだ。何か大人の事情があるに違いない。大洲の町からも離れてしまったとか、お父さんが実家とうまくいかなくなったとか。私たち子供は、そういうものに翻弄《ほんろう》されて悲しい目に遭うのだ。もうたくさんだ。ミツルだけは諦められない。

「真巳さん!」庭から戻ってきた真巳に麻衣子は駆け寄った。「ミツル君は? ミツル君はどうして来ないの? 連れてきてよ。お願い!」

一気に言い募《つの》った。真巳は、いつものぼんやりした調子で、麻衣子を見下ろした。でも普段、口をきくことのない子が必死になって何かを訴えようとしているのだけはわかったようだ。

「ミツル君……？」

真巳はゆっくりと頭から農作業用の布帽子を取った。のろい動作で両の手甲《てっこう》をはずすのを、麻衣子はもどかしい気持ちで見ていた。手はぞっとするほど骨ばっていた。この数か月で、真巳は体の肉という肉をほとんど落としてしまった。

「ミツル君て、誰？」

この家に我が子を勝手に連れてきていることは誰にも内緒なのだ。それはよく理解していた。でも我慢できなかった。

「真巳さんの子供だよ！　前の旦那さんとの間に生まれた子。知ってるの、私。納戸で何回も会ったから。お母さんに会いにきてるんでしょ？」

あの時の真巳の顔は忘れられない。落ち込んだ眼窩《がんか》の奥に納まっていたガラス玉のような目が、急にらんらんと光った。そして歯を剥きだして麻衣子に食ってかかったのだ。

「あんた！　何のことゆうとるの⁉　あたしをからこうとるんやね。誰にそんなこと吹き込まれたんかしらんけど、ええ加減なことゆうたら、こらえんよ！　あたしの子ォはな、あたしの子ォはな――」

そこまで言うと、ゼイゼイと息を弾ませた。それでも、幽霊のような手で、麻衣子の肩をつかんで揺さぶった。唾《つば》が飛んできた。目からは大粒の涙がどっと流れ出した。麻衣子は呆気にとられ、されるままに、ぐらぐらと揺さぶられていた。騒ぎを聞きつけて、奥から幸枝伯母が飛び出してきた。

「ちょ、ちょっと！　真巳さん、どうしたん？　いったい何？」

麻衣子は我に返って大声を上げた。

「知ってるもん！　ミツル君は、納戸に潜り込んで、お母さんが来るのを待ってるんだ。嘘《うそ》じゃないもん！　お話もいっぱいしたし、ピアノも弾いてあげた！」

とうとう母まで出てきた。伯母は戸惑《とまど》った表情で、母はおろおろと真巳と麻衣子を見比べた。

「ほんで、その子がミツルっていうんか！　違う！　あたしの子供は、あたしの子供の名前は——」

「もうええよ、真巳さん！　もう終《しま》いにしとき。子供のゆうこっちゃ。納戸で寝てしもて、夢でも見たんやろ」

伯母が割って入った。麻衣子はいつの間にかしゃくり上げていた。

真巳もそのまま、そこに座り込んでしまった。骨と皮だけの肩が激しく上下に動いている。幸枝伯母に引っ張られていく麻衣子の耳に、真巳の喉が、フイゴのように鳴る音が聴こえてきた。伯母は、麻衣子を納戸に連れていった。

「どこにおったて？　麻衣子ちゃんが見たゆう子は」

がらりと舞良戸を引き開ける。麻衣子が指差す中二階を見上げると、足台に乗って梯子を引っ張り下ろした。梯子を使わなくても、ミツルなら簡単によじ登れるのに、と麻衣子は思った。細い腕の伯母は、唸《うな》りながらも梯子を床と中二階の間に架けた。そして身軽にとんとんとそれを上っていった。

「もうここは何年も使《つこ》うたことがないがなあ」

上がるように促《うなが》され、麻衣子は恐る恐る段を上った。伯母が手を伸ばして、中二階に引き上げてくれた。

「ほれ、見てみいな、麻衣子ちゃん。こんな汚いとこに子供がおるかや」

麻衣子はぽかんとしてその場に突っ立っていた。荒縄で巻かれた筵《むしろ》や、糸車、竹で編んだカゴや錆《さ》びた農具が埃《ほこり》だらけで乱雑に置かれていた。床にも厚く埃が積もっていた。

「気が済んだやろ」

伯母は、先に梯子を下りていった。麻衣子が下に着くと、また難儀をして梯子をしまった。そして幾分《いくぶん》優しい声で、彼女に語りかけた。

「あのな、真巳の子ォはな、生まれて二か月も経《た》たんうちに死んでしもうたんよ。ミツルていう名前とも違う。麻衣ちゃん、カツさんの噂話でも聞いたんやろ。そんでここで夢に見たんやろ。真巳の子ォと遊んどる気になったんか。かわいそうにな。真巳もあんたもかわいそうやわ」それから一つため息をついて、「オサンベヤて、小さい子供が集まるとこかもしれんなあ。生きとる子ォも死んだ子ォも」とぽつりと言った。

麻衣子が見た男の子は誰だったんだろう。暗闇の中ではかなげに笑うずっと幼いままの子。あれは、昔死んだ子がこの世に結んだかりそめの姿だったのか。生後すぐに死んだという真巳の子か、それともこの部屋で生を享《う》けたものの、育たなかった子なのか？

司が転校してきたのは、ミツルが消えてすぐのことだった。

三谷賢一

電話に出た麻衣子は、小さくて暗い声を出した。誘い出そうとしたが、それは頑なに拒《こば》んだ。相手に気取られないよう、すっと息を整えて三谷はまくしたてた。

「こっちもいろいろと調べを進めている。なかなか面白いことが出てきたよ。どこの家にも人に知られたくない秘密があるもんだ。俺たちのようなマスコミの下流でおこぼれをすくい取って生きるライターはさ、小さなとっかかりを見つけたら、とことん食らいつく。屍肉《しにく》にたかるハイエナみたいにね。それが金を生む。嫌な稼業《かぎょう》だが、やりがいがあるね」

はったりをきかせたもの言いをすると、麻衣子は黙り込んだ。これは暗に自分を脅《おど》しているのだろうかと、考えあぐねているのだ。三谷には、慣れた手順だ。相手の頭に、たっぷりとこちらの言い分が浸《し》みこむまで、口をつぐむ。それからおもむろに切り込んだ。

「村長が死んだのは、オユゴモリの晩だったよな。あんたはあの時、山のお堂にいたんだから、村長がそんなことになっていようとは知らなかった。同様に、村長の奥さんもあんたの母親も家を空けていた」

一藤日出夫は、その数年前に村長に選出されていた。おそらく麻衣子がまだ小学生の頃だ。以後、誰もが「村長」という肩書きで呼んだ。

愛媛県には、少年式という行事があった。中学二年生、十四歳になった男女を対象にした元服《げんぷく》にちなんだ学校行事だ。自覚、立志、健康を目標とし、子供から大人になったことが認められるというものだった。入学式や卒業式と同じように、来賓《らいひん》を招いて立派な式がとり行われる、全国的にも珍しい行事だ。

それに関連した記念行事が各中学で行われる。七富利中学では、二月の少年式を迎えた直後の春休み、「オユゴモリ」という地域の行事に全員を参加させた。「オユゴモリ」とは、「夜ごもり」がなまったもので、もともとは「堂念仏」とか「念仏申し」とも呼ばれる村の宗教儀式だった。肥治川のさらに上流にある茅葺《かやぶ》きのお堂にこもり、木彫《きぼ》りの不動《ふどう》明王《みょうおう》像を中心に置いて一晩中念仏を唱えるというものだ。参加するのは、中二生と、村の青年団。まさに大人の仲間入りをするという古くからのしきたりだった。三谷にも中二当時、その行事に参加した記憶があった。古臭くて退屈な行事だったが、念仏を唱えるのは最初のうちだけで、用意された煮しめやおにぎりを食べたりしながら、話に興じるというのが通常の過ごし方だった。夜通し、そうやって起きていることに意義があった。

夜に親から離れて友人や年上の若者と過ごすというだけで、妙に浮き浮きした気分だった。そんな記憶を追いやりながら、三谷は肝心な用件に移る。

「村長の奥さんとあんたの母親も用事で留守にしていた。当時の記事を調べたら、奥さんの実家で法事があって、それに二人して出席したってことだった」三谷は言葉を切って、相手の反応を待った。やはり麻衣子は一言も発しなかった。「おかしいよな。妻の実家の法事に村長本人ではなく、義理の妹を行かせるなんて。それに一泊しなくても充分日帰りできる距離なのに」

「知らない。そんなこと。何か事情があったんだと思う。伯父は忙しい人だったから」

ようよう、麻衣子はかすれた声で返事をした。三谷はそれを無視した。大胆な推測で揺さぶりをかける。

「なんだか、村長が一人で家に残る算段を自分でしたみたいだな。そして、村長は死んだ。不可解な死に方で。あの当時のことはよく憶えているよ。誰かが忍び込んで村長を殺したんだとか、隠れキリシタンの呪いで命を落としたんだとか、いろんな噂が飛び交《か》って、小さな村は大騒ぎになったよな」

電話の向こうから、かすかに息を吐く音がした。

「オユゴモリの晩にあんなことが起こるなんてな。お前たちの学年が少年式を迎えた年に。そのせいで俺は助かったけどな」

青年団と消防団両方に所属していた三谷もあの場にいた。おかげでその後行われた警察の捜査の際には、容疑者からはずされた。ダム建設を推進した有力者の死に、村民全員に対して結構厳しい取り調べがなされたと聞いた。村の中心部から離れた山の中にあるオユゴモリのお堂には、皆朝までずっと詰めていた。二十人弱の中学生と、十人そこそこの青年団有志。それに、あの年は村の教育長も同席していた。

退屈だった伝統行事は、様変わりしていた。その数年前から青年団の若者たち数人が「クレイジー・ムーン」というロックバンドを組んでいて、演奏をして聴かせるというふうに変わってきていた。三谷もバンドのメンバーの一人だった。リーダーでボーカルのシンジという男に誘われて入った。本当は、ギターがやりたかったのに、ベースの弾き手がいないという理由から、ベースに回された。

そう熱心に練習もしなかったから、たいしてうまいバンドではなかった。でもそういうことは問題ではなかった。山の中の閉塞《へいそく》的な村で、粋《いき》がってポーズをつけていたかっただけだ。自分たちの腕前はわきまえていたので、だいそれた野望もなかった。ただたまに演奏する場くらいは欲しかった。へたくそな演奏でも、羨望《せんぼう》の眼差《まなざ》しを浴びる場が。そういう意味では、恒例の少年式の記念行事というのは、格好の場だった。俗っぽいものにかぶれる前の中二生は、圧倒されたように聴き入り、そのうちに雰囲気《ふんいき》に煽《あお》られてノリがよくなったものだ。田舎のロックバンド、「クレイジー・ムーン」の活動は、その程度でちょうどよかった。

彼らは自家発電機や楽器、アンプを軽トラックで持ち込み、お堂を舞台に大音響でロックを演奏した。要するに、馬鹿騒ぎをして一夜を過ごすというわけだ。二年、三年とそれを続けるうちに、堂念仏は、大人になる儀式という意味合いは薄れ、羽目を外した青年と、親の目の届かないところで一様に高揚した中学生という構図になった。中学生たちもはしゃいで口数が多かった。

「あんたもそうだろ？　離れた場所にいたせいで伯父の死とは無関係だと早々に判断されたわけだから」

「そんなこと……」

「あんたも、他の参加者も誰一人、あそこから動かなかった。よく思い出そうと、記憶を探ってみたんだ。あんたは念仏の輪にもバンド演奏の観客にも加わらなかった」

この前、記憶の底から浮かび上がった中学生の麻衣子の顔を、また思い出してみる。

「そうね――」ひりつく喉から絞り出したような声。「火の番をしていた司と一緒にいたかも」

「司？」

例年、お堂の前の庭には、ドラム缶がいくつか据えてあった。そこで薪を燃やして暖をとり、同時に明かりにもしていた。誰かがドラム缶のそばに寄っていって、時折薪を足したり、搔《か》き混ぜたりしていたように思う。たいていは男子がそういう仕事を引き受けていたが、司とはそのうちの一人だったろうか。

ああいう場でもはしゃいで口数が多くなるということのない麻衣子は、前庭の一番奥のドラム缶のそばにいたと言った。お堂からかなり離れた焚き火の周りは、いっそう暗い闇に包まれていたように思う。

「司って誰だ？」

「同級生の女の子。転校してきた子。大曲《おおまがり》のお爺さんとお婆さんのところへ」

大曲は屋号で、本当の名字は高橋《たかはし》といったと思う。村内でしか通用しなかった屋号を、麻衣子が口にしたことに、三谷は驚いた。都会から来た子は、それでも結構村の生活に馴染んでいたということだろうか。

「ふうん。名前を言われても思い浮かばないな。顔を見ればわかるかもしらんが」

七歳も八歳も年下の者のことを憶えていないのは、当然といえば当然かもしれない。ましてや村で生まれ育ったのではない転校生ならなおさらだ。大曲は、偏屈《へんくつ》な老夫婦だったと思うが、孫を引き取ったのだったか。そういえば、そんな話を聞いたかもしれない。水没した村のことは、今では遠い昔のことのように思える。

もう少し、あの当時の記憶をはっきりさせた方がよさそうだ。

麻衣子との通話を終えた後、三谷はもう一度スマホを操作した。東京のはずれ、狛江《こまえ》市にシンジが住んでいる。クレイジー・ムーンのメンバーの中で、今でも行き来があるのは、シンジだけだ。長い呼び出し音の後、「ああ?」とシンジの声がした。

「俺」

「ケンか? 何だ?」

「いや、ちょっと会えないかなと思ってさ」

「無理。俺、今青森」

シンジは長距離トラックのドライバーをしている。狛江に住んでいるといっても、ほとんど日本中を走り回っている。妻子が住む自宅に戻るのは、一か月のうち、十日もないと言っていた。

「今度いつ東京に戻る?」

シンジが答えた日にちは、かなり先だった。東京に戻ったとしても会えるかどうかわからないと言う。自宅に帰っても、死んだように眠るか、家族サービスをするかですぐに休みがなくなると、以前ぼやいていた。それでもどうにか時間を作ってくれるよう、頼み込む。

「何だよ。ギャンブルで大穴を当てたとか？　おごってくれんの？」

「ばか。もう競馬も競輪もやってねえよ。そんな金あるか」

電話口で、シンジが「キヒヒヒ」というふうな笑い声をたてた。シンジとは、幼稚園から高校まで一緒だった。村に残った数少ない同級生だ。青年団でも消防団でも共に活動していた仲だ。クレイジー・ムーンに引っ張り込まれた後は、三谷が書いた歌詞に、シンジが曲を付けていた。

七富利村のことを尋ねるには、もう彼しか思いつかなかった。愛媛に住んでいる姉夫婦とは、絶縁状態になっている。

「じゃあな」

シンジは、必ず連絡すると約束して、さっさと電話を切った。切る寸前、何人かの男がわっと笑い声を上げるのが聞こえた。どこかのドライブインにでも入って、ラーメンでも啜《すす》っていたのか。

三谷は、友人がいるという遠い北の地に少しだけ思いを馳《は》せた。遅い春がきて、桜も散った頃か。

七富利村にも、樹齢百年を超える立派な枝垂《しだ》れザクラの木があった。村のシンボルとも呼べるものだった。

「あれはもったいないことをしたな」

つい声が出た。あんな大きな木を移植することはできず、枝垂れザクラは沈む村と運命を共にしたのだった。ちょうど火の見櫓と向かい合う斜面に生えていたから、満開の頃に火の見櫓に上ると、ピンクの大きな塊《かたま》りに圧倒されたものだった。あんまりきれいな花に見とれていて、撞木《しゅもく》を取り落としたこともあった。火事が起こって、急を知らせる必要があったのに。後で消防団の団長に、さんざん怒られた。

火の見櫓に上るのは好きだった。村で一番大きな村長の家の入母屋《いりもや》造りの瓦屋根が見下ろせるほど高く、あそこにいると気分がよかった。

俺たちはあそこから離れて、いったいどこまで行くのだろう。

カーン——

自分が叩いた半鐘の音が、耳の奥で鳴り響いた。

一藤麻衣子

携帯電話を持つ手が震えていた。もうとっくに切れているというのに。

三谷は何かを勘付いているのではないか。こうやってじりじりと私を追い詰めて決定的な言葉を引き出そうとしているのでは？　恐ろしい予感に震え上がる。麻衣子がしつこいライターからの接触をきっぱりと拒絶できないのは、彼が何を見つけ、何を露《あら》わにしようとしているのか、どうしても知りたかったからだ。

あいつは、少しずつ真実に近づいている。やがて破滅がやってくる。そんな気がした。

――なんだか、村長が一人で家に残る算段を自分でしたみたいだな。

あの晩、どうしても伯父は一人になる必要があったのだ。それを知っていたのは、麻衣子と司だけ。あの恐ろしい人の企《たくら》みを潰《つい》えさせようと、彼女が為《な》した小さな抵抗のことも、二人が口をつぐんでさえいたら、決して公になることはない。でも――もしこの男がそれを嗅ぎつけたら？　まさか。そんなこと絶対にあり得ない。

このタイミングで司に出会えたのは、麻衣子にとって有り難い偶然だった。

三谷が接触してきたことは、ユリにも、母や伯母にも言えない。幼馴染みの司に自分の不安な気持ちを吐露《とろ》したかった。初めて出会った時も、麻衣子は司にだけ自分の悩みを打ち明けていたのだから。

三谷が、伯父の不審死のことを取材していく過程で、麻衣子が必死で秘匿《ひとく》している部分に触れるのではないか。そこまで考えると、身を引き裂《さ》かれるような思いがした。集中力が必要な調律の仕事にも差し支《つか》えが出た。客先を間違えるというようなつまらないミスを犯してユリにも不審がられた。

麻衣子は仕事の帰りに度々司を訪ねていった。すがるような気持ちだった。電話を入れて待っていると、司はマーケットの裏口から出てきた。前に行った児童公園のベンチや、近くのファミリーレストランで話し込んだ。時間を気にしない司に「仕事はいいの?」と尋ねると、「いいよ」と司は答えた。

「近くに大型スーパーができて以来、うちは開店休業状態」と笑う。

「経営者の体調が悪い時には、ほんとに店を開けない日もあるんだ。なんせ、その年寄り夫婦と私と、もう一人のパートさんだけで回しているから。もうやめたらって言ってんだけどねえ」

と他人《ひと》ごとみたいに言う。一度、マーケットの正面を見たことがあるが、司が「八百屋《やおや》に毛が生えたくらいの店」という通り、小さなマーケットだった。その日も半分シャッターが下りていたから、営業をしていなかったのかもしれない。ここが潰れたら、司はどうするつもりなのだろう。せっかく出会えたのに、また離れ離れになってしまうと思うと怖かった。

真に自分のことをわかってくれる人物は司以外にはいない。長い間音信不通になっていたくせに、麻衣子はもう司に気安く何もかも話すようになっていた。この十五年間の距離が一気に縮まった気がした。

「大丈夫。気にすることないよ、三谷なんか。どうせちゃんとした雑誌社に雇われてるわけじゃないんだろ？　ごろつきライターが書く記事なんか、誰も本気にしないって」

「でも困るの。あることないこと書かれると。私は橘陽一郎という人とは何でもないんだから。でもそれが事実じゃなくても、活字になったら力を持つのよ。マスコミってそういうものでしょ？」

「あいつ、ほんとに書くつもりなんだろうか。ほんとにそんないかがわしい企画が通ったと思う？」

「——わからない」力なく麻衣子は呟いた。

「結局金が目当てなんだよ。ああいう奴はさ」

三谷が売れる記事を書くことで、懐《ふところ》に入る金額はいくらくらいだろう。それ以上のお金なんかとうてい用意できないけど、そういう工作を麻衣子がしたとまた書かれたら？　悩みはいくらでも湧《わ》いてくる。

とうとう司も黙り込んだ。頬杖をついて、ファミレスの外をじっと眺めている。右の頬がぷくりと膨《ふく》らんでいるのは、例のラムネ菓子をふくんでいるからだろう。食べていくのがかつかつの女二人が知恵を絞っても、いい案は浮かばない。しかし自分のために友人が心を砕いてくれているという事実が、麻衣子を強く支えてくれていた。

なぜ司とこうも長く離れていられたのだろう。彼女の横顔を見ながら考える。ずっとずっと一緒にいるべきだった。東京に来て、極度の不安症候群とも呼ばれる症状に襲われたのは、司という支えを失ったからかもしれない。いつだって司はいろいろな解決策を提案してくれていたのだ。あの時かかった精神科の医者よりずっと頼りになっていたのに。

オユゴモリの晩、伯父のウィスキーに睡眠薬を混ぜておくことを考えついたのも、司だった。口にするのもおぞましい伯父の計画を打ち明け、助けを求めた麻衣子に、泰然《たいぜん》として言ったものだ。

「ほんなら、それで伯父さんに眠ってもらっとったらええじゃろ。ひと晩きりのことやもん」

緊急避難的に司が思いついたことが、結果的に伯父の命を奪うことになった。麻衣子はあまりの出来事に震えあがり、秘密を共有していた司とも距離を置くようになってしまった。それがそもそもの間違いなのだ。私と司とは一心同体。強くそう思った。同じ東京にいたのに、お互いそれを知らずにいたことが悔やまれる。

「まあ、そう思い詰めることないんじゃない？　もう三谷なんかまともに相手にしないことだね。適当にあしらっとけば。麻衣子の証言が滅茶苦茶《めちゃくちゃ》なら、あいつも記事が書けないはずだから。向こうにしゃべらせて、どんなことをつかんでいるのか、探ったらどう？」

司にそう言われると、なぜかうまくことが運ぶような気がしてくる。麻衣子は「そうする」と答えた。

「じゃあね」ファミレスを出てしばらく歩き、マーケットの近くまで来ると、司は小さく手を振った。

「ごめんね。司。勝手な時にばっかりあなたを頼って」

「いいよ。あんたには、またあたしが必要になったってことだね」

そう言って、道路を渡っていった。

北千住から電車に乗った。膝の上に置いたトートバッグの底に、司が食べていたラムネ菓子が落ちていた。短い棒になったパッケージは無造作《むぞうさ》に破いてあり、「ラッキーミント」というポップなアルファベットが途中で切れていた。まだ数個のラムネ菓子が残っている。それをじっと眺めた。厚い手帳の横で、丸い棒はころんと転がった。

子供時代、司はよく同じことをした。知らない間に麻衣子のポケットや手提《てさ》げ袋の中に食べかけのラムネ菓子を突っ込んでおいたのだ。親友がした小さないたずらを見つけると、心が励《はげ》まされる気がした。無口な彼女からのメッセージだと思えた。

麻衣子はトートバッグの中で、ラムネ菓子を握《にぎ》り締めた。この「ラッキーミント」が、彼女と司を結びつけてくれたのだった。

司が転校してきた時、麻衣子は自分の殻《から》にこもった暗い子だった。先生は「変わった子」に手を焼き、同級生からは浮いていた。

その頃の彼女は最悪だった。あまりに多くのことが身の周りで起こり過ぎた。

家では、伯父と母との親密な関係が続いていた。伯父の態度は変わらなかったが、母は変わった。伯父が深夜に部屋に忍んでくるようになってから、脆弱《ぜいじゃく》で抑鬱《よくうつ》気味だった母は、ある種の自信を得たようだった。伯母を見下すような態度を見せることもあった。今考えても愚かとしか言いようがない。たった四人の家族の中での力関係に勝利したからってどうだというのだ。でも母にとっては、うっとりするほどの喜悦《きえつ》だったのだ。

二人の関係に幸枝伯母が気がついていることを、伯父も母も知っていた。伯父は母の部屋に通うことを憚《はばか》らないようになったし、母は、これみよがしに伯父を迎え入れた。麻衣子の耳は、夜になると己の母親の淫《みだ》らな声を拾った。

――一藤の家にはな、跡継ぎがいるの。伯母さんはもう年を取ってしもうたから、子供が産めんの。じゃけん、お母さんに頼んで代わってもろうたんよ。

どんな運命も受け入れ、「諦める」という意識もなしにひっそりと生きている伯母。賢い伯母がどうしてそんな生き方に甘んじているのか、不可解だった。過去に隆盛を極めた時期があったとはいえ、山奥の一名家である一藤家を存続させることがそれほど重要なことだとは思えなかった。

でもそういう曖昧《あいまい》な、だが厳然としたものに依《よ》って、あの家は動いていたのだ。

母もあの時、伯父の子を産むことを本気で考えていた節《ふし》がある。そうすることで、自分の地位を確固としたものにできると思ったのだろうか。身の毛もよだつ考えだった。伯父という尊大で暴戻な男は、祖先という名の過去の亡霊をまとい、そこまで周囲の意識を変えてしまっていた。小さな小さな世界が彼の王国だった。そして麻衣子たちは否応《いやおう》なくその住人にさせられて、彼の定めた戒律《かいりつ》に従って生きることを強《し》いられていた。

麻衣子は学校でいじめに遭ってもいた。彼女をいじめていたのは、ダム建設に強固に反対していた農園経営者の娘だった。肥治川を堰《せ》き止める七富利ダムの建設計画自体は、もう二十年も前からあったらしい。村民は、おおかたが反対の立場をとっていた。しかし伯父が村長になってから、一気に推進派が優勢になった。伯父は態度を決めかねている村民を自分の側に取り込み、県との話を進めた。

ダム本体工事は、大手のゼネコンが請け負うとしても、県道、市道の付け替え、砂防ダムや堰堤《えんてい》の建設などの付帯工事が続く。伯父の建設会社は、これらを受注できるように根回ししてあったらしい。「公共事業はボロ儲《もう》け。ダム建設で丸太り」と陰口を叩かれていた。が、そう言う輩も代替地に家を建てる時には、一藤建設に頼むしかない。

もうその頃にはダム建設に向けて国も県も村も動いていた。村がそっくり移る代替地は、大洲市に属する利便性のある土地だった。それを誇らしげに語る伯父を見ていて、彼の新しい王国がまたできるのだと思った。ダム建設反対を標榜《ひょうぼう》していた村民も、いかに多くの補償金をもらうかということに汲々《きゅうきゅう》としていた。

麻衣子のクラスメートだった梶原信子《かじわらのぶこ》の父親は、最後まで反対を貫いた村民だった。彼は、それまで手掛けていた温州《うんしゅう》ミカンの栽培から、カーネーションやリンドウの花卉《かき》栽培に切り替えた。ビニールハウスや暖房の設備を、借金に頼って整えたばかりだった。花卉栽培の技術も体得し、軌道に乗ったタイミングで、すべてが灰燼《かいじん》に帰することになったわけだ。

梶原が所有するビニールハウスが建つ斜面には、その時もまだ「七富利ダム建設反対」という大きな看板が掲《かか》げられていた。

そういう事情を知っているのかどうか、信子のいじめはとにかく冷酷で巧妙だった。給食の中に異物を入れる、上靴の中にべったりとボンドを塗られる。教科書やノートを隠される。体操服に墨汁《ぼくじゅう》をかけられたこともある。誰がやったかわからないような、でも効果は高いものだった。

初めは傍観《ぼうかん》していた他の同級生たちも、しだいにそれに同調し始めた。仲間が増えると物事はエスカレートする。娯楽のない山の中の少人数の小学校で、いじめはだんだんしつこさと熱意を持ってなされるようになった。

常にそのリーダー格は信子だった。子供世界の悪意を越えた、思いつく限りのいじめが行われた。トイレの個室に入った途端、外からドアを押さえられ、頭からバケツの水を掛けられた。放課後、砂場に掘った落とし穴に故意に落とされ、首まで埋まったこともある。麻衣子が全く抗わないことに気をよくした級友たちは、知恵を絞って楽しみを続けた。

複雑な家庭環境により、妙に大人びて醒《さ》めた麻衣子は、子供っぽい集団の中では異端児だった。毛色の変わった鳥を仲間がつつき回すようなものだ。本当は、彼らは恐れているのだ。変わったもの、理解できないものを。伯父が父を侮蔑《ぶべつ》しながら羨《うらや》んだように。自由に生き、子を生《な》した自分の弟を怖がっていた。

麻衣子は黙って、同級生の気が済むのを待った。彼らのさらなる怒りを買うのではという恐れが、大人に言いつけることを躊躇《ちゆうちよ》させた。いじめの儀式が終わると、よろけながら家路《いえじ》に就いた。時折、砂にまみれたり痣《あざ》をこしらえたりすることに、先生や伯母が気づいて、どうしたのか訊かれることもあったが、「自分でやった」と答えた。大人たちは、それ以上詮索《せんさく》しようとはしなかった。麻衣子は、さもそういうことをしそうな子だった。

ある日のこと、麻衣子は信子と数人の女子に連れられて、村の雑貨屋に行った。その店は、痩せた神経質そうな老人が経営していた。日用雑貨や雑誌類、子供向けの駄菓子を置いているのに老人は子供嫌いで、立ち読みしたり、店の中でふざけ合ったりすると追い払われるのだった。

そこで信子は、麻衣子に菓子を万引きしてくるように命じた。

「ラッキーミントがええわ。あれ、小さいし、うまいことやったら絶対見つからん」

他の女の子は、くすくす笑った。

頭がくらくらしそうだった。手のひらがじっとりと汗ばんだ。あの狡《こす》からい老人が、小学生なんかの盗みを見逃すはずがなかった。信子だって、うまくやれるなんて思っていないはずだ。麻衣子が失敗して首根っこを押さえられ、こっぴどく怒鳴りつけられるのが見たいのだ。へたをすれば学校や駐在所に通報されるかもしれない。あれほど一藤家にプライドを持っている伯父に知れたらどんなことになるか。想像すると、こればかりは体が震えた。

「はよ、行きや。簡単なもんや。とってこれたら、もういじめたりせんけん。仲良うしてあげる」

そんな言葉は全く信じられなかった。麻衣子は後ろからこづかれて、店に向かって歩き出した。逃げようかと一瞬思った。でもそんなことをしても同じだ。彼女が万引きするまで何度でもここへ連れてこられるだろう。それか、もっと酷いゲームを思いつくか。

唾をぐっと呑《の》み込んで、店の中に足を踏み入れた。暗い店の奥に座った老人が、顔を上げて麻衣子を見たのがわかった。平静を装い、ゆっくりと菓子の置かれた台に近づいた。老人は、読んでいた新聞に再び目を落とした。道路では、女の子たちが身を寄せ合ってこちらを注視している。水色に白い水玉模様の包みが、小さな箱の中に並んでいた。手を伸ばしてさっとそれを一本取ればいいのだ。そして何食わぬ顔で店を出ればいい。そうすれば、少なくとも今日は解放される。

自分の心臓の音が大音響で鳴りわたり、その拍動に合わせて体が揺れるような気がした。手をラッキーミントに伸ばす。震える指では、うまくつかめるかどうかわからなかった。

その時だった。店の奥から、一人の大柄な女の子が現れたのだ。いつからそこにいたのか。照明が充分でないので、店の中は暗い。洗剤やティッシュペーパーなどが積まれた棚の陰から現れた子に、麻衣子はぎょっとして動きを止めた。

女の子は、さりげなくラッキーミントを一本つかみ取ると、店の外に出ていった。そして女の子たちにぶらぶらと寄っていった。見たこともない子に、ラッキーミントを差し出された信子は、固まってしまい、言葉も出なかった。大柄な子は、無理矢理ラッキーミントを信子に押しつけた。

「ふん、これ、あんた欲しかったんやろ？　食べや」

女の子は、その場でバリバリと包装紙を剝いて、棒状に連なったままのラムネ菓子を、いきなり信子の口に突っ込んだ。後ろに控えていた子らが、驚いて後ずさった。信子は、これ以上ないというほど目を見開いて、女の子を見返した。信子の口から、ぼろぼろとラッキーミントがこぼれ落ちた。

「あーあ、もったいない」

女の子がかがんでそれを拾う間に、信子もその友人たちも、踵《きびす》を返して走り去った。

それが司だった。

翌日、司が転校生だとわかった。離婚した母親が松山《まつやま》で働いていて、祖父母の家に引き取られたという事情だったと思う。その時から司は体の大きな子だった。背が高いだけではなく、骨太な体にしっかりした肉がついていて、力も強かった。嫌でも目立つ存在だった。いつもぶすっと押し黙り、滅多なことでは口をきかなかった。授業では、先生は彼女を指さなかった。司は指されても、立ち上がりもしないし、答えもしなかったから。祖父が刈るという髪の毛は不揃《ふぞろ》いで、着てくる服も数着しかなかった。おまけに気まぐれにしか登校しなかった。月の半分も来ない時もあった。

大きな体格でのっそりと教室に現れ、一日中、一言も発することなく一番後ろの席に座っている司は不気味だった。クラスのリーダーとしての自分の権威を保つためと、この間のお返しをする目的で、信子は司にもいじめを仕掛けた。

ところが司は何をされても動じなかった。給食に何かを混ぜられても、平然とそれを飲み下した。体操服を汚そうにも、もとから持ってこなかったし、教科書もノートも机の上に出さない。女子に取り囲まれて唾をかけられたり、蹴られたりしても黙って見返すだけだった。男子がモップの柄《え》で叩いても痛そうな顔一つしなかった。一度、工作用のカッターで、誰かに手の甲を切られたことがある。司は、噴き出す血を不思議そうに見詰めているだけだった。

除《の》け者同士、司と麻衣子は、自然と一緒にいることが多くなった。初めは別に仲がよかったわけではない。お互いに打ち解けたとも言い難かった。異端の二人を、変人としてひとからげにすることで、クラスのバランスが取れていたというだけだ。

家の方向が一緒だったので、司と麻衣子は毎日並んで帰った。感情の起伏のない、痛みすら感じなそうな司に興味を持ったことは確かだ。こういうふうにいじめや虐待をかわすことなど、思いつきもしなかった。彼女の強さがうらやましかった。

家に帰るのが嫌で、司と長時間外にいることが増えた。司も家に帰るといろいろと手伝いをさせられるので、ぐずぐずと帰る時間を引き延ばしたがった。途中にあるマリア観音像の祠のところで、手を合わせて拝むしぐさをする麻衣子に「あんたは何を観音様に祈っとるの」と司は問うた。

麻衣子は、これは観音様ではなくて、マリア像なのだと教えてあげた。隠れキリシタンのことも何も知らないふうな司に、つっかえながらもその歴史を簡単に伝えた。司は黙って聞いていた。

「うちの家はね、昔これを拝んでた人たちを酷い目に遭わせたんだって。そう伯父さんが言ってた。だからね――」そこまで言う気はなかったのに、つらつらと言葉がこぼれた。

「伯父さんにバチが当たるようにお願いしてるの」

腫《は》れぼったい一重の司の瞼が、ぴくりと動いた気がした。

「それ、叶《かな》うんかな?」

「多分ね」

「そんなならあたしもお願いしとこ」

司は友人に倣って、観音像に手を合わせた。

「何をお願いしたの?」

返事を期待してはいなかった。しかし、司は淡々と答えたのだ。

「お母ちゃんの男にバチが当たりますように、て」

「お母さんの男って、お父さんのこと?」

司はかすれた笑い声をあげた。司が笑うところを初めて見た。

「違う。今松山で一緒に暮らしとる男のことや。お父ちゃんとは別。そういうのをナイエンの夫ていうんやで」

そう言うと、司は長袖のシャツをまくり上げて、上腕部を見せた。そこには無数の丸い火傷の痕があった。ぎょっとして目を瞠《みは》る麻衣子に、「これ、そいつにやられた。煙草の火を押し付けられて」

「痛かった?」

「初めはな」まくった袖を下ろしながら、司は言った。「でもそのうちどうってことないようになった。痛くないと思えば痛くないもんよ」

麻衣子は尊敬の眼差しで司を見返したと思う。

痛くないと思えば痛くない――司がどんなに痛めつけられても音を上げないのは、もっと酷い目に遭っていたからだった。本当にこの人は、痛みを感じないのだと本気で信じた。

強い味方、あるいは同志を得た気になった。そんな人とこの村で出会うことがあるとは思わなかった。

学校ではつまらないいじめが続いていた。信子は、麻衣子と司とがつるんだことがどうしても許せないふうだった。あの姦悪《かんあく》な少女は、どうやっても二人を泣き喚かせ、ひれ伏させたいのだった。ちっぽけで愚かしい社会はどこにでも存在する。

まだ小学校を卒業するまでに二年以上あった。うんざりだった。

しかし、そこまで耐えることはなかった。信子が転校していったのだ。冬のある晩、信子の家が所有するビニールハウスが火事になった。風の強い晩で、あっというまに全部のビニールハウスに燃え移った。半鐘が狂ったように打ち鳴らされて、消防団が出動したけど、間に合わなかった。重油を使った暖房設備が不具合を起こし、出火したのだと言われた。

しかし信子の父親は、これはダム建設推進派の仕組んだことだと言い張った。誰かが反対派の自分を追い出すために放火したに違いないと。でも誰も耳を貸さなかった。情勢は、彼にはすこぶる不利だった。村の誰もが、行政が始めたことは、もう元には戻らないのだと思うようになっていた。うまく流れに乗ることだけに心を砕いていた。ここにきて騒ぎを起こす者を嫌った。誰も相手にしてくれないと知ると、信子の父親も現実を見始めた。生活の糧《かて》を失くしたこれからのことを。

あれほどダム建設に反対していた梶原家は、これをきっかけに花卉栽培をすっかり諦めた。気概を殺《そ》がれた父親もろとも、よその土地に移っていった。所有していた農地に合わせて、補償金をもらった方が得策だと踏んだのだった。

信子がいなくなって、同級生たちのいじめもやんだ。誰かが旗を振らなければ、ただの飼い慣らされた家畜同然だった。彼らは、麻衣子や司をいじめていたことなんか、すっかり忘れたようにおとなしくなった。いつか麻衣子に万引きを強いた女の子たちは、仏頂《ぶっちょう》面《づら》の司や、村長の姪の麻衣子におべんちゃらを使うようになった。司と目配せをしてそっと笑う麻衣子を、級友たちは気味悪そうに眺めていた。

あの雑貨屋で、麻衣子はラッキーミントを買って司にあげた。強要されたとはいえ、商品を司に盗ませたという後ろめたさがあった。相変わらずにこりともしない老人の顔を見ると、心が痛んだ。伯父からは小学生相応のお小遣いをもらってはいたが、麻衣子には欲しいものなんかなかった。罪滅ぼしの意味もこめて、せっせとラッキーミントを買っては、司に渡した。

「これ、おいしいなあ」

彼女はいつもポケットにラムネ菓子を入れていて、しょっちゅう口に放り込んでいた。司が喜ぶことが、単純にうれしかった。司はどれだけ祖父母の手伝いをしても、小遣いなどはもらっていないようだった。おいしい菓子もそう食べたことがなかったのかもしれない。

仲良くなって何でも話すようになったのは、その頃からだった。

ミツルとの不思議な出会いと別れのことも、自然と口をついてでた。学校の友人などにミツルのことを話すことがあるとは思っていなかった。きっと、ばかにされるだろうという気がしたのだ。変人とみなされた麻衣子の性格を裏付ける逸話《いつわ》にしかならないだろうと。でも司は違った。黙って麻衣子の言うことに耳を傾けてくれ、疑ったりもしなかった。ミツルの存在を信じてくれただけで麻衣子には充分だった。ようやく自分を理解してくれる友人に巡り合えたと思った。

麻衣子と司は、毎日一緒にいて、ラッキーミントを買い、マリア観音像に麻衣子の伯父と司の母のナイエンの夫の破滅を祈った。

だから――今麻衣子の前に司が現れたことが、ある静かな秩序《ちつじょ》に従ったことのように思えた。

第三章　雨だれ

一藤麻衣子

　春日ピアノサービスの地下には、小さな工房がある。大掛かりな修理の必要なピアノは、ここに持ち込まれて手を入れられる。工房の責任者は、技術担当の河島《かわしま》さんという人だ。河島さんは、五十年配の温厚な人で、腕は確かだ。

　麻衣子は時々地下に下りていって、用もないのに彼の仕事振りを見る。無骨な手が、流れるような作業をするところをじっと見ていると心が癒《い》やされる。本当にピアノを愛している人がピアノをいじるということは、こういうことなんだと思える。

　もちろん、調律師はピアノの構造についてよく知っていなければならない。専門学校でも詳しく教わる。でも河島さんの仕事を見ていると、様々なことを実地で学ぶことができる。ほんの小さなスプリングの動きひとつでも、指に伝わる感触に大きな影響があること。ピアニストの強烈な打鍵を受けて、弦がしなった瞬間にバシッと音が合うように三本の弦を少しずらして調律しておくというコツも、ここで河島さんから習った。

　河島さんに手を入れられると、ピアノは豊かな音色《ねいろ》を取り戻し、彼の仕事に応える。

ピアノは木、紙、フェルト、金属の集合体だと改めて認識させられる場所でもある。

その日は、珍しいことにユリも工房にいた。工房の真ん中に置かれたグランドピアノの中を、河島さんと二人で覗《のぞ》き込んでいる。釣られて麻衣子もそばに寄っていった。グランドピアノの中は、がらんどうだった。八十八鍵分の弦、チューニングピン、ハンマー、ダンパーフェルト等のすべての部品が取り払われていた。

響板《きょうばん》とフレームだけになったピアノは、沈黙したままたたずんでいる。

「これ、何ていうピアノですか？」

見慣れないピアノだった。

「ディアパソン」

短くユリさんが答えた。

「ディアパソン？　初めて見ました」

あまり名前は知られていないが、国産のピアノだ。日本でも戦前から職人が手作りでコツコツとピアノを製作していた。採算も手間も度外視した品質重視の少量生産だ。そうやって作られたものがひょっこりと出てくることがある。特に初期のディアパソンは、ドイツの名品、ベヒシュタインに音色が似ていると高く評価されている。

「オーバーホールするんですか？」

「そうなの。どうにかならないかって河島さんとあれこれやってみたんだけどね」

ユリは首をすくめた。オーバーホールとは、部品をすべて新しいものに交換、組み付けることをいう。

「このピアノ、東北地方の古い民家で眠っていたものなの。アクション部分をネズミに食い荒らされていたのよ」

その分安く手に入ったんだけどね、とユリさんは言った。

「今、すべての部品を河合《かわい》楽器に注文してるんだ」デニムのエプロンを着けた河島さんが言葉を継いだ。「さあて、どんな音になるかな」

「売り物になるかどうかもわからないわよ」

「こんな酔狂《すいきょう》なことをしているから、うちは儲《もう》からないんだ」

長年、一緒に仕事をしてきた二人は、さもおかしそうに笑った。

河島さんは、露《あら》わになったフレームを軽く拳《こぶし》で叩いた。グァーンと腹の底に響く音がした。

少し離れた場所で、ユリはそれを眺めている。

「ピアノほど進化した楽器はないと思うわ。でもそれを支えたのは、実はこのフレームだと思うの。地味だけどね」

誰にということもなく話しだした。

「そうだねえ。イギリスの産業革命のおかげだな。木製のフォルテピアノが、高品質な金属の支柱《しちゅう》でボディを補強されて、近代ピアノに近づいたわけだから」

「音量がぐんとアップして音色も明るくなった。でもそれでもまだ足りなかった。いい音を追求した人々は、巨大な鋳鉄《ちゅうてつ》のフレームを作りだしたのよ」

「そうしてやっと一音につき二百キロもの張力を持つようになったんですね」

麻衣子もついつい口を挟んだ。

「そう。ピアノ一台分、八十八音の総張力は、二十トンにも及ぶでしょう？　それを、黙ってこの鋳鉄のフレームが支えているんだから」

「かくて、カーネギーホールの隅々までピアノの音は鳴り響く！」河島さんが、力を込めて磨きながら芝居がかった言い方をした。「鋳物《いもの》で精密な構造物を作るには、非常に高度な技術が必要なんだ。スタインウェイのフレームは群を抜いて素晴らしいね。極端に薄くして、しなった状態でケースと合体している。こうするとボディ全体が共鳴し、フレームまでが発音体になってしまう」

スタインウェイは大きなコンサートホールに適した楽器だ。音色は力強くかつ美しく、演奏家の意思に敏感に反応する。オーケストラと共演しても負けない絢爛《けんらん》たるパワーを発揮する。その秘密はフレームにあったわけだ。

「それじゃあ、フレームが音にも影響するってことですか？」

「そうだね。社長が言う通り、地味だけど、フレームでピアノの音色も性能も決まってしまうだろうね」

「鉄フレームってそんなに繊細だと思っていませんでした。丈夫で変化がないと」

「そんなことはないさ。特に日本の四季の変化は大きいだろ? 金属フレームや弦は熱膨《ねつぼう》張《ちょう》の影響を受け、木製の部分は湿度変化の影響を受ける。ピアノには絶えず狂いを生じさせる力が働いているんだ」

「それらを頭に入れて、音を聴かなくちゃ」

「——奥が深いですね」

もうこの話はおしまいとでもいうように、ユリはディアパソンに寄っていって鈍《にぶ》く光るフレームを撫《な》でた。工房では、いつもこうしてピアノに魅入《みい》られた人が紡《つむ》ぐ静かな時間が流れている。

そんな二人をおいて、麻衣子は階段を上った。

パソコンを開いて、彼女に振り分けられた来月の調律の予定を確かめようとした。でも気が変わって、「七富利ダム」で検索してみた。そんなことをしたのは初めてだった。いつでもそうすることができたのに。

七富利ダムが完成したのは、全村民の離村が完了して四年半後だった。堤高一〇三・五メートル、総貯水量一億二六〇〇万立方メートルの重力式コンクリートダムだ。水没戸数は百八十九戸。生き生きとした営みのあった村は、無機質な数字に置き換えられた。試験湛水《たんすい》が始まったというニュースを見てそう思ったものだった。結局、村の建造物で残っていたのは、コンクリート製の役場の建物だけだった。

七富利村の歴史やダム建設にいたる経緯《けいい》が綴《つづ》られている。ダムの建設に尽力《じんりょく》した人々の名前の中に、一藤日出夫の名もあった。七富利村の最後の村長として。村の古い白黒写真、ダムが建設されていく様子、現在の七富利ダム周辺の写真なども見ることができた。

麻衣子と司が祈りをささげていたマリア観音像《かんのんぞう》のことにも言及されていた。あれはダム湖ができる時に祠《ほこら》ごと持ち出され、今は大洲の歴史資料館で展示されているとあった。目も鼻も定かでない石の観音像は、今はもう誰の願いを聞き届けることもなく、ガラスケースの中にひっそりと飾られているのだろうか。

大洲歴史資料館のサイトにアクセスしてみた。所蔵品のリストの中に、マリア観音像があった。クリックすると、懐かしいあの像の写真があった。丁寧《ていねい》にいろんなアングルから撮ってある。じっとそれに見入る。衣《ころも》の十字の結び目も、以前はもっとはっきり見えていたような気がするのに、朦朧《もうろう》として定かでない。マリア観音は、愛《いと》しい子を抱き、訪れる人もそうない静かな資料館の中で何を思ってたたずんでいるのだろう。

サイトを閉じようとした時、リストの中に、「七富利村を守り続けてきた半鐘《はんしょう》」という項目があるのに気がついた。そこを開いてみる。もう二度と鳴ることのなくなった村の半鐘は、本来の役目を果たすことなく、台の上に置かれていた。

高い火の見櫓《やぐら》の上にあったこれを、こんなに間近で見たことはなかった。口径は二十一センチ、高さは三十七・五センチとある。黒光りする半鐘はずっしりとした重量感があった。

半鐘の説明書きには、戦争中に武器製造のために供出させられたものを、戦後村で作り直したのだとあった。半鐘の周囲には、ぐるりと取り巻く帯や乳《ち》と称する多数の小さな突起が模様として刻み込まれていた。そして、蓮《はす》の花を摸した撞《つ》き座のそばに、製作年が浮き出ていた。昭和二十二年六月とある。

カーン――

一回だけ幻の半鐘の音が聴こえた気がした。

歩道を歩く麻衣子のすぐそばに濃紺《のうこん》のジャガーが寄せてきた。音もなくウィンドウが下がって、陽一郎が顔を覗かせた。

「仕事の帰り？　それともこれから？」

彼の声を無視して歩き続けた。

「丹下先生がまた君に来てもらいたいそうだ」足を止めた。

「それなら、春日ピアノサービスを通してください」

ゆっくりついてくるジャガーの窓に向かって言った。磨き上げられたボディに麻衣子の顔が映っている。橘家にあった何台かの外車のうちの一台だろう。興味がないから、いちいち車種など憶えていない。

「三鷹の家に置いたグランドピアノがどうもしっくりこないらしい。調律はしてもらったけど、先生は、二台のピアノの置き場所で悩んでいる。音が微妙に変わってしまって、場所を交換した方がいいかどうか――」

あまりにゆっくり走らせるものだから、後ろからクラクションを鳴らされる。

「ええい、くそ！」陽一郎は、舌打ちした。「もう回りくどいことを言うのはやめだ！率直《そっちょく》に言うよ。僕は君と話したいんだ」

そのまま、歩道を斜めに突っ切って、すぐ前のホテルの車寄せに乱暴に駐《と》めた。麻衣子は呆気《あっけ》にとられて、ドアボーイにキイを投げた後、こちらにやってくる強引な男を見ていた。彼が近づいてくるにつれ、怒りが湧《わ》きあがってきた。

「私にかまわないでとお願いしたはずです。いったい何がそんなに面白《おもしろ》いんですか？　からかわないでください」

「からかう？　そんな気持ちはさらさらないね。僕は君に会いたいし、話がしたい。今日は特に聞いて欲しいことがあるんだ。ちょっとそのへんのカフェにでも――」

「お断りします」

「なら、歩きながら話そう」

陽一郎は、さっさと歩き始めた。麻衣子は棒立ちになって、その場から動かなかった。この前、決定的なことを口にしたから、もうこの男は絶対に自分に近づかないと思っていたのだ。

「どうした？　行こう」

戻ってきた陽一郎は、麻衣子の腕に手をかけようとする。ぎょっとして身をかわした。

「ホテルの前で揉《も》めていたら、また写真雑誌に撮られるよ」

思わず周囲を見回す。三谷に見られでもしたら、格好のスキャンダル記事に仕立て上げるだろう。この場を離れるつもりで、陽一郎の後を追った。

「君のこの間の告白は、衝撃だった」

雑踏の中をすいすい歩きながら、陽一郎は言った。それはそうだろう。男性から交際を申し込まれて（それも誰もがうらやむような類《たぐい》の男性だ）、断る口実が何とも不吉《ふきつ》で禍々《まがまが》しい理由なのだから。きっとこの人も、私みたいな変わった女はごめんだと考えを改めたに違いない。そう麻衣子は思った。

「君は自分の家系を滅ぼしたいと言った。一滴の血脈もこの世に残したくないと」

「その通りです」

「そのことをずっと考えてた」

大股に歩く陽一郎についていきながら、嘆息《たんそく》した。何を考えることがあるというのか。

彩夏と同じだ。ちょっと気が向いたもの、興味を持ったものを、自分の手の中で転がしながら、楽しげに考えを巡らせる。興味がなくなれば、打ち捨てれば済むだけだ。そういう特権をこの人たちは持っている。あるいは持っていると思い込んでいる。別にそれがうらやましいとも思わないが。

ふいに陽一郎が立ち止まり、背中にぶつかりそうになった。後ろから来た通行人が、迷惑そうな顔をして、よけて通った。

「憶えてる？　初めに会った時、僕たちは似ていると言っただろ？」

「ええ」

「僕と同じだと思ったんだ。君の話を聞いて、それを確信した」

「どういうことですか？」つい釣り込まれる。

「つまり、こういうことさ。僕は絶対に誰とも結婚しないと決めている。なぜかというと、橘の血筋を絶やしたいからさ」

「えっ⁉」

「驚いた。こんなことを決意して生きている人間が、他にもいたなんて思いもしなかった」

麻衣子の告白を聞いて、この人は愕然《がくぜん》としていた。あれは、呆《あき》れ果て、慄《おのの》いたせいだと思っていた。でも違った。この人も同じ冷たい決意を抱いていたなんて。

「でも……なぜ？」

陽一郎を見返した。彩夏がホームパーティを開いた晩、送られる車の中で、鋭敏《えいびん》さと脆《ぜい》弱《じゃく》さが同居したようなアンバランスをこの人の中に見たのではなかったか。私たちは、同じ目的を心に秘めて生きていたのだ。

また陽一郎は歩き始め、麻衣子はその後を追った。大型商業施設へ誘《いざな》うプロムナードに歩を進める。ゆったりとした空間に点在する植栽と石のベンチ。その一つに、陽一郎は腰を下ろした。隣に座るが、彼はしばらく口を開かなかった。商業施設の入り口で、ピエロの格好をした人が、子供に色とりどりの風船を配っていた。

麻衣子も黙ったままだった。のびのびと枝を伸ばしたヤマボウシが、さらさらと涼しげな葉音を降らせた。枝が揺れるたび、陽一郎の顔の上で影が揺れた。梅雨時期から咲き始める清楚《せいそ》な白い花は、まだ咲いていない。

「僕の母は、病気で死んだんじゃない。自殺したんだ」

淡々と陽一郎は語り始めた。この人の内側にあるもの、冷たく硬く凝《こ》り固まったもの、そこに触れることに、麻衣子は戦慄《せんりつ》せずにはいられない。

「母は確かに親父の愛人だった。そのせいで、元の夫とは離婚した。結婚していた相手は、橘リゾートの社員だった。母は社内のパーティで、親父に見染められたんだ」

何が起こったのか、推察できた。きっと愉快ではない展開があったのだ。

「僕を産んだことで、正妻――つまり今の僕の母だけど――、にひどい仕打ちを受けた。まあ、当然といえば当然だ。正妻と愛人、どこにでもある話だ。でも惨《むご》いことに――」

陽一郎は、ちょっと言葉を切った。一度も麻衣子の方は見ない。ピエロの周りには、子供たちが群がっていた。ピエロが手にした風船が一つ、手から離れて飛んでいった。

赤い風船は、頼りなげにビルの壁面に沿ってふわふわと上っていった。それからビル風に吹き上げられたのか、一気にスピードを増して、青い空に舞い上がった。それをじっと目で追った挙句《あげく》、陽一郎は言葉を継いだ。

「惨いことに、橘家の都合で、僕と引き離されることになった。僕という子供を産んだせいで、邪険にされ、踏みつけられてきたっていうのに、今度はそれを取り上げられたんだ」

「それで自殺――？」

「手首を切った。寝室で。それを見つけたのは、僕だ。五歳の時だった」

風船をもらった子供が、大声で笑いながら、二人が座る前を走っていった。その子が、向こうで待ちかまえる若い両親のところに駆け寄っていくのを眺《なが》めた。

「シーツがぐっしょり濡《ぬ》れていたな。赤い血で」

思わず顔を背《そむ》けた。ようやく、陽一郎はこちらを向いた。

「そういういきさつは、巧妙に隠されている。当然だ。橘家の恥部だからね。僕の母の無念と絶望は、なかったことにされた。引き取った父も母も、僕が幼かったから、そういうことを憶えていないと思っている。でも違う。子供だからって何もかもわからない、忘れてしまうと思うのは間違いだ」

そうだ。子供は映像として記憶を頭に刻みつける。そして鋭い感性で、自分なりの解釈を加える。極めて純真に、残酷に。いつかそれが自分を傷つけるとも知らず。

「僕は橘家に入ったけれど、その目的は――」たいして気負ったふうもなく、陽一郎は後を続けた。

「この家を僕の代で終わりにすることだ。僕は、橘家の息の根を止めたい」

「そんな……」つい言葉がこぼれた。

五歳の時に人生が激変した私たちは、無理矢理跡継ぎにされた先の家を滅ぼすために生きている。自分の生き様が、すなわちある血脈の死を意味するわけだ。

生と死という相反するものを身に帯びて生きる私たち。同類の生き物。でもこんなに孤独で無情な生き方をする者同士が、どう肩寄せ合うというのか。己の荒《すさ》みきった心の中身を再認識するだけではないのか。麻衣子は暗澹《あんたん》たる気持ちになった。

こんな打ち明け話をすれば、私が心を許すとでも思ったのだろうか。同じように身の上話でもすると勘違《い》いしたか。

麻衣子を射抜《ぬ》くように見詰める若き経営者を、同じように強い視線で見返した。

「苦労したんですね」努めて冷淡《れいたん》に答える。「でも私が抱えた問題は、そこまで悲惨《ひさん》で深刻なものではありません。ただ自分がそう決心しているだけで」

陽一郎の表情がふっと揺れた。張りつめていたものが、どこか緩《ゆる》んだように。急いで付け加えた。

「私の事情は、お話しするほどのことはありません」

「君の事情なんて訊《き》く気はないよ。ただ――」無防備な自分を晒《さら》すことも厭《いと》わず、陽一郎は、哀《かな》しげに微笑《ほほえ》んだ。「ただ僕の気持ちを伝えたかっただけだ。付け加えると、君をいとしいと思う気持ちがさらに強まった。会ってそれを言いたかった」

それから、ほっと息をひとつ吐いた。

「矛盾《むじゅん》していると思うだろ？　誰かと睦《むつ》むこと、家庭を持つことを捨てた僕が、誰かをいとしいと思うなんて。自分でもそう思う。でもどうしようもないんだ。これは本当の気持ちなんだから。自分にも君にも嘘《うそ》をつきたくないから、こうしてやってきた。迷惑なのは充分承知している」

きっと彩夏が聞いたら、さらに確信を持って「磁石のS極とN極みたいに引き寄せられた二人」だと断じただろう。

陽一郎は、「じゃあ」と言って、立ち上がった。

そのまま、踵《きびす》を返して歩き去る。遠ざかる陽一郎の後ろ姿を、座ったまま見送った。

自分の心の中を覗くのは怖かった。もしかしたら、ほんの少しだけ、あの人に惹《ひ》かれたのかもしれない。ほんの少しだけ。

でも決してこの感情が発展しないと知っていた。

さっき陽一郎に言ったことは嘘だ。麻衣子が一藤家に対して復讐《ふくしゅう》に似た気持ちを抱くに至った事情は、あまりに重く苛酷《かこく》なものだ。口が裂《さ》けても誰にも話せなかった。

その翌日の未明に、またあの悲しい夢をみた。

心が乱れた時は、優しいピアノの音を聴きたいと思う。美しく並んだ鍵盤に触れたかった。調律の仕事だけが麻衣子を支えている。

その日の客先は、小学生の女の子の家だった。

マンションの一階にある応接室に、アトラスのアップライトピアノが置いてあった。ピアノを習っている女の子とその母親が出迎えてくれた。ピアノは、母親から娘に譲《ゆず》られたものだ。四歳くらいの妹も出てきて、麻衣子にまとわりつくが、仕事の邪魔だとすぐに奥に連れていかれた。

ピアノに向かうと、麻衣子はたちまち雑念を捨てた。自分というものの存在が、すっと希薄《きはく》になる。そこにあるのはピアノの音と音叉《おんさ》の振動だけだ。濃密《のうみつ》な霧《きり》のような音に彼女の全細胞が向かっていく。チューニングピンをハンマーで動かす。一音にけりをつけ、次の音へ。もう前の音は忘れる。

この百五十年というもの西洋音楽を支配してきた平均律《へいきんりつ》という音律に合わせていく。だがそれは「ここ」と明確に示される位置ではなく、いわば妥協《だきょう》点なのだ。つまるところ調律は、続けようと思えばいつまでも際限なく続けられる。だから透明な彼女はピアノと対話する。ピンをいじって、鋼鉄の弦が音楽的振動で震え、それを響板に伝える最適な領域を見つけてけりをつける。

音程を落ち着かせるためにかなり強いタッチで打鍵するので、無意識に歯を食いしばってしまう。一時間以上立ったままだし、調律は体力のいる仕事だ。だが、調律中は無我《むが》の境地に入っているので、そんなことを考える暇《ひま》はない。

全体の調律が終了したら、半音階、各調の全音階、オクターブ、基本的な和音を弾いてみて、違和感がないかどうか確認する。振り向いて、じっとそこに畏《かしこ》まっていたピアノの主に笑いかけた。小さな女の子は、立ってピアノに近づいてきた。

麻衣子は調律道具の入ったバッグを持って、さっきまで彼女が座っていた椅子《いす》まで下がる。美咲《みさき》という名の女の子は、かなりの腕の持ち主だ。練習も相当熱心にしている。ピアノを調律するとそれがわかる。美咲はピアノの前に腰を下ろして、さきほど麻衣子が弾いたのと同じ和音を弾いてみる。Aマイナー、Fシャープ・メジャー、Aフラット・マイナー、Aメジャー。和音は床に浸み込み、また天井に響き渡る。色彩豊かな音が、音律が整ったことを、仕事を終えた調律師に知らせてくれる。

奥から母親が、盆の上にお茶とお菓子の用意をして持ってきてくれた。いくら遠慮しても、この家ではいつもこのもてなしが付く。幼い妹が、麻衣子の膝《ひざ》に上がろうとする。母親があわててそれを引き止めた。

「これ、琉南《るな》ちゃん、だめでしょう。ご迷惑よ」

人懐《ひとなつ》っこい幼児は、母親の言うことを無視して、麻衣子にすり寄ってくる。

「いいでしょ？　だってお姉さん、いい匂いだもん」

「困った子ねえ！」

母親が手を伸ばして琉南を抱き上げようとするのを、彼女は巧《たく》みにかわす。麻衣子の胸に頭を付けて仰向《あおむ》く。

「ほんとだよ！　すっぱくてあまーい匂いがするよ」

ピアノの前の美咲がクスクスと笑う。

「これでしょ？」ピアノで軽やかな曲を弾きながら、歌う。「シュワッ、シュワー！　息さわやかーな緑の風になるぅ！」

テレビで流れているラッキーミントのＣＭソングだ。

「一藤さん、ラッキーミントで息さわやかーにしてるんでしょ？」

「そうだよ！　いつもお姉さん、ラッキーミントの匂いがするもん！」

麻衣子は曖昧《あいまい》な笑いを浮かべた。ラッキーミントをしょっちゅう口にしているのは司だ。麻衣子はあれは嫌いなのだけど、ここでことさら説明することもない。きっと司が麻衣子のバッグに食べかけのラッキーミントを入れるせいで、彼女にもあのラムネ菓子の匂いが染み付いてしまったのだろう。

琉南はとうとう母親に抱き取られ、麻衣子から離された。

美咲は、ピアノの椅子に座り直し、調律の終わった自分のピアノに向かった。ショパンの『二十四の前奏曲　第十五番変ニ長調』を弾き始める。皆、黙ってその曲に耳を傾けた。琉南でさえ、おとなしく母親の膝で聴き入っている。

『雨だれ』という表題を持つ曲。穏《おだ》やかに夢想的に始まる主題。途切れなく続く伴奏が、優しい雨だれのように聴こえることから、時代が下ってからそう名付けられた。癒《い》やされる旋律に耳を傾けていると、やがて嬰《えい》ハ短調に転調する。すると、一転して重々しく陰鬱《いんうつ》な雰囲気《ふんいき》を醸《かも》し出すのだ。迫り来る不穏《ふおん》なものの足音のように聴こえる。それはショパンにとっては死だろうか、絶望だろうか。雨だれは、激しく降りしきる雨に変わる。メロディの明るさ、美しさにうっとりしていた聴衆は、ここで不安と物狂おしさ、屈折《くっせつ》といった負の感覚を覚えて落ち着かなくなるのだ。

ふいに後ろ姿の美咲が、八歳の時の自分に見えてきた。母を含む大人を誰も信用できず、ミツルとだけ暗闇で会話していた頃の自分に。体を揺らして情感豊かにピアノを弾く美咲は、この年で知り得る甘さと悲しさ、苦しさを体現しているようだ。

ショパンの名曲集の中の定番中の定番である『雨だれ』が、部屋の中に満ちた。

誰もが一度は耳にしたことのある、ある意味、聴きやすい曲。しかし巨匠、アルフレッド・コルトーはこのショパンの『第十五番変ニ長調』に、『死はすぐそこの影の中』という表題を付けた。

すべてのものには、二つの顔がある。

橘　彩夏

男が淹《い》れるコーヒーの匂いが、彩夏の鼻腔《びこう》をくすぐった。

ベッドの上で寝返りを打ち、その後ろ姿を眺めた。上半身裸の上に白いシャツを羽織《はお》っただけの姿。それが絵になっている、と思う。タワーマンション最上階の部屋に、これほど似合う男がいるだろうか。祖母がベルギー人だというクオーターの男。大学時代には、ファッション雑誌のモデルをアルバイトでやっていたそうだ。

そのままそれを職業としても充分やっていけたであろう容姿《ようし》と才能を持っていた。しかし、彼は実業家になった。今では、都内と京都で数軒のレストランを経営している。味のいい、洗練されたメニューはもちろんのこと、店の雰囲気はしっとりと落ち着いていて、特に女性に人気だ。雑誌やネットで頻繁《ひんぱん》に紹介されて話題になっているから、予約を取るのも難しいとされている。

でも客のお目当ては、このハンサムで人当たりのいい経営者なのだと彩夏は知っている。

「絢也《じゅんや》！」

開け放たれたドア越しに、リビング・ダイニングにいる恋人の名前を呼ぶ。自分は、そうすることのできる特権を得たのだという幸福感に包まれる。真剣な眼差《まなざ》しで、フィルターに湯を注いでいた絢也が目だけを上げて、それに応《こた》える。

「もうちょっと待てよ。今日は特別な豆を挽《ひ》いたんだから」

ふふふ、と笑って身をよじった。乱れた白いシーツが、また乱れる。コーヒーにはこだわりのある絢也は、店で出すコーヒーのブレンドには凝《こ》っている。でも自宅で彩夏のためだけに淹れてくれる豆は、さらにこだわったものなのだ。

私は、この男にとって特別な女なのよ、と彩夏は満足感に浸《ひた》る。彼の店に足繁《あししげ》く通ってくる女性客たちが、どれだけこうなりたいと願っていることか。でもこれほど上等な男は、誰もの手には落ちない。私のような選ばれた女だけに、彼は特製のコーヒーを淹れ、微笑みかける。

もし私が絢也と結婚すると発表したら、それこそ、大騒ぎになるだろう。人気ピアニストと話題の青年実業家との結婚だもの。彩夏は、密かにその時の取材合戦を想像してみて、笑みを浮かべた。

「何がおかしい?」

「別に」

結婚して、絢也が橘家とつながったら、彼の事業を橘リゾートと結びつけて、もっと発展させていけるだろう。ホテルのレストランは、全部彼がプロデュースするのだ。ゆくゆくは橘リゾートの重役の座を得て、もっと経営に関わっていけるようにするというのは?素敵な考えだ。

ドリップコーヒーの茶色い滴《しずく》が、サーバーに一滴一滴落ちていくのが遠目にも見えた。

そうなったら、母は喜ぶだろう。兄の陽一郎は何と言うだろうか。多分、あの人は特に反対することもないだろう。いつも憎らしいほど落ち着いていて、達観した様子の兄とは、子供の頃から半分しか血がつながっていないと知っていた。

母の艶子からそう聞かされて育った。母が彩夏にそれをしつこいほど教え込んでいる時、当の陽一郎もそばにいた。彼は、ただ黙って座っていたと思う。母はわざと彼に聞かせていたのかもしれない。幼い彩夏には、それがどんなに残酷なことかわからなかったけれど。

やがて母に愛されるためには、兄を憎むしかないということを学んだ。複雑な兄妹関係だった。兄も母が産んだ子だったらいいのに、と思った。そうしたら、陽一郎は彩夏にとって自慢の兄だったに違いない。よその家のように、仲良くしたり、たまには喧嘩《けんか》をしたりできる関係だったら――。彩夏自身も屈託のない、あっけらかんとした少女で過ごせたはずだ。

でも母はそれを許さなかった。艶子は我が子に毒を注入し続けた。その毒は、彩夏の中で凝り固まり、重い碇《いかり》のように彼女をひとつところにつなぎ止めている。どれほど乞《こ》うても、家族の誰からも愛情をもらえないという、冷たくて絶望的な場所に。

だから――ドリップの蒸らしと注ぎを交互に繰り返している恋人の方を見る。だから私は、恋愛に執着《しゆうちやく》する。自分を一番と言ってくれる人が、常にそばにいることを望む。今までも、これからもそう。

「こっちに来たら？　彩夏。コーヒーが入った」

「嫌だ。ここに持ってきて」

「やれやれ。我儘《わがまま》なお嬢さんだ」

絢也がカップを二つ持って、ベッドのそばに来た。そっとカップを手渡される。彼はベッドに腰掛けた。二人で並んでコーヒーを啜《すす》る。一枚ガラスの大きな窓の向こうに、東京タワーが見える。

「どう？　いい味だろ？」

「うーん。絢也が淹れたコーヒーは最高ね」

「サンキュ！」

絢也は、彩夏の首にキスをした。そのまま、舌をつっと這《は》わせる。くすくす笑いながら、コーヒーを飲み干した。

「もう行かないと。今日はオケとの合同練習なの」

ベッドから下りようとする彩夏を、絢也は押しとどめた。彼女の手からカップを奪い取り、サイドテーブルに置く。さっき身に着けたばかりのシルクのランジェリーの中に手を差し入れてくる。

「やめてよ、絢也。ほんとに行かなくちゃ。遅刻してしまうわ」

「じゃあ、遅刻しろよ」彩夏は押し倒される。今までさんざんお互いを貪《むさぼ》り合っていたベッドのマットレスが、また大きく沈みこんだ。

「だめだったら！　怒るわよ」ジムで鍛《きた》えた無駄のない筋肉を押し返しながら、彩夏は抗った。でも途端に乳首を口に含まれ、「ああ」と声を漏《も》らしてしまう。

「どうかな。君の体の方が正直だよ。もう少しここにいたいって言ってる」

もうそれ以上、抵抗する気が失せた。機嫌《きげん》の悪い指揮者の顔が一瞬浮かんだが、絢也の唇《くちびる》が彩夏の唇を塞《ふさ》いだ途端に、それも消えた。

絢也の舌が侵入してきた。さっき飲んだコーヒーの濃い味がした。

三谷賢二

西日本は梅雨《つゆ》に入っても少雨傾向が続いているとニュースが伝えていた。瀬戸内海《せとないかい》沿岸は、もともと降雨量が少ない。三谷が暮らしていた頃も、平野部では時折渇水《かっすい》に見舞われていた。

それが肥治川を堰《せ》き止めて、七富利ダムを作った理由でもあった。確か生活用水の確保と発電、肥治川水系の洪水《こうずい》調整が主眼だと掲《かか》げられていた気がする。青年団の勉強会でそう教えられた。

多目的ダムの方が事業予算をたくさん取れる。だから名目が必要だったようだ。一旦進み始めた公共事業は、誰にも押しとどめることなどできなかったのかもしれない。高いところから低いところへ水が一気に流れ込むように。

確かに、肥治川の水は豊富だった。

もう運搬路として肥治川は利用されなくなっていたが、川は、村民の暮らしに深く根付いていた。人々は農作業や山仕事のかたわら、季節ごとに川漁を行っていた。地獄網《じごくあみ》で下り鮎《あゆ》、下り鰻《うなぎ》を狙う。夜には夜振りという漁をした。夜、岩の陰でじっとしている小魚を照らす照明が川の上を行ったり来たりしていたものだ。夜、水面を照らスで突くのだ。三谷も子供の頃から、遊び半分でそういう漁を憶えた。

七富利村がダムの底に沈まなかったら、と時々三谷は考える。きっと自分は今も村で生活していただろう。特に故郷に思い入れがあったわけではない。退屈で閉鎖的な村だったと思う。給料がいいわけではないが、安定した職業にも就《つ》いていた。昔と違い、交通の便もよくなっていたから、大洲や松山に遊びに行くこともできた。もしかしたら、そういう所で知り合った女性と結婚したかもしれない。ロックバンドもいつまでもやるわけにはいかないだろうが、適当に息抜きしながら、家族も増えて、どこにでもいる中年男になっていたに違いない。

ダムができた時に、懐《ふところ》に転がり込んできた補償金。あの時は、とんでもない僥倖《ぎょうこう》に思えた。村にいたのでは、一生手にすることのない額だった。あれを独り占めして、ギャンブルですってしまったのだ。あっという間の出来事だった。まるで夢を見ているみたいに。楽しかったのか、苦しかったのか、今となってはよく憶えてもいない。

それを知った母は嘆《なげ》き、姉夫婦は怒髪《どはつ》天を衝《つ》く勢いで三谷を詰《なじ》った。それ以来、彼らとは一切の交流がなくなった。ダムは大勢の人間の人生を変えてしまった。三谷もその一人だ。

ライターなどとは名ばかりで、ろくな仕事ではない。取材して記事を書くという正当な仕事で手にする報酬は、微々たるものだ。とても他人に言うことができない汚いやり方をすることもある。三谷も、飲み屋で働いている女のところに転がり込んで養ってもらっているのが実情だ。掃きだめのような都会の片隅で、細々と生きているといった方が正しい。

何でこんな人生を歩むことになったのか。考えても仕方がないが、時々、ふっとあの頃のことを思い出す。

村がダムの底に沈むことがはっきりしてから、早々と村を出ていく村民もあった。国に買い上げられた農地は荒れ放題になって「水没予定地」という看板が立った。

補償金の支払いを受けた住民が自宅から退去すると、すぐさま家は壊された。更地《さらち》にしないと、補償金の全額は支払われない。引き渡しに同意しても建物があるかぎり、支給は七割に留められると聞いた。あれは寂しい光景だった。

「一藤建設」の名の入ったショベルカーやユンボが、徹底的に家屋を壊し、石垣まで取り除いた。かつてこの地から隠れキリシタンを追いたてた一藤家は、今度は村の消滅にも手を貸したのだった。

ダム建設を推進した一藤村長の気持ちはもう、新しい大洲市七富利地区へ移っていた。そこへ移るための資金も地域振興資金も、村は潤沢《じゅんたく》に受けられることになっていたらしい。彼は村長という地位は失うけれど、大洲市議会議員に打って出るということを公言して憚《はばか》らなかった。村長を憎々しく思っている村民はたくさんいて、ゆくゆくは県会議員にまで上り詰める気だ、ダム建設に賛成の立場を取った時から、交換条件として道筋はつけられていたのだと陰口《かげぐち》を叩いた。

だから村長の死後、事故死と結論づけられたにもかかわらず、村では流言飛語《りゅうげんひご》が飛び交《か》った。村長の肩に残された不可解な十字架印のことは、いつの間にか村中に広まった。

その形状から、「隠れキリシタンの呪い」と初めに言い出したのは、誰だったのか。一藤村長が権力者であった時には、媚《こ》びへつらっていた人々も、もう怖がるものがなくなったとばかりにそういう誹謗中傷《ひぼうちゅうしょう》に加担《かたん》した。七富利村を水の下に沈めるように先頭に立って画策《かくさく》した男が、ダムの完成を見ることなく死んだことも、藩の手先となって隠れキリシタンを厳しく弾圧した一藤家が受ける当然の報《むく》いだということになった。巻き込まれて故郷を失った村人たちは、いい迷惑だったというふうに、ダム建設反対派を中心に一藤家を非難した。死体の肩に不気味に浮き出た十字架の文様《もんよう》は、それほど人々の心を揺さぶったともいえたし、あの異様な容貌《ようぼう》で村長という役職に就いていた人物は、実際には嫌われていたともいえた。

口さがない人々は、旧弊《きゅうへい》な村社会が消滅していくことが明らかになったせいか、そんな史実に引っ掛けていろんな憶測やら根拠のない流説《るせつ》を語り合った。すなわち、一藤家は、命を落とした隠れキリシタンに祟《たた》られ、継嗣《けいし》ができにくい。できたとしても、村長のように見かけがすこぶる悪い男子が生まれてくる。そしてその行く末は悲惨なものなのだ。今度のことでそれがはっきりした――などという噂だ。

村長の弟は、まともな容貌で生まれてきたのに、事業に失敗して自殺したこと、その妻子が路頭に迷って義兄を頼らざるを得なかったことも、因果応報《いんがおうほう》なのだとまで言われた。村長が義妹と関係を結んでいるらしいと村の噂になっていたことを、その時三谷は初めて知った。

今、不審な死に方をした村長の姪に、大都会で巡り合ったのは、何か意味のあることなのだろうか。

ポケットの中でスマホが振動した。ディスプレイには、シンジの名前が表示されていた。

「やあ！」あっけらかんとした声が耳に響いた。「やっと家に戻ってきたよ」

一藤麻衣子

愛媛から遠く離れたこの地で、七富利村出身の三谷と司に同時期に出会ったことに、どんな意味があるのだろうか。麻衣子はぼんやりと考える。いくら考えても答えは出ない。こんな邂逅《かいこう》は、稀有《けう》なことに違いない。三谷は、麻衣子を見つけて向こうから近寄って来たのだけれど、司との再会は、本当に偶然だった。

運命とは不思議で気まぐれなものだ。彼女と初めて会ったのは、小学校の四年の時で、それから五年間を一緒に過ごしたのだ。麻衣子にとって一番困難で変動の多い時期だった。司という親友がいなければ、とうてい乗りきれなかっただろう。

辛かったけれど、楽しいこともあった。

小学校高学年から中学生になるにつれて、司はさらに背が伸びて体重を増やした。同級生の男子より、がっしりして力も強かった。誰も司や一緒にいる麻衣子に手出しをしなかった。

司が無表情でのしのしと歩いていくと、誰もがそろりと道を開けた。

七富利中学に入学した最初の担任は、大学を出て二年目の女性教師だった。経験不足から生徒指導もうまくいかないようだった。生徒を深く理解しようとも、クラスをまとめようともしなかった。面倒なことには関わりたくないという態度だった。司が気まぐれにしか登校しないことも放置していた。

司と常に行動を共にしていた麻衣子とも、距離を置いていた。麻衣子の通知表には、「協調性に欠ける。クラスに溶け込む努力を」とか、「提出物の遅れ、教材の忘れ物が多い」、「授業中の態度に問題あり。課題に積極的に取り組むべき」などと書かれていた。司と一緒くたにされていると感じた。

膂力《りょりょく》のある司は、小学校の高学年の頃から平底舟も上手に操った。司は、平底舟で肥治川の上流へ行って、柴づけ漁というのをやっていた。

麻衣子は夏、それに乗せてもらって川を遡《さかのぼ》った。流れの静かな瀞《とろ》や淵《ふち》に粗朶《そだ》を沈めておいて、数日後に引き上げる。すると川エビがたくさん獲《と》れた。司が河原で粗朶を振り払い、麻衣子は落ちてきたエビを集めた。

そんな所にも音は溢《あふ》れている。もう少し上流の深い淵で魚が飛び跳ねるピシャンという音。これは水面すれすれに飛ぶ小虫を捕えるためのジャンプだ。その虫の羽音も麻衣子の耳には届く。幻のように響く蜩《ひぐらし》の声。風の音は遠く近く——空の高みにまで昇っていく。木の葉を揺らし、草叢《くさむら》を薙《な》ぎ払い、羽ばたく鳥を押し上げながら。分厚い苔《こけ》から滴《したた》る水が、絶え間なく川の流れに落ちる音。川の真ん中に突き出した岩に急な流れが切り裂かれ、二つに分かれていく音。

ミツルと会えなくなっても、聞き耳をたてることが、自然に身についていた。

今までのことが嘘のように平和なひと時だった。

そのまま、肥治川で泳ぐこともあった。

夏でも川の水は冷たくて、長く浸かっていることはできなかった。司は平気だったが、麻衣子は十分も泳いでいられない。すぐに川岸の大岩の上によじ登った。

岩は一枚岩で、上部に自然の窪《くぼ》みが出来ていた。そこにも水が溜《た》まっているのだが、陽が照りつけるせいで温《ぬる》んでいる。冷えた体を温めるのにお誂《あつら》え向きの窪みだった。結構深い温んだ水に浸かりながら、川を見下ろす。喫水《きっすい》の浅い平底舟は、あまりに透明な水に浮かんでいるために、宙に浮いているみたいに見える。

大岩の横には細い踏み分け道がついている。ちょうど真上にお堂があるということもこの時に知った。オユゴモリするお堂へはここからも行けるのだった。後から、昔はお堂に荷物を運ぶ時には、舟でそこに着けていたと聞いた。いい道がついて、車で行き来できるようになる前の話だ。

「司！」

呼ぶと、司が顔を上げた。こちらに向かってラッキーミントを一粒投げてくる。受け損ねた菓子は、窪みの中にポチャンと落ちた。

麻衣子の家の桟橋《さんばし》に司が平底舟を着けるのを、一度、カツさんが遠目に見つけて、門の方から中庭を通ってやってきたことがあった。カツさんの姿を認めると、司は舟を降りて、ぷいとどこかへ行ってしまった。彼女は、村の大人たちとも口をきかなかった。そういうところは、村人と仲良くしない祖父母に倣《なら》っているようにも見えた。

「じょん、あんた、舟が漕《こ》げるんかな。ほう！　たいしたもんじゃ。村長さんに習《なろ》うたんかいな」

司の姿はもうどこにもなかった。麻衣子は、無口で放縦《ほうじゆう》な友人のことを説明するのが面倒くさくて、カツさんの勘違いをそのままにしておいた。伯父に舟の扱《あつか》いを習ったと思われるのは嬉しくなかったけど。

船底で透明なエビがたくさん跳ねているのを見て、カツさんは、目を丸くしていた。

二人で獲った川エビを、司に届けようかとも考えたけど、結局そうはしなかった。司の家は知っていたが、そこに麻衣子が行くことを、司は喜ばなかった。祖父母との関係を知られるのが嫌なのだろうと、麻衣子も近くまでしか行ったことがなかった。彼女には彼女の理由があるのだ。麻衣子と同じように。

馬鹿のひとつおぼえのように、麻衣子はせっせとラッキーミントを買って司に渡した。

「ありがとう」とも言わず、ラムネ菓子を受け取る司は、時々、麻衣子の通学バッグに食べ残しのラッキーミントを放りこんでいた。習慣になったそのやり取りが、麻衣子と司との友情の証しだった。麻衣子はラッキーミントを見つけると、小さく笑ってそれを捨てた。彼女は粉っぽい味がするその菓子が好きではなかったのだ。

あまり裕福ではなさそうな司の祖父母が、補償金を受け取って村を出ていってしまうのではないかと、それだけは怖かった。村には大部落だの小部落、講組《こうぐみ》、株内《かぶうち》などという複雑な人間関係があったけれど、偏屈《へんくつ》らしい司の祖父母は密な付き合いをしていなかったように思う。爪弾《つまはじ》きとまではいかないが、村では浮いた存在だった。まとまったお金があれば、松山で娘と暮らそうとするのではないか。でも司はそれを否定した。

「お母ちゃんはもう松山におらん」ぶっきらぼうに司は言った。「ナイエンの夫は叩き出したらしい。今度は別の男とどこかに行ってしもうた。爺ちゃんにも居場所を教えんと。音信不通」

他人のことのように、さらりと続ける。

それは司の願いをマリア観音が聞き届けてくれたことになるのだろうか。

「だけん、爺ちゃんは、最後の最後までここに居座って、補償金を吊り上げて、出ていくしかないんよ。多分、大洲の代替地に住むしかないと思う」

司には悪いけれど、麻衣子はほっと胸を撫で下ろしたものだ。また新しい土地でも近くで暮らすことができると。

でも結局は、司という親友のことを顧《かえり》みることなく、麻衣子はさっさと上京してしまったのだけれど。

伯父がおかしな死に方をした後、母は村を離れたいと言った。

「もうこんな田舎で暮らすのはたくさん」と母は言ったけれど、伯父が死なななかったら、ずっと伯父と関係したまま、彼の庇護《ひご》のもと、何も変えようとしない受動的で楽な生活を続けていたに違いないのだ。

言うだけで具体的に行動に移す術《すべ》を知らなかった母を後押ししたのは、幸枝伯母だった。伯父の死に関連して、隠れキリシタンの呪いなどという時代錯誤《さくご》な噂まで囁《ささや》かれるようになっていた。

おそらくは、伯母もそれで嫌気が差したのだろう。麻衣子たちと一緒に東京で暮らすと言いだした。母が抵抗するかと思ったが、意に反して安堵《あんど》の表情を浮かべた。第一、都会で生活再建するほどの資金を、母は持ち合わせていなかった。考えたり努力したりすることを放棄《ほうき》し、すべての責任から逃れたいというのが、母、郁子の生き方だった。

幸枝伯母は、東京の子供の許《もと》に身を寄せていた元村民の口ききで、不動産会社と連絡をとり、すぐに西新井の中古住宅を購入した。諸々《もろもろ》の手続きが残っていて、村をすぐには離れられない伯母を置いて、母と麻衣子は先に上京した。

いよいよ村を出る時に、カツさんがやってきた。いつものように平底舟を夫に漕がせて。

「じょん、奥さんとお母さんと東京に行くんかな」と問われ、頷《うなず》くと、ふっと表情を曇《くも》らせた。驚いたことに、麻衣子に餞別《せんべつ》をくれた。

「ほな、もう会えんな。気をおつけな。人は見かけだけではわからんもんよ。鬼の顔を隠して他人を操るような恐ろしいもんが、世の中にはおるけんな」と言った。

幼い時に暮らしていた東京のことはよくわからず、それにもこくりと頷いた。封筒の中には、皺《しわ》だらけの五千円札が入っていた。カツさんからもらった皺くちゃの五千円札は、東京に来ても、長い間国語辞典のページの間に挟んでとってあった。

カツさんとの別れの様子はよく憶えているのに、司と最後に会ったのがいつだったか、麻衣子はよく憶えていなかった。それはきっと、上京後に見舞われた不安症候群のせいだ。

あの頃の麻衣子の記憶は、ところどころ抜け落ちている。

西新井の小ぢんまりした家に、母娘は落ち着いた。この家は、七富利村の大きくて空疎《くうそ》な屋敷より、よほど居心地《いごこち》がよかった。母も幾分《いくぶん》、明るい表情をした。麻衣子は東京の高校へ通うことになった。生活費も学費も、すべて幸枝伯母が出してくれた。母はただ一言、「すみません、義姉《ねえ》さん」と言ったきりだった。母は、他者に詫《わ》びることにも感謝を伝えることにも慣れていない。何もかもがぎこちなく、それでいて、どこか泰然《たいぜん》としていた。

都会の高校に通いだして、環境が激変した麻衣子は、精神的に不安定になった。どうも彼女は集団生活というものに馴染《なじ》まないのだった。そのストレスと、伯父の死に加担したという罪悪感とが、重なり合っていたと思う。それまでも見られた記憶の途絶《とぜつ》や唐突《とうとつ》に訪れる失神発作《ほっさ》に加え、パニック障害にも見舞われた。伯父の惨《むご》い死に様がフラッシュバックで襲ってくるのだ。相当に参った麻衣子は、自分で自分をコントロールすることができなくなった。

いつ発作がやってくるかも知れず、常に不安だった。不安が不安を呼んで、通学どころではなかった。そんな麻衣子をどうしたらいいのかわからず、母は病院を渡り歩いた結果、横浜にあるN大付属こども医療センターの精神科に入院させた。そこまでして、自分はやるべきことはやったとばかりに安心しきっていた。確かに、母としてはよくやった方かもしれなかったが。

その話を伝え聞いた伯母が予定を早めて上京してきた。

そして混乱しきった姪と、相変わらず思慮の浅い、頼りない義妹を見て嘆息《たんそく》した。麻衣子の入院先にも度々《たびたび》足を運んでくれて、主治医と何度も面談してくれた。本当なら、こういうことは母親がしなくてはならないのに、母はついてくるだけで、すべての判断を伯母に委《ゆだ》ねた。結局は、母はまた心地よい場所に潜《もぐ》り込んだわけだ。

きっと世間の人には伯母の心情が理解できないだろう。自分の夫と肉体関係を結んでいた女と、夫の死後も同居し、生活全般をみるなんて。でもそれが伯母の天分なのだ。

麻衣子にはわかる。母が伯父と通じた時、怯《おび》える幼い姪に対して、母親の行為にも理があると、くだいた言葉で囁き続けてくれた。閉鎖的な土地で、あのもったいぶった旧家に嫁《とつ》ぎ、横暴な夫に仕《つか》えて会得《えとく》した、諦念《ていねん》という強い武器で生き抜くことが、あの人の生きる術だった。

一時は伯母に倣《なら》おうとした麻衣子だったが、結局そういう生き方を選ばなかった。

麻衣子が最後にマリア観音に願ったことは、「伯父を殺してください」ということだった。

「ねえ、麻衣子ちゃん。愛媛は雨が降らんらしいよ。ダムの取水制限をせんといかんらしいね。ニュースでそういうとった」

幸枝伯母が絹《きぬ》サヤの筋を取りながら言った。

「そうなの?」

「そうよ。七富利ダムも、貯水率が六十パーセントを切ったんやって」

雨がないまま、四国地方は梅雨明け宣言が出た。それはニュースで見た覚えがある。七富利ダムのことは知らなかった。伯母は、やはり故郷のことが気になるのだろう。

母はダイニングテーブルに座って、薬の袋をごそごそと取り出している。腰が痛むと訴えたので、鎮痛剤と胃薬を服《の》んでおきなさいと、伯母から言われたのだ。

母は大量の薬を服む。あちこちの病院で診察を受ける度、薬を処方されるのだ。薬が出されたこと、それを服用することで安心しきっている。効力があるかどうかなんて関係ない。ただ服む薬があるということが、母にとっては重要なのだ。人に頼るのと同じように、薬に頼っている。

母の不定愁訴に周囲の者は慣れてしまった。離れて暮らす娘でさえうんざりしているのに、幸枝伯母は母に根気よく付き合ってくれる。依存症の母と、他人のことが気になり、手を貸さずにいられない伯母――二人の間には、完璧《かんぺき》な共依存の関係ができあがっている。

「今日は泊まっていきなさいよ」

「ええ」

「よかったね、郁子さん、今日は麻衣子ちゃんとたっぷり話ができるよ」

母は、たいして嬉しそうな顔もせず「そうね」と答えた。

「じゃあ、今晩はちらし寿司をこしらえようかね。ええ穴子が買えたからね」

伯母の作るちらし寿司は絶品だ。やや甘めの酢めしが愛媛風なのだ。幸枝伯母が、今が幸せならいいと思う。依存心の強い母の面倒をみながらも、ここで細々と暮らす生活の方が、気楽でよかったのではないかと。

もし、ここに三谷が来たらと思うとぞっとする。あの執拗《しつよう》であざといライターは、七富利村でのことを掘り起こそうとしている。伯父の死を記事にするつもりなら、その妻である伯母に取材するのが一番なのではないか。陽一郎の恋人だと取り沙汰された麻衣子の素《す》性《じょう》をすぐに調べ上げたくらいだから、伯母や母が東京に住んでいることも容易《ようい》に嗅ぎつけるのではないか。

西新井に来る時に、三谷につけられているのではないかと何度も振り返らずにいられなかった。気にし過ぎだと思いながらも、そうせずにいられなかった。これ以上、あの男が食い下がってくるようなら、どうにか手を打たなければならない。ここは、苦しんだ過去を持つ女たちが、平和に暮らす場所なのだ。あらゆる感情を呑《の》み込んで、あらゆる記憶を閉じ込めて。

割烹着《かっぽうぎ》を着て、絹サヤを茹《ゆ》でる伯母の横顔を見ながら、そう決意する。この年になっても、この人は凛《りん》としている。体もしゃきしゃき動く。母はあまり家事もせず、ぼんやりしているというのに。ここ数年、母はどんどん没感情になってきている気がする。あまりに多くの薬を服用するものだから、その副作用ではないかとも思うが、薬の管理をきちんとしてくれている伯母に、そういう疑問を口にするのは憚られた。

伯父の遺産を受け継いだ伯母は、経済的には何の心配もいらないはずだけど、ここでは地味な生活を貫いている。そして無条件に母の面倒をみてくれている。母と離れて暮らしている麻衣子に口を挟む権利はない。

伯母の恩に報いるためにも、この聖域は守らなければならない。

「麻衣子ちゃんが調律師になってほんとによかったわい。ピアニストにはなれんかったけど」

時々、伯母は同じことを口にする。麻衣子がピアノにひとかたならぬ思い入れがあったのを、彼女は知っている。その望みを、伯父に断ち切られたことも。

「伯母さんのおかげよ」

毎回、彼女は同じことを言う。調律師の専門学校の学費も伯母が出してくれた。

専門学校へ入って、何台ものグランドピアノが並んでいるところを見た時、うかつにも涙がこぼれそうになった。どれほど自分が音に飢《う》えていたか。高校ではうまくいかなかった学生生活も、あそこでは充実していた。

ピアノから離れていた月日を埋めるように、夢中で音に浸った。途切れていた旋律がつながっていくように、鍵盤に触れた記憶がつながっていった。初めて父が買ってくれたピアノ。暗闇の中で、指で叩いた反物《たんもの》。その後も、不思議とピアノは麻衣子について回った。どこかでピアノとの出会いがあった。

そう考えると、麻衣子は運命の星に導かれて調律師になったような気がするのだった。

七富利中学校には、音楽室にグランドピアノがあった。音楽教師は、毛利《もうり》先生という三十代半ばの男性教師だった。彼はいつでも音楽室に来てピアノを弾いてかまわないと言ってくれた。麻衣子以外にピアノにそれほど興味や執着心を持つ生徒はいなかったので、彼女は放課後、音楽室に入り浸っていた。

音楽室で自由にピアノを弾けることが、麻衣子をまたひとつ、幸せな気分にしてくれた。音楽の教科書を見ながら、練習した。初めは一本指でたどたどしく。そのうち、なんとか右手だけなら弾けるようになった。

そんな麻衣子を見て、毛利先生がピアノの教則本を貸してくれた。顔を輝かせた彼女に、「熱心だなあ、一藤は。そんなにピアノが好きなのか?」と問う。

勢い込んで「はい」と答えた。毛利先生は、それなら、暇な時にはピアノを教えてあげようと言ってくれた。彼も音大のピアノ科で学んだのだと付け加えた。これ以上ない喜びだった。またピアノが習えるなんて。

　放課後、麻衣子がいそいそと音楽室に行くと、毛利先生が待っていてくれた。しんと静まり返った音楽室。校庭からは運動部が練習をする掛け声だけが聞こえていた。

　先生の指示で丸い椅子に腰を落とす。先生に借りたジュニア用教則本を譜面台に置いた。まずは音階を片手ずつ交替で弾くように指示された。緊張しながらも音符を追って、鍵盤を叩く。何度もつっかえた。先生はじっとそれを眺めているばかりだった。きっと私なんかの演奏は聴くに堪《た》えないものなのだろう。ト音記号、ヘ音記号がうまく読み取れない。幼い頃は難なく弾けていた気がするのに、もどかしい。かっと頭に血が上った。また指がもつれた。先生が後ろに寄ってきたのがわかった。

「力み過ぎだ。手はこうして——」

　指を曲げて丸い物をふんわりつかむような形に、と言いながら、麻衣子の手に自分の手を添えた。

「もう一回弾いて」

「はい」

　先生のアドバイスに応えようと、鍵盤に手を置いた。必死に楽譜をなぞる。

「いや、違うね」

　毛利先生の両手がまた重なってきた。体がぐっと近づく。まるで後ろから抱きかかえられているような格好になる。意識を鍵盤に集中した。せっかく教えてくれている先生の気を悪くしたくなかった。先生は、麻衣子の肩口から顔を覗かせるようにしている。吐く息まで掛かりそうだった。

「一の指、ここは三の指だ。そう、その調子」

体が密着して動きづらかった。でも先生は何とも思っていない。きっとピアノを習う時には、誰にでもこういうふうにするのだろう。そうやって三十分も教えてもらうと、どっと疲れた。

「よし、今日はここまで」と言われ、体に込めていた力が抜けた。

「来週も来なさい」という言葉には、「はい、ありがとうございました」と小声で答えた。音楽部の練習が週に三回あった。その時には音楽室が使えないから、ピアノのレッスンはできない。毛利先生は、それ以外の日には必ずレッスンをつけてくれるようになった。月曜日と木曜日、麻衣子はグランドピアノを弾くことができる。それも音楽の先生の指導を受けられる。七富利村での生活に張りができた。

家にはピアノがないから、レッスンのない日には、ボール紙に書いた鍵盤を使って一《いっ》生懸命《しょうけんめい》練習した。納戸で反物をピアノに見立てて弾いていたことを思い出した。ミツルのことがふと頭をよぎった。グランドピアノがうまく弾けだしたら、あの暗闇で出会った子にも聴かせてあげたい。ミツルは、どんな感想を言ってくれただろうと想像した。今はもう叶わないことだけど、ますます熱が入った。

ピアノに触れるだけでも嬉しかった。どんな音も、どんな旋律も、自分が思った通りに表現できるあの黒くてどっしりして、そして繊細な楽器――。

「いいね、なかなかいいよ。一藤は筋がいい」

心が浮き立った。レッスンが待ち遠しかった。しだいに先生に褒《ほ》められることがひとつの目標になってきた。自分のために時間を割《さ》いてくれている先生の熱意にも応えたかった。

「あんた、毛利先生に教えてもらっとるんやて?」音楽部に所属する同級生に訊かれた。

麻衣子が返事をする前に、「音楽室で二人きりで?」と畳《たた》みかけられた。

別の同級生が隣で含み笑いをしていた。

「よう教えてくれるやろ? 手取り足取り、な」

彼女は意味深なことを言い、隣の子と目配せし合った。

はっと同級生を見返した時には、二人とも笑いながら背中を向けていた。

毛利先生は熱心に指導するあまり、音楽部の部員に煙たがられていることは知っていた。先生は背が低く、小太りでお世辞《せじ》にもハンサムとは言い難《がた》かった。だから思春期の女の子には嫌がられているのだ。でも結婚していて、子供もいると聞いた。ばかばかしい。つまらない誹謗中傷だ。いじめられっ子だった麻衣子が先生に贔屓《ひいき》されているのが気に入らないのだろう。

でもあの同級生の言葉を聞いてから、心の中に小さな引っ掛かりが生まれた。先生が両手を添えてくれる時、姿勢を直してくれる時、リズムをとるために背中を軽く叩いてくれる時、ここまで、と思うほど密着してくる先生を意識してしまう。

気にするな、と自分を戒《いまし》めれば戒めるほど、引っ掛かりは大きくなった。よく先生は、彼女の後ろから両手を伸ばして手の動きを直した。それはもう、握りしめているとしかいいようのないものだった。しかも背もたれのない丸椅子なので、体はぴったりくっついている。ある日、麻衣子は気づいた。彼女の背中に固いものが当たっているのを。

どっと汗が噴き出し、動悸《どうき》がはげしくなった。

「どうした？　一藤。しっかり弾かないか」

先生の声に淫《みだ》らな何かを感じてしまう。

あれだ、と思った。夜な夜な聞こえる母の部屋からの声。あれに含まれている嫌悪すべきものと一緒だ。麻衣子は身をよじって先生から逃れようとした。

「ダメ、ダメ。ここが一番肝心なとこなんだ」

ぎゅっと後ろから抱きしめられる。先生は楽しんでいるのだ。私を嬲《なぶ》っているのだ。ふいにそう気がついた。

「先生……あの……」

「いいね、一藤は最高だよ」

麻衣子の背中に押しつけられたものが、ゆっくりと上下し始めた。擦りつけているといった方がいい。麻衣子の首筋に先生の生温かな息がかかった。ぞっとして全身が総毛立った。と、同時に先生の中の男の部分を強く感じた。気持ち悪い、と思った。吐き気がしてたまらなかった。先生は、何事もなかったようにすっと離れ、「じゃ、今日はここまでにしよう」と言った。

あれは自分の勘違いなのだと思おうとした。私たちは、ただの教師と生徒の関係だ。だから毛利先生が、特別に土曜日も教えてあげようと言い出した時も、頷いてしまった。土曜日の午後を指定された。運動部は午前中で部活を終えるのか、グラウンドは閑散《かんさん》としていた。毛利先生は、職員室から音楽室の鍵を取ってきた。人の気配のない校舎を先生と並んで歩いた。

「一藤はここ一か月ですごく上達したよな。先生も教えがいがあるよ」

にこにこ笑いながら言う先生を見て、胸を撫で下ろした。こんなに熱意を持って指導してくれる先生はどこにもいない。くだらないことを考えずに練習に励もう。ピアノがうまくなったら、伯父も正式に習うことを許してくれるかもしれない。新しい家に移ったら中古のピアノでいいから買ってもらえないだろうか。

でもその決心も希望も、ピアノのレッスンが始まると、しだいに揺らいでいくのだ。

毛利先生は、その日、特に熱を入れて教えてくれた。いつもの基礎練習が終わると、とてもじゃないけど、麻衣子の技量では弾くことのできない難解な譜面を置いた。

これは今まで習ってきた運指法で充分弾けるのだ、と言いながら、麻衣子の手を取る。自分の手で包み込むようにして音符を弾かせようとするのだ。とまどう麻衣子を叱咤《しった》するように、体を覆《おお》いかぶせてくる。気をそちらに向けないようにしようとするのに、背中に感じる熱い塊《かたま》り。それはゆっくりと上下運動を始める。

一度だけ見た伯父と母との淫らな格好を思い出す。母を組み伏せた生白い伯父の体は、同じようなリズムで動いていたのではなかったか。あれは——。

「どうした? 一藤?」

先生の声は熱に浮かされているようにかすれている。

「何を考えているんだ?」

「何も……」

「嘘だ——何か想像しているんだろ?」

思わず振り返ろうとした。がっちり押さえつけられて動けなかった。

私は——こうしている私は——母と同じだ。同じことをしているんだ。あの醜《みにく》い行為を。

「もう帰ります」

身をよじる。その時、首筋に先生の唇がつけられた。熱かった。

「先生、やめてください」

大きな声は出なかった。囁くような小さな情けない声だ。それが先生をさらに欲情させる。つつっと唇が下りてきて、ブラウスの襟首《えりくび》の奥、肩に吸いつかれた。背中に当たる嫌らしい器官はさらに膨張《ぼうちょう》する。頭が真っ白になった。

すっと戒めが解かれた。

「これはまだ一藤には無理だったか」目の前の楽譜がさっと取り去られた。「そうだな。それじゃあ、何にしようか」

布バッグをごそごそやっている先生を置いて、麻衣子は勢いよく立ち上がった。丸椅子がガタンと後ろに倒れた。かまわず麻衣子は駆け出し、音楽室から飛び出した。

「そんなら、やめたらいいやん」

こんなこと、司にしか相談できない。麻衣子の話を聞いた彼女は即座に言った。俯《うつむ》く友人をおかしそうに見返す。

「そんな嫌な思いしてまでピアノが弾きたいん？」

司の言うことは正しい。いつでも司は、麻衣子が心の奥底で感じていることを上手に探り当てる。中学でも司が登校してこないと、麻衣子は不安で心細かった。問題が持ち上がると何でも彼女に打ち明けて、意見を聞くことが習いになっていた。司の言う通り、あんな汚らわしいことをされるなら、もうピアノなんか弾きたくないと思った。でも悔《くや》しかった。ピアノが好きだという純粋な気持ちを逆手《さかて》にとられたような気がした。

麻衣子は音楽室に行くのをやめた。

「ピアノ、いつでも教えてやるぞ」

廊下で会うと、毛利先生は何事もなかったようにあっけらかんとそう言った。麻衣子は一言も答えることなく、顔を背けてその場から立ち去るしかなかった。自分の体が厭わしかった。この世に男と女というものがあって、否応《いやおう》なく関わり合う。交わる。伯父が母にしたように醜い行為が為される。人格を蹂躙《じゅうりん》されるに等しい。なのに、あの時の母は、恍惚《こうこつ》の表情を浮かべていた。毎夜部屋の外には愉悦《ゆえつ》の声が漏れている。伯母を脅《おびや》かし、彼女を慄《おのの》かせるあの声。そういう一切の事柄から遠ざかっていたかった。しかし、麻衣子は母と同じ女の体を持っているのだ。

麻衣子は初潮《しょちょう》を迎えていた。そのことすら、嫌悪すべきことだった。毛利先生を嫌うより、自分を嫌った。毛利先生は、素知らぬ顔をして音楽部の指導をしながら、会う度にレッスンに来るように誘った。毛利先生のレッスンはお断りだったけど、ピアノの魅力には、抗い難かった。

司に頼んで、一緒に音楽室に行ってもらった。麻衣子が座ったピアノの椅子の隣に、パイプ椅子を持ってきて、ぴったりくっついて座ってもらうのだ。司は特に興味があると も、つまらないとも表情に出さず、じっと麻衣子の指と鍵盤を見ていた。

ピアノの音が外に漏れると、毛利先生がたまにやってきた。彼を拒絶する意思を表すつもりで、先生が入ってきたら、すぐに蓋を閉めて音楽室を出た。司は、音楽教師を一瞥《いちべつ》してから、麻衣子について出た。先生は何も言わなかった。

そういうことが何度かあると、だんだん余裕が出てきた。先生が入ってきても、弾き続けることもあった。先生は、特に麻衣子に話しかけることもなく自分の作業をしていた。麻衣子は、司に目配せして、弾き続ける。時に小声で司に話しかけることもあった。その時だけ先生は顔を上げ、不審げに二人を見た。

ある時、一旦出ていった先生が戻ってきた。麻衣子は気にしなかった。隣に司がいるのだ。安心しきっていた。この前から練習している新しい曲がもうすぐ完璧に弾けるようになるところだったのだ。先生は、少し離れた場所で聴いていたが、大股に近寄ってきた。

「いや、そこはそうじゃないよ」と麻衣子の後ろに回った。

油断していた。先生は、素早く後ろから彼女の両手を握った。強くつかまれて、指が痛かった。それから、身動きもままならないほど、ぐっと体を密着させてきた。男の匂いがした。青臭い体臭と整髪料と、煙草の匂い。濃い髭《ひげ》の浮き出た顎が、麻衣子の首の後ろに当たっていた。あまりのことに、麻衣子は硬直してしまい、声も上げられなかった。司が立ち上がったのを、目の隅にとらえた。彼女は、毛利先生の肩をつかんで、後ろに引き倒した。先生は、もんどりうって倒れ込み、床板でしたたかに後頭部を打った。はずれて飛んでいった彼の眼鏡《めがね》のレンズが割れていた。

「行こう」

何事もなかったように司は言い、のしのしと音楽室を出ていった。麻衣子は振り返るのも怖くて、その後を追った。先生の呻《うめ》き声がした。

どんなことを言われるか、恐ろしかった。きっと校長先生に言いつけられて、学校で問題になるだろうと思った。でも何も起こらなかった。毛利先生は、沈黙したままだった。自分の行為に後ろ暗いところがあると、認識していたのだろうか。

でも校内で先生に会うのは、やっぱり怖かった。司は平然としていたけれど。ただこれに懲《こ》りて、毛利先生はもういやらしいちょっかいは出してこないだろうとは思った。そうあって欲しい。そんな心配は数日後に無用となった。体育祭の後片付けをしていた時、孟宗竹《もうそうちく》で組んだ櫓《やぐら》から転落して、毛利先生は手首を骨折したのだ。櫓のてっぺんで作業していた先生の方に、立てかけてあった大看板が風にあおられて倒れかかってきたのだった。左手首を複雑骨折したとのことだった。

当分ピアノは弾けないだろう。入院治療は長くなりそうだった。

七富利中学には臨時の音楽教師が赴任《ふにん》してきた。年のいった女の先生だった。体があまり丈夫でないようで、音楽部の指導もおざなりだった。麻衣子は今まで通り音楽室でピアノの練習をしたけれど、何も言われなかった。

三谷賢二

「久しぶり。元気そうだな」

「お前もな」

シンジと会ったのは、三年振りだった。同じ東京に住んでいるといっても、特に会う用事もなく、忙しさにかまけて疎遠《そえん》になってしまっていた。

「珍しいなあ。お前から連絡くれるなんて」

三谷が席につくやいなや、シンジは言った。三谷はシンジと同じ、ハイボールを注文した。

バンドのリーダーだったシンジは、何事においても声掛け役だった。そのせいで、たいていは彼の方から誘いがあった。それももう間遠になってしまっていたが。

「何か用事やったんか?」

そう言ってから、故郷の言葉がつい出てしまったことに、シンジは照れた。

「たいしたことじゃないんだけど――」

三谷は、最近、ひょんなことから一藤麻衣子に出会ったこと、彼女の伯父である七富利村の元村長の不審死について、どうにか面白い記事が書けないか画策していることを、正直に語った。

「あー、あったな。そんなこと」

もうシンジにとっては、過去に埋もれた事柄なのだろう。大きなイカの串焼《くしや》きに食らいつきながら、彼はもごもごと言った。

「何か憶えてないか? あの時のことで」という三谷の問いにも、首を傾《かし》げるのみだ。

「お前んとこ、親父さんが一藤建設で働いてただろ?」

そう水を向けると、ようやくシンジは「そうそう」と相槌《あいづち》を打った。

「あん時な、大変だったわ。ダム建設の話が本格化した時よ。七富利村が推進派と反対派に分かれて」

「俺たちはあんまり関係なかったけどな」

「馬鹿言うな。うちは大変だったんだぞ。親父は面と向かって村長に歯向かえんかったけど、親父の兄弟は、皆反対派でな。爺ちゃんと婆ちゃんも村を離れるのが嫌で、ごねるし。親戚中がまっぷたつに割れてしまって」

「そうかあ」

「あの村長が自分のために、県とつるんでダム建設に肩入れしたもんだから、俺はあいつが憎たらしかったね。あんな計画持ち上がらなかったら、うちは揉めることなかったんだ」

未だに親戚で集まってその話題になると、気まずい空気になるとシンジは言った。三谷は、自分のことは黙っていた。

「だからさ――」シンジは、声を落とした。やかましい居酒屋の中で、聞き取りにくい声で、彼は言った。「あいつがうっかり熱湯風呂に落ちて火傷《やけど》で死んだ時には、胸がすっとしたもんだ。そういう奴はいっぱいいたと思うぜ」

一藤日出夫は、醜い男だった。どう見ても、村長などという役職にふさわしい外見ではなかった。背は低く、鉄床《かなとこ》みたいな特徴的な頭をしていた。ぎょろりとした両目は、どこを見ているのかよくわからなかった。あんな風体《ふうてい》で村長になれたのは、ひとえに庄屋格の一藤家という出自のせいだろう。

村長は地権者として莫大《ばくだい》な補償金を得ることになっているともっぱらの噂だった。新しい土地に、経営する建設会社も製材所も移して、安泰《あんたい》な生活も約束されていた。

村を二分してのすったもんだの末、結局ダム建設は本決まりになった。要するに村長は勝利したわけだ。

しかしダム建設に関わる反対運動が巻き起こった後では、元庄屋で名望家であったはずの一藤家がそのままの権力を維持できるかどうかは疑問だった。ダム建設推進派と反対派とが争ったしこりは残っていた。あからさまに村長を非難する村民も多くいた。株内《かぶうち》とは、姓を同じくする血族集団に、婚姻《こんいん》関係によって結ばれた親戚も含まれたものを指す。村長が家長である一藤家は、そういう集団の総本家でもあった。株内の中では一番家格《かかく》が高かったはずだが、そういった集団の中でも村長と離反していく家もあった。

市議会議員に立候補する地盤を固め、移転計画も着々と進んでいるというのに、村長は不機嫌で、常に苛立《いらだ》っていた。一藤家の力は、あの山に囲繞《いにょう》された谷底の村だからこそ、発揮できたのだ。隠れキリシタンの伝承が残るあの土地から離れたら、一藤家への畏敬《いけい》も威服《いふく》も消えてしまう。魔法が解けるように。そう感じていた村民は少なからずいたはずだ。

「村の外に出たら、あんな奴、指を差して笑われるだけの小男さ。小さな村の長《おさ》は務まったかもしれんが、それ以上は無理だって、俺の叔父さんも言ってたな」

シンジも、三谷の思いを読んだようなことを口にした。

「なあ、憶えてるか？　ケン。一回、役場の村長室に呼ばれたことがあったろ？　クレイジー・ムーンのメンバー全員がよ」

「ああ、あれは――」

そうだった。あの時、初めて醜い村長を間近で見たのだった。最悪のシチュエーションで。

「もうちょっとで、俺らのバンドは解散させられるとこだったんだ」

忌々《いまいま》しそうに、シンジはイカを食いちぎった。

クレイジー・ムーンでドラムをやっていた立川《たちかわ》という男が、当時まだ中学生だった女の子に手を出したのだった。麻衣子たちより一年上の子で、前年のオユゴモリでやった彼らの演奏の際に知り合って付き合いが始まったらしい。どうも女の子が妊娠したようだというので、親がカンカンになって村の教育委員会に怒鳴り込んできたのだった。

「タッチンもやってくれるよな。別に中学生を相手にしなくてもな」

「あいつ、ちょっと見はいい男だったもんな」

「そういう問題じゃねえ」

よっぽど腹に据《す》えかねたのか、シンジはハイボールのジョッキを、どんとテーブルの上に置いた。しかし、それで彼の記憶が喚起《かんき》されたようだ。三谷が忘れていたあの時の顚末《てんまつ》をこと細かに話しだした。

これが本当なら大変なことだ。教育長は、真《ま》っ青《さお》になっていた。とにかく公《おおやけ》になることを恐れ、穏便《おんびん》にすまそうとしている魂胆《こんたん》が見え隠れしていた。

「そんな時、タッチンは何て言ったか憶えてるか?」

「いや」

「あいつはさ、大真面目《おおまじめ》な顔でこう言ったんだ。避妊はちゃんとしてたって。それでも失敗したのは、生理が始まったばかりの若い子は、卵子も新鮮だから、妊娠しやすいんだと」

俺はもうおしまいだと思って天を仰いだね、とシンジは言い、三谷は腹を抱えて笑った。

「生きがいいのは、奴の精子だろ」

シンジと話したおかげで、ますます記憶が鮮明になっていった。

立川のふざけた言い訳に、教育長はいきり立った。

「屁理屈《へりくつ》を言うな! そんな言い分が通るか!」と怒鳴りつけた。そんな根拠もない知識を中学生の女の子に吹き込んで、自らの淫らな行為を正当化するとは何事か、というわけだ。その時ばかりは、立川もしゅんとなっていた。

挙句《あげく》、教育長は、もうオユゴモリでロックの演奏をすることはまかりならんと断言した。そればかりか、クレイジー・ムーンも解散しろと言い出した。村長は、黙ってその成り行きを眺めていた。あの奇怪な容貌の男がじっと黙っているのは、いかにも不気味だった。彼には大きすぎる革張りの椅子に、くるみ込まれるように座っていた。多分、両足は床についていないんだろうな、とその時自分が考えていたことも甦《よみがえ》った。

教育長は、村長の顔色をちらちらと窺《うかが》っていた。その時、そばに控えていた村の助役が口を開いた。

「しかし、どうして今年急にバンドの演奏がないなったんか、穿鑿《せんさく》されるんと違いますか？」

頭の悪そうな教育長は、はっと驚いたようだった。

「噂っちゅうもんは、すぐに広まります。教育委員会としては、中学生が妊娠したやなんてことが公になったらまずいでしょう」

的を射た助役の言葉に、教育長は肩を落とし「そうですなあ」と答えた。そういうやりとりをバンドのメンバーは、固唾《かたず》を飲んで見守っていたのだった。

「この前、村長と校長との話し合いで、少年式の記念行事としてのオユゴモリに、ロックバンドの演奏がつくのは、形式ばらずに年長者との交流ができて、なかなかええということになったばかりですけんな」

助役は続けた。大人になるための通過儀礼としても大変ユニークなもので、ローカル局が取材に来たいという申し出もあったのだ、とメンバーはその時に初めて知った。村の最後の中学生の少年式とその記念行事を撮影してニュース番組で流したいと。

「最後っちゅうことで、村がいろいろ注目されとる折ですけん、何事も慎重にせんと」

村長が決断を下す場面だったが、村長は、そわそわと目を泳がせたきりだった。心ここにあらずといった感があった。

その時、三谷は気づいた。村長の姪が、今年少年式を迎えるのだということを。彼は、一藤家の純粋な血筋が汚されるのではないかと恐れているのかもしれない。ただのへたくそなロックバンドの演奏なのに、立川のおかげでえらく風紀の乱れた場所と勘違いされてしまったのではないか。乱交パーティまがいのことが行われているとか。

まだその時は、村長のところに引き取られた女子中学生の顔は曖昧だったが、あれは一藤家の跡を継ぐために引き取られたのだと、もっぱらの噂だった。大事な跡継ぎが、どこの馬の骨かわからない男たちと不純な関係に陥《おちい》ることもあると、そこに気持ちが至ったのだ。三谷たちからしたら、とんでもない言いがかりだけれど、しかし実際その禁を犯してしまった張本人がここにいるのだから。立川の横顔を見やったが、そんな重大なことは夢にも思っていないという、へらへらした様子だった。

村長は寛容《かんよう》なところを見せて、学校長にはロックバンド演奏を許容するようなことを言った手前、自分の姪を参加させないために、それを中止するとは言い出しにくいのかもしれない。見映《みば》えが悪いだけに、そういう体面を気にする男だという気がした。

「へえ!」その時、シンジが大きな声を出したので、他のメンバーはぎょっとした。「そら、ええことやないですか。テレビに出してもらいたいわ。そしたら俺らの演奏、もっと大勢の人に聴いてもらえるんやし」

どこの放送局ですか？　などと問うシンジを、助役は「馬鹿なことを言うな！」と一喝《いっかつ》した。つい口を滑らせて、取材の申し込みが来たことを伝えてしまったことを悔いているようだった。頭が回るシンジは、そう言うことで、バンドの演奏は中止にならないはずと踏んで、半ば脅《おど》しをかけたのだ。

村長が「むう」と唸《うな》った。それもどこか人間離れして聞こえた。

それから侃侃諤諤《かんかんがくがく》の議論が交わされて、結局バンドの演奏にはお許しが出た。その代わり、ローカル局の取材は断る、教育長が堂念仏に立ち会う、中三生が身ごもっていることは、決して他言しない、ということが固く取り決められた。

ついでにいうと、女の子が妊娠したというのは間違いだった。立川との交際を親から禁じられた少女が、咄嗟《とっさ》についた嘘だったのだ。

「あの時は参ったよなあ」

すっかり忘れていた一部始終を三谷は思い出した。そういう事情で、教育長があの年のオユゴモリには立ち会ったのだった。村役場の重鎮《じゅうちん》がいたおかげで、あの晩、全員のアリバイが強固なものになった。

「お前、知ってるか？　タッチン、あの時の女の子と結婚したんだぞ」

「うそだろ？」

「ほんと、ほんと。あいつら、四人も子供作ってよ。松山で能天気に暮らしてんだ」

リーダーだったシンジは、三谷と違って、メンバーのその後の消息をよく知っている様子だった。

「あの時は、もうおしまいかと一瞬俺も腹をくくったよ。村長は、ロックの演奏なんか絶対に許さんと思ったね。ご大層な家系を存続させるために引き取った大事な姪を来させたくなかったんだろうな。その姪だった一藤麻衣子に今頃巡り合うなんてな」

感慨深げに三谷が言うと、シンジは「そんでさ、その麻衣子っつう子、結婚してんの？それこそ子供いっぱい産んで、一藤家は大繁栄してるとか？」と尋ねてきた。

三谷は、簡単に麻衣子の現況を伝えた。未だ独身で、かの橘リゾートの御曹司と噂になったのだと付け加えると、シンジは、低く口笛を吹いた。

「でも、どうも写真週刊誌の記事は、でっち上げっぽいな。一藤麻衣子は、橘陽一郎とはなんでもないようだ。同郷人だから、うまい記事が書けると思ったんだが、はずれだった。だから、昔の熱傷事故をほじくり回しているってわけだ」

「そうか。なら、結局、一藤家の存続は危ういってことだな。村長があんな死に方をして、ケチがついたってことか」

「ああ。七富利村では、あんなにでっかい庄屋で、権力者だったのにな」

「呪われたみたいな姿だったよなあ、あの村長。それがまたあんな衝撃的な死に方をするなんてなあ」

しばらく二人ともが黙った。かつてあんな薄気味の悪い相貌の人間がいたことを思い出し、それぞれが、鮮明に脳裏に映し出しているのだった。

「なあ、ケン。俺、今思い出したよ」

「何だ？」

シンジの、さっきまでの陽気な風情は影をひそめていた。さっと周囲に視線を走らせる。こんな場末の居酒屋で、彼らの会話に耳を澄《す》ましている者なんか、決していないとわかっているだろうに。

「俺の婆ちゃんが言ってたことさ。あの——村長のことで」

シンジは、かすかに身震いしたように見えた。三谷の錯覚かもしれないが。

シンジの祖父母は、山仕事のかたわら、よく夫婦で川漁をしていた。平底舟を漕いで、あちこちの漁場を行き来していた。すこぶる腕がよかったから、獲れた魚を売って小銭を稼いでいたように思う。村長の邸《やしき》にも頻繁に出入りしていたのだ、とシンジは言った。

「一藤の本家はさ、時折ああやっておかしな造作《ぞうさく》の子が生まれるんだと。何でかっていうと——」ごくりと唾を飲み込んだのがわかった。「後継者ができにくい家なんだって。業《ごう》が深いんだと婆ちゃんはゆうとった」

また伊予のなまりが出たが、三谷の耳を素通りしていった。

「あれさ。逃れてきた隠れキリシタンを惨いやり方で弾圧した手先だったろ？　あの一族は。それで――」

「お前、まさかそんなこと、信じて――」

「まあ、聞けって」怒ったようにシンジは三谷を遮《さえぎ》った。「そういう時、一藤家はどうやって跡継ぎをこしらえたかってことさ。あの家では、血の濃い同士が交わり合う。そうすると何とか子を生《な》すことができるんだと。近親相姦《きんしんそうかん》さ。そういう場合、遺伝子に問題があるっていうのは、わかるだろ？　俺も詳しくは知らないけどさ。先天性の病気や障害が起きやすくなるんだ。けど、一藤家の場合はその方法をとると、どうしてだか子供には恵まれる。そうやって途絶えそうになった時には、家を守ってきたんだって」

「先天性――」

以前、その類の記事の下調べを手伝った記憶があった。西洋の王族や貴族間では、血脈や地位を守るために慣例的に行われていたという。日本でも近親婚の風習は、戦前までたまに見られたという事実もあった。しかしその結果、健全な家系が保てなくなるという否定的なものだった。それを承知で、一藤家は近親交配を奥の手として利用してきたということか。にわかには信じられない話だ。

「先天性異常ってのは、いろんな形で現れるんだとよ。身体上の問題に限って言えば――」シンジはぐっと身を乗り出した。「内臓疾患《しっかん》や骨格異常、発育不全」

「えっ!?　そんなら、あの村長も——?」

ついい釣り込まれてしまう。あの村長の容貌を思い出すと、なぜか本当のような気がした。一代限りのことと目をつぶって行われる、跡継ぎを作るための最終手段——。

「まさかな。それは迷信みたいなもんだよ。婆ちゃんも本当には信じてなかったな。でも一藤家にごくごくたまにああいう面相の男子が生まれるんで、そういう噂が囁かれてたらしい。あの頃だって、もう年寄りの中でも知らない者の方が多いことだったって。婆ちゃんは、こんなこと、絶対に誰にも言うなって口止めしたんだ。お前の話を聞いて、思い出した」

隠れキリシタンを断圧した伝説と、大きな権力を持っていた一藤家への羨望《せんぼう》や嫉妬《しっと》が結びついた誹謗中傷だろう。三谷が村にいる頃、耳に入ってきた噂よりもさらにすさまじい誹《そし》りだ。きっともっと昔には、そうやって権力者を讒《ざん》して、溜飲《りゅういん》を下げていたのだろう。身分の下の者は、そんなことででも、鬱憤《うっぷん》を晴らすしかなかったのかもしれない。

改めて田舎社会の陰湿で、頑迷固陋《がんめいころう》な体質を見た気がした。

「暗い話になっちゃったな。こんなこと、言うつもりじゃなかったのに、何かおかしいな、俺」シンジは、気を取り直すように明るい声を出した。「せっかく久しぶりに会ったのによ。気合入れて飲もうや!」

シンジは、カウンターに向かって、二人分のハイボールを注文した。そして、難しい顔をして黙り込んだ三谷の肩をどやしつけた。おざなりに笑い返しながらも、三谷はまだ考えを巡らせていた。

クレイジー・ムーンの調子っぱずれの演奏のリフレインが、耳の奥で鳴り響いていた。それはいつしか、ガンガンと頭のそばで打ちならす半鐘の音にすり変わる。

音――問題は音なんだ。

四国のダムは、軒並み平均水位を大幅に下回っていた。どれほど四国の水事情が逼迫《ひっぱく》しているのか、説明するアナウンサーの声を、三谷はじっと聞いていた。きっと肥治川の上流域も降水量に恵まれず、七富利ダムも危機的状況にあるのだろう。

肥治川は、水の豊富な川だった。三谷が住んでいた時には、あれが細い流れに痩せてしまうなどということは一度もなかった。山の森は深く、そこに蓄えられた水が、常に満々と川を満たしていたのだ。むしろ気をつけなければならないのは、川の氾濫《はんらん》だった。梅雨や台風の際、降雨量が多いと肥治川の水は危険水位を越えることがあった。

消防団に入ったのは、三谷が高校を卒業する直前だった。年配者に命じられるまま、火の見櫓の半鐘を叩く役目を引き受けた。家が火の見櫓に近かったというだけの理由からだった。叩き方には、コツがあるんだ、と前任者から教わった。力任せに叩いても響かない。村中に急を知らせるために、澄んだ鋭い音を出す練習をしたものだ。

吊るされた半鐘は、長い年月を経《へ》ていたが、まだいい働きをした。遠くまでよく届く音を出していた。警戒情報が出ると、じっと家で待機していて、消防団長からの連絡が来るのを待っていた。風が強い中、吹き飛ばされそうになりながら、火の見櫓の梯子にしがみついて、一歩一歩上ったものだ。

暗い森が唸り声を上げ、茶色に濁《にご》った川の水は恐ろしいほどうねっている。各戸の桟橋がバキバキと壊れて流されていくのを、高い所から見下ろしながら、撞木《しゅもく》を振りあげる。半鐘も風に嬲られて揺れて、目標が定まらない。足を踏ん張って、思い切り撞木を振り下ろすのだ。撞《つ》き座《ざ》をはずすと、うまく音が響かない。同年代の者には、「適当に叩けば鳴るんだろ」と言われたが、そんなことはないのだ。一応、半鐘を撞くことには、密かなこだわりを持っていた。ベースを弾くよりも、きれいな音を出すように心掛けていたつもりだ。

だから——七富利村の最後の年、梅雨の時期に肥治川が増水した時、半鐘を鳴らすのは、もうこれが最後だと思い、心をこめて撞いた。

ガスッ、ガスッ——

ところがどんなに叩いても、くぐもった暗い音しか出なかった。よく見ると、半鐘が鉤《かぎ》にうまく吊られてなかった。どうしてこんなことになったのか、よく考える暇もなく、きちんと吊り直して撞いた。でも、やはり汚い音が出るだけだった。

あの音を思い浮かべようとすると、何かが頭の内側をカリカリと引っ掻くのだ。

その二か月前、村長は無惨な死に方をしていた。この村も死んでいくのだ。今こうして大水が出たのは、村の死に際の断末魔《だんまつま》ではないか。ダム湖に沈む前に、洪水に呑まれるのではないか。遠い昔の隠れキリシタンが祟ったのか？

数々の不吉な幻想に苛《さいな》まれながら、三谷は鳴らない半鐘を叩き続けた。

今の今まで忘れていた。半鐘は一度はずされて下ろされたのだ。そして、美しい音を失う原因となる何かが起こった——何か？　どうしてあの時、醜く呪われた村長の死と結びつけて考えなかったのか。頭蓋《ずがい》の内側を引っ掻いていた小さな棘《とげ》が、一つの像を結んだ。

以前、雑誌でものづくりのルポを書いた時、取材した鋳物《いもの》工場のことが思い出された。梵《ぼん》鐘《しょう》を作るという工場。鉄を溶かす熱い現場で話を聞いた。

三谷は、積み重なった資料を掻き分けて、あの時の工場の連絡先を捜した。

「半鐘の音はおかしかったよな」

そういきなり語りかけた。自分の思いつきが何かを探り当てたことは確信したが、それが何なのかは、三谷にはわからなかった。だから、麻衣子を呼び出すことにしたのだ。

「何……？」

「半鐘だよ」せっつくように続ける。「七富利村の最後の梅雨の時期、大水が出たろう？　半鐘を鳴らしたのは、あれが最後だった」

　麻衣子は黙り込んだ。話を聞くかどうか、逡巡《しゅんじゅん》しているのだ。電話を切られる前に、三谷は勢い込んでしゃべった。

「村長の死因に関わりがあるかもしれない」

「半鐘が？」

　麻衣子の興味をそそったようだ。

「あのな」相手の心に届くよう、慎重に言葉を選ぶ。「村長は本当に熱湯になった風呂に落ちて死んだんだろうか。全身火傷の原因が他にあるとしたら？　肩に焼き付けられた十字架、あれは——？」

「よくわからないんだけど。あなたの言っていること」

「あの半鐘な、俺が叩こうとしたら変に曲がっていた。今ごろ思い出したよ。よく見たら、吊り下げる鉤にきちんと鐘がぶら下がってなかった。あれはな——」三谷は声を落とした。重大な秘密を打ち明けるみたいに。「あれは、一旦下ろされてまた吊り直されたんだ」

　自分で言いながらも、得体の知れない水棲《すいせい》動物が伸ばした触手に、耳朶《じだ》を撫でられたような気がして、全身がぞわりと粟立《あわだ》った。鼻腔《びくう》の奥でかすかに腐臭がする。湖の底に沈殿《ちんでん》した汚泥《おでい》の臭い。

気を取り直して言葉を継ぐ。

「こんなことに突きあたるなんてな。橘陽一郎の女性関係に無理矢理つなげて、面白おかしい記事をでっちあげようとしただけなのに、本当に度肝を抜く記事が書けるかもしれん」

高揚感を抑え込んだ口調が、麻衣子の不安感を掻き立てているとわかる。最後のひと矢を静かに放つ。

「面白い話が聞けそうなんだ。半鐘の音のことで。あんたも聞きたいだろ?」

麻衣子は、三谷が指定した場所と時間をメモしている。どうしても出てこずにはいられないだろうという三谷の予想は的中した。あの女も未だに囚《とら》われているのだ。深い緑の水が渦巻《うずま》く場所に。光の届かない暗い水底《みなそこ》。

ファミリーレストランで向かい合った人物は、作業着を着た中年男だった。三谷が以前取材で知り合った男だ。顔は憶えていなかったが、話すうちに徐々に思い出してきた。

大城《おおしろ》と名乗った男は、埼玉県川口《かわぐち》市の鋳物工場で長年働いているのだ。

彼が指定してきたのは、杉並《すぎなみ》区の高井戸東《たかいどひがし》。家の近くで都合がいいからということだった。五日市《いつかいち》街道沿いのファミレスで待ち合わせたのだった。

鋳物に携わっている職人のことを〝鋳物師《いもじ》〟というんだ、と彼は言った。職人気質《かたぎ》らしく、鋳物師の仕事のことをひとしきり話す。金属を千五百度にもなる電気溶解炉でどろどろに溶かし、砂型《すながた》に流し込んで製品を作るのだという。

「でも最近じゃあ、半導体とか液晶製造装置なんかも作ってるんだ。ハイテクってやつだ」と大城は焼き鳥の串を得意そうに突き立てる。ファミレスのメニューに焼き鳥まであるとは知らなかった。三谷が何でも頼んでくれと言うと、遠慮しつつも、彼はつまみとビールを注文したのだ。三谷はカレーを、麻衣子はコーヒーを頼んだ。

「この前の話を、もっと詳しく聞きたいんだ」

三谷は、スプーンを動かしながら大城を促《うなが》す。

「うん、そうだな」ビールをひと口ぐびりと飲んで、大城は考え込んだ。「鐘の話だろ？　俺は本当は鐘を作るのが一番好きなんだ」

「鐘というと？」

「梵鐘だ。吊り鐘のことさ。ひとつ造って納めたら長持ちする物だから、そうそう注文はこないんだ。だけど、鐘はそれこそ鋳物師の腕の見せ所っちゅうか、面白いんだな。梵鐘は音が肝心だからさ」

調律師である麻衣子は、大城の話に引きつけられた様子だ。音というキーワードに。

「梵鐘はさ、銅と錫《すず》の合金で出来てるんだ。重くて余韻《よいん》のある音にするためには、銅と錫との配合が深く関わってくる。ま、微妙なバランスってとこだな」

ビールが減ってくるに従い、大城の口は滑らかになってくる。

「なるほど」

「まあ、こっからはちょっと専門的になるけどな──」彼は、三谷に断ってビールをおかわりした。元来アルコールが好きなのだろう。しかしあまり酔いは感じられない。口ぶりもしっかりしたものだ。

「余韻てのは要するにうなりなんだ。梵鐘を撞いた時の共振から音が発せられて、その周波数は鐘の形状、厚さ、材質なんかで違ってくる。ところが通常の梵鐘は、表面の模様とか鋳物の状態とかによって完全な対称構造とはならない。その寸法差や鋳物の不均一によって固有振動数がわずかにずれるんだ。でもこのズレが重要なんだ。わずかに違う周波数がうなりとして耳に届くってことだ。どうだ、面白いだろ?」

「つまり、完全な円形だとうなりが生じずに単調な音になってしまうということですか?」

驚いたことに、麻衣子が口を挟んだ。

「そうなんだ!」

大城は悦に入ったように彼女に向き合った。

麻衣子は、鋳物の鐘の音とピアノの音の成り立ちが似ていると言った。雑味というか、ズレのようなものがうなりを生じさせ、音そのものに色彩や深みを持たせるという部分が。

「そうかい」と大城は嬉しそうに答えた。鋳物師も調律師も、数字ではなく自分の感覚を信じるだけという熟練職人なんだよな、と調子を合わせる。

三谷はスプーンを置いた。しばらく考え込んだ挙句、尋ねた。

「出来あがった鐘をもう一度熱して、それを一気に冷やしたらどんな音になるかな」

コーヒーカップを持ち上げようとした麻衣子の手が止まった。三谷の奇妙な質問に、はっと凍《こお》りついたように。

大城は、ハハハッと笑った。

「そんなことをしたら鐘の音は台無しになるさ。電気溶解炉で溶かした金属ってのは、オレンジ色のどろどろの液体になるんだ。それをざあっと砂型に流し入れる」

麻衣子が微動だにせず聞き入るのにも気がつかず、彼は続けた。

「そもそも鋳型に流し込んだ金属を冷やす時も、自然にゆっくりと冷やさないといけないんだ。砂の比熱は小さいし保温性もあるから、流し込んだ金属が穏やかに冷却される。だから良質の鋳物になるんだ。急に冷やすなんて、そんな乱暴なことをしたら音が汚くなって響かねえよ」

じっくり時間をかけて冷やされた鋳物は、金枠から砂ごと分離するのだそうだ。そうやって丁寧に鐘は作られる。すべてはいい音を作るためだ、と大城は言った。

「ピアノの弦を張ってある鋳鉄フレームも――」今日の麻衣子は饒舌《じょうぜつ》だ。彼女がしゃべるにまかせて三谷は黙り込む。「温度変化の影響を非常に受けやすいんです。一般家庭で高い室温にさらされるだけでも、ピアノにはよくないの。音程が狂ってしまう。極度に高い温度にさらされ、その直後急冷されたりすることは、あり得ないわ。楽器には致命的ね。到底聴くに堪えないおかしな音になってしまうでしょうね」

「だろ？　金属は結構繊細なんだよ。音を出す金属はさ、特に」

「いや、勉強になったよ」

三谷は礼を言った。

大城は話し好きなのか、それからも一人でしゃべっていた。三谷は適当に相槌は打つが、ろくに聞いていなかった。頭の中のカリカリは、さらに激しくなる。

吊られていた半鐘は一度下ろされて、また戻された。数か月後に三谷が叩いた時、その音は変わってしまっていた。

それは熱せられた後、急激に冷やされたせい？

麻衣子の横顔を盗み見た。彼女は答えを見つけただろうか。

大城を置いてファミリーレストランを出た。

大城の前では、あれほど口が滑らかだったのに、二人になると、麻衣子はまた沈黙した。さっき聞いたことを二人で話し合いたかったが、麻衣子は無下《むげ》にそれを拒《こば》んだ。仕方なく、南阿佐ケ谷《みなみあさがや》駅まで歩くという彼女と別れた。

別れ際、しつこく食い下がる三谷に麻衣子は言った。

「こんなこと続けていても無意味だと思う。何も出てこないわ。今日の人の話は面白かったけど、どこに結びつくのか、さっぱりわからない」

そう言われると、返す言葉がなかった。三谷自身も迷っていた。しかし、何か見落としていることがある、という気はした。クズみたいな仕事しかしてこなかった三谷だけれど、動物的な勘はあると自負している。大きなものが目の前に転がっていても、それがあまりに大きすぎると、気づかないことは往々にしてある。

ピースとピースをうまく嵌《は》め込むことが、できないだけだ。

頭を整理するために、一人でスナックに入った。初めて入るスナックだった。寂れた所を選んだので、客は三谷以外に、常連客らしき老人が一人いただけだった。陰気に黙り込む三谷には、店の女の子も近寄っては来なかった。

ビールを一本と水割りを一杯、時間をかけてちびりちびり飲んだ。きっと今頃、麻衣子も考え込んでいるだろう。異形《いぎょう》の伯父のことを思い出しているだろうか。あんな家に暮らさねばならなかった自分の運命のことを、どう思っているだろう。

そして、結局また半鐘のことに思いが至るのだ。

音——問題は音なんだ。

いつの間にか、老人もいなくなっていた。閉店の時間だと告げられるまで、三谷はねばった。何も答えを得ることはなかった。

酒量はそれほどではないのに、酔っている自分を自覚した。徒労に終わった今日の取材のせいだろう。一緒に暮らしている水商売の女が、もうすぐ帰って来る時間だ。まだ終電までには間がある。駅の方向に見当をつけて歩き始める。

五日市街道に出て、善福寺川《ぜんぷくじ》にかかった橋を越えた。日中に激しい雨が降ったせいだろう。水の流れる音がした。覗き込んでも、暗い先は見えない。それでも水の匂いを感じた。都会の飼い馴《な》らされた川でも、増水して流れ下る水には、匂いがあるんだな、と思った。

橋を渡り切ったところで、ふと気が向いて脇道に入った。善福寺川に沿うように細い道が続いている。

湾曲《わんきょく》した先は見通せない。薄ぼんやりした街灯に照らされた路地を見渡した。一度立ち止まって、俺はどこへ行こうとしているんだろう。あの山深い場所から離れて、先の見通せない暗い道をずっと歩いてきた気がする。ここは俺が選んだ場所なのか?

川に沿った緑地帯を背に、細長い雑居ビルが建っていた。半地下が割烹《かっぽう》料理店になっているらしく、その前に水槽があった。隠れ家的な風情の店はもう灯を落としているけれど、水槽だけが照明でぼんやりと光っていた。銀鱗《ぎんりん》を光らせて魚が泳いでいる。肥治川で、小魚をヤスで突いていた子供の頃を思い出した。そうだ、俺は誰よりも潜りがうまかったんだ。同年代の誰より。俺が川に深く潜ると、皆から称賛の眼差しを送られていたものだ。あの頃に戻れたら――。

半地下を見下ろしながら、階段の上に立っていた。背後で、何か物音がした。振り返ろうとした瞬間、後頭部に衝撃を受けて、階段を転げ落ちた。いったい何が起きたのだろう。水槽の前に倒れ、呻いた。頭から酷《ひど》く流血しているということはわかった。階段の上を見上げた。誰かが、大きな四角い塊りを頭の上に持ち上げている。黒い影になった人物は無言のままだ。だが、自分を傷つけようとしていることが、本能的に理解できた。

逃げることはできなかった。ただ体を丸めて頭を抱え込むことしか。

四角い塊りが風を切って飛んできた。

ガシャン‼　と水槽が粉々に砕け散る音。水が流れ出す。ゴンッと落ちてきたものを見て、相手が投げたのがブロック片だとわかった。水槽の底に敷かれていた夥《おびただ》しい白い小石が、三谷の周囲で跳ね飛んだ。

体の上に割れた大量のガラスが、バラバラと落ちてきた。台の上でバランスを崩した水槽が、枠ごと三谷の上に倒れかかってきた。重量のある水槽に押し潰《つぶ》されそうになり、また呻いた。上になっていた右の脇腹に、尖《とが》った分厚いガラスが刺さったようで、燃えるように熱かった。痛みより、自分に対してゆるぎない憎悪と害意を持った相手が怖かった。そいつがとどめを刺しに階段を下りてくるのではないかと、必死で目を凝らす。目の中に水が流れ込んできて、よく見えない。動く右手で顔を拭《ぬぐ》った。手がぬるぬるする。これは水なのか、それとも――。

黒い影は、階段の中ほどで仁王立《におうだ》ちになっていた。両手をだらんと垂らしている。もはやブロックを持ち上げる気がないのか、もう凶器となり得るものが手近にないのか、じっとこちらを見下ろしているのが、不気味だ。

それから影は、ゆっくりと階段を下りてきた。じゃり、と小石を踏みつける音がした。倒れた三谷の様子を窺うように、ちょっと腰を落とし、すぐに踵を返す。狭《せば》まりゆく視野の中、三谷はその背中を追った。地上に出た影は、暗がりの中へ去っていく。一瞬、街灯の光が影の上を横切った。

ああ、影にも顔があるんだな。黒いだけかと思ったら、そうじゃない。

すべてのものには、二つの顔があるんだ。

また川の匂いが強く漂ってきた。

すうっと肺の空気が抜けていく。水の中を落ちていく感覚。

潜る、潜る。深く潜る。潜りなら、誰にも負けない。だけど――底につくまで息が続くだろうか。

一　藤麻衣子

夜明けの夢に、馴染みの幻覚がくっついていた。

底から渦が巻き上がってくる。麻衣子の視点もくるくると回っているようで定まらない。来ないで、と願っている。でも見なければならない。白くてぐんなりとした物が、水流に揉まれながらだんだん浮上してくる。麻衣子は逃げようと腕を掻く。重たい水が彼女をしっかりとつかまえている。どこへも逃がさないように。ここは水の国。死と冷気が支配する国。麻衣子の思い通りにはいかない。

とろとろと溶けかけた伯父の死体。上にいる麻衣子に気づいたように顔を向ける。半開きになった目が姪をとらえる。長い間水の中にいたせいで唇を失った口元は、歯が剝き出しになっている。何かを言おうとしたのか、歯がわずかに開き、その間から青黒い藻《も》のかたまりが吐き出される。

カーン　カーン　カーン——

狂ったように打ち鳴らされる半鐘の音。夢の中で不吉な音が鳴り響いた。

昼のニュースで、三谷が襲われたことを知った。前日の夜更《よふ》け、麻衣子と別れて随分《ずいぶん》経った時間、どこかの雑居ビルの前で、いきなり後ろからブロック片で頭を殴られたらしい。その反動で、雑居ビルの半地下に入った割烹料理店前まで階段を転げ落ちた。店の外に設《しつら》えたガラスの水槽の下に倒れ込んだところに、またブロック片を投げられたものだから、三谷の体にガラスの欠片《かけら》が降り注いだという。

三谷は早朝に新聞配達員に発見され、病院に搬送された。ガラス片を全身に浴びた三谷は、かなりの時間放置されていた。割れた大きなガラス片が右脇腹に刺さり、そこからの失血量も多かった。しかしどうにか命は取り留めたとアナウンサーは告げていた。

犯人はその場から逃走したようだ。

夕方のニュースでは、さらに詳しく報道された。現場の映像が映っていた。粉々に割れた水槽と、死んだ魚、水槽の底に敷かれていたらしい夥しい白い石が、割烹料理店の前に散乱していた。白い石は、ところどころ血で赤く染まり、半地下の床や階段は濡れそぼっていた。

私はどこまでも水に付きまとわれる――。

司はその事件のことを知らないと言った。

会いに行った麻衣子に、「そう」と気のない返事をしただけだった。

「よかったじゃん。誰が襲ったのか知らないけど、あいつ、もう当分あんたのとこには来ないだろ。もしかしたら、二度と現れないかもしれない」

麻衣子はため息をついた。嫌なニュースで気持ちはざわつくのに、体がついていかない。ひどく疲れた気分だった。夜明け前の不吉な夢のせいだろうか。沼から這い出してきたように体がだるかった。頭が重く、関節がきしむように痛む。そんな麻衣子におかまいなしに、司は言葉を継いだ。

「ああいう輩《やから》は、ヤバいことに頭を突っ込んでいるんじゃない？　きっと誰かに恨まれているんだよ。バチが当たったんだ」

唐突に、マリア観音の横顔が浮かんできた。もう私たちには、祈る対象がなくなったのに、私たちの思い通りにことが運んだわけか。

麻衣子がまだ不安げな顔をしているのを見て、司はポンポンと彼女の肩を叩いた。

「麻衣子、もうあの村はなくなったんだ。あんたの家があった場所も、学校も雑貨屋もお堂もみんなダム湖に沈んでしまったんだよ。あんたが怖がるものなんか何もない。三谷のことなんか、忘れなよ」

「そうだね」

司の素っ気ない言葉は、常に的確に麻衣子の心の深いところに届く。

麻衣子のところに刑事がやってきた。三谷のスマホは水に濡れて壊れてしまったが、通話履歴が通信会社のサーバーに残っていて、麻衣子にたどり着いたのだと言った。

当然と言えば当然だった。彼女は彼が襲われる直前に会っていたのだから。別に隠すこともなかった。三谷の取材を受けていたことを素直にしゃべった。大城に確かめてもらえれば、もっとよくわかるだろう。同じ村の出身だったことを告げると、刑事はにわかに興味を示した。

「では三谷さんとは、東京でもお付き合いがあったんですか?」

「いいえ。村を出てから初めてお会いしました。向こうはライターの立場で、私に会いにきたのです。橘リゾートの社長、橘陽一郎さんと私が付き合っていると思い込んでいて、それに関して記事を書きたいと言っていました」

写真週刊誌に記事が載ったことも率直《そっちょく》に話した。

仕立てのいいスーツを着た刑事は、生真面目に頷いた。刑事というよりも銀行員といった風情だ。後ろに立った若い刑事が熱心にメモを取っている。

「で、会ってみたら、同郷者だったというわけですか?」

「私はびっくりしました。三谷さんの方はもう知っているようでした」

「愛媛にいる時に顔見知りだった?」

「あまり憶えていませんせん。年が離れているので」

落ち着いて答えられた。三谷がどんなことを調べ、どんな記事を書こうとしていたか、詳しい記述は残っていないのだ、と刑事は言った。麻衣子はそっと安堵の吐息をついた。

「ああいう人は、そのう、一匹狼《いっぴきおおかみ》と言いますか、一人で動いていますからね。つかんだネタをあんまり他人に明かさないんだ。編集プロダクションに持ち込んだ企画書も読みましたが、何だか胡散臭《うさんくさ》くてね」

正直な感想を刑事は述べた。

やたら扇情《せんじよう》的な言葉は並んでいるけれど、よくわからないのだと刑事は頭を掻く。几《き》帳面《ちようめん》に取材メモを残すようなジャーナリストには見えなかった。

「十五年前、私の伯父が、沸騰《ふつとう》した風呂に落ちて死んだのです」恐る恐るそう説明した。変に隠しだてすると、逆に怪しまれると思った。実際、何の関わり合いもない傷害事件でおかしな疑いをかけられる方が迷惑だった。「田舎ですから、いろいろと噂が立ちました。事故なんかで人が死ぬことも珍しかったものですから。そのことをまた掘り下げて書きたいと言っていました。おそらくその企画書でしょう。編集プロダクションに持ち込んだようです」

「ああ、その一つがあれですか。隠れキリシタンの呪い？　そんなこと書いてあったなあ」

刑事はあっけらかんとそんなことを言った。

「呪いで人は死なないよなあ」

後ろの若い刑事を振り返った。相手は表情をひとつも動かすことなく答えた。

「そうでしょうね」

「でもそういうふうに書いたら、読者は読むんだと言っていました」

刑事はやれやれというふうに首を振った。捜査の過程で、三谷がどういう類のライターなのか、だいたいつかんでいる様子だ。

「あの――あなたは彼に脅迫《きようはく》されていたということはありませんか?」

「は?」

刑事は、ちょっとの間躊躇したが、言葉を継いだ。

「言いにくいのですが、三谷さんは表向きはライターだと名乗っているが、つかんだネタを雑誌に載せるといって、取材相手を強請《ゆす》ることもあったようです。全部が全部じゃありませんがね。実際書くこともあったし。それは編集プロダクションも薄々知っている様子でした」

唇をぐっと嚙《か》んだ。三谷は、いかにもそういうことをしそうなライターだ。麻衣子と接している時も、話の端々《はしばし》に脅しのようなニュアンスを漂わせていた。強引に話を聞き出すためだと思っていたが、別の意味もあったわけか。麻衣子のような女からは、いくらも引き出せないと踏んだのか。記事を書いた方が得策だと頭の中で天秤《てんびん》に掛けていたのかもしれない。

そんな人物だったら警察の事情聴取にも口は重いはずだ。実際記事を書いて得る報酬よりも、いかがわしいことをして手に入れる金の方が多かったのではないか？　編集プロダクションも、まともなところではないのかもしれない。

「脅迫なんかされていません」

実際そうなのだから、そう答えるしかない。

「本当に？」

刑事は麻衣子の顔を覗き込む。自分の手の内を見せて、こちらの情報を引き出すのが、この人の手法なのかもしれない。

「編集プロダクションで聞き込んだことを三谷さんに告げて、恨まれる相手がいたかどうか問い質《ただ》しました。彼は脅迫などしていない、ただ記事にされたら困る人物が、金で記事を握り潰そうとすることはある。それに応じていただけだと言ってました」

このところ、三谷は七富利村での伯父の死について嗅ぎ回っていた。おそらくそれにかかりっきりだった。だから麻衣子が脅迫され、逆に三谷に危害を加えたと疑われているのか。しかもここ最近、彼は頻繁に麻衣子に連絡をよこしていた。

皮膚に浮かび上がった十字の焼印の鑑識写真。半鐘の音。この刑事はどこまで知っているのだろう。三谷がすべてを語るとは思えなかった。第一、彼は何かにたどり着いたのだろうか。

「私が疑われているんですか?」

思い切って訊いてみた。

「そういうわけではありません」刑事は落ち着き払って答えた。「関係者全員から話を訊いて回っているだけです」と捜査員の常套句《じょうとうく》を口にした。

「ただ——三谷さんは、もう七富利村に関する取材はやめると言ってました。その理由ははっきり言いませんでした。もしかしたら、今回の傷害事件に関係があるんではないですかね。だから、あなたが何かご存じなのかと——」

「何も知りません」

「『イナズマ・コーポレーション』という名前に覚えは?」

「知りません。何ですか? それ」

「三谷さんの通帳を見せてもらいました。記事を書かないでおく見返りにお金を振り込んでくる人もいたようですので、そこを当たろうかと。中には、素性を調べられないように、訳のわからない会社名で振り込む人もいます。『イナズマ・コーポレーション』は、比較的最近、結構な金額を振り込んできています。三谷さんは、心当たりがないの一点張りでね。もう一度、訊きますが、あなたではないのですね?」

「違います。警察なんだから、調べたらいいでしょう？　そうしたら、私じゃないとわかりますよ。あの人にお金の要求なんかされたことはありません」

ややむっとした声色《こわいろ》で言ったつもりだが、相手には伝わらない。

「実体のない会社名や団体名で口座を作ることは、以前ほど簡単ではありませんが、まだあります。詐欺《さぎ》行為に使われたり、税金逃れに使われたり、いろいろです。まあ、『イナズマ・コーポレーション』なんて、ふざけた名前を付けたもんですが」

とぼけた振りをして、そんなことを言う。しかし、本当に知らないのだから、そう答えるしかない。刑事は「そうですか」とあっさり諦めた。三谷が心当たりがないと言うのは、疑わしい。何らかの脅迫行為を行っていたのだろう。恨まれる相手はかなりの数いるはずだ。それを刑事も勘付いている。

「三谷さんの怪我《けが》の具合はどうなんですか？」

そう問うた。

「三谷さんは、後ろからブロック片で殴られたんです。いきなり」

ブロック片は割烹料理店が歩道に看板を出す時に、看板の基部を押さえるためにビルの入り口付近に寄せて置いてあったものだと刑事は説明した。

「全く乱暴なやり口です。幸い、頭蓋骨には損傷はありませんでした。深刻なのは、腹にガラス片が真上からぶすりと刺さった傷で――」

思わず眉《まゆ》をひそめた。深い傷だが大きな血管を傷つけることはなく、少しずつ回復に向かっていると刑事は言った。

黒い影がブロック片を頭の上に振りかざし、それを三谷の頭に打ち下ろす映像が頭の中に浮かんだ。

「三谷さんも全く相手の顔を見ていないそうです」

「そうですか……」

「ゆきずりの犯行と、恨みによる犯行と、両方の理由を視野に入れて捜査しています。我々としては、あらゆることを念頭に置いて捜査を進めているわけでして」

銀行員のような刑事は、また常套句を口にした。

報道番組に出演したコメンテーターは、多分、力の強い男の犯行だろうと述べていた。そこにあったブロック片を持ち上げて投げつけるなんて、あまり計画性のない稚拙《ちせつ》な犯行だとも。警察も同じ考えなら、ひ弱な女性や老人は容疑者からはずすのかもしれない。そのために一人一人訪ね歩くことは必要な作業なのだろう。

「今、付近の防犯カメラの映像も確かめていますがね。現場は半地下、しかもあの場所は、善福寺川のすぐそばでしょう？　ずっと川に沿って緑地帯が続いているわけで、犯行後、あそこを通って逃げたとすると、かなりやっかいなことになりますね。目撃者を見つけるのも一苦労で」

三谷が襲われた時間、麻衣子が何をしていたか尋ねられた。午前零時前のことだ。もちろん、家で寝ていました、と答えた。相手も「そうでしょうね」と答えるしかなかった。若い方の刑事が、これで終わりとばかりにぱたんと手帳を閉じた。それを合図に、質問を続けていた刑事も「お手間をとらせてすみませんでした」と言った。

「いいえ」

彼らがドアを閉めて去っていった途端、体の力が抜けて、よろけた。壁に手をついて体を支えた。三谷が、伯父の死に関しての取材をやめると言ったことには、ほっとしたけれど、あの男とは関係なく、大きな力が動きだした気がした。

確かめるように自分の足下を見下ろしてみる。水に浸かっていないかどうか。過去から迫りくる冷たい水に。

村人たちがそれぞれの身の振り方を考えている時期にも、真巳は相変わらず使用人部屋に住んでいた。村が沈んだ後のことなどに、思いが至らないようだった。

どんなに数奇《すき》を凝らした家でも、もう壊してしまうと決まったものを維持管理する必要はない。真巳に働き口と居場所を与えてやっているのは、伯母の生来の性分《しょうぶん》からだった。

でも、真巳はそう役に立たなかった。出会った頃の真巳とは、人相が変わってしまうほど、やつれていた。

伯母は心配してお惣菜を一品、二品差し入れてやっていたが、あまり食べられないようだった。彼女が酷くえずいて吐いているところを、麻衣子は何度か見た。

「ありゃあ、なんぞ悪い病気やで」とカツは言った。けれど、病院に連れていっても、特段悪いところは見つからないのだった。村内にいる家族はほったらかしで、様子を見にくることはなかった。

カツの言った通り、知的発達に問題があるのか、それとも性格的に惰弱《だじやく》なのか、真巳は何でもかんでも伯母の言いなりだった。伯母は、どうしてもそうせずにおれないのだ。自分も酷い目に遭っているというのに、彼女の頭にあるのは、常に他者のことだった。

伯母は、東京に来ると決めた後も、真巳のことをしきりに気にしていた。地元に残った真巳は、うんと年の離れた男と一緒になった。養鶏《ようけい》をやっている家だったので、伯母は真巳の体のことを心配していた。が、水が合ったのか、そこへ嫁いでから、真巳は元気を取り戻した。送られてきたふっくらと肥《こ》えた真巳の写真にじっと見入っている伯母に「よかったじゃない。真巳さん」と声をかけた。

伯母ははっと我に返り、「そうじゃねえ」と感慨深げに言った。そして、写真を封筒に戻した。

忙しさと相まって、伯父の酒量は目に見えて増えていった。アルコールで睡眠薬を飲み下すということもしていた。しだいに狂気じみてくる伯父を、村役場の職員や、近隣の人々は恐れていた。もう外でも、おおらかな人物を演じることをやめたみたいに見えた。

背の低い伯父が歩くと、大きな頭が左右に振れた。バランスを取るためか、両腕を掻くように動かす。その動作が極端になったように思えた。飛び出した両目の下に、赤黒い隈《くま》が出来ていた。額《ひたい》には、血管が青い筋となって浮かんでいる。明らかに異様な様相を呈《てい》していた。誰も彼もが首を竦《すく》めるようにして、伯父が行き過ぎるのを待った。

周囲の人々は、伯父がダム建設を推し進めたせいで、自分に反目する輩が増えたことが気に入らないのだと思っていたことだろう。新しい土地へ移ることが不安なのだと。もちろん、それもある。でも本当に伯父を苛立たせていたのは、そういうことではなかった。

母は伯父の子を孕《はら》まなかった。それが伯父を絶望させ、狂気へ追い込んでいた。隠れキリシタンの呪いで一藤家には跡継ぎができないのだと反対派が陰口を叩くこと、あの姿のおかしい男には、子を作る能力がないのだと嘲笑《あざわら》われているのを、ぎりぎり歯ぎしりするほど、悔しがっていたのだ。きっとそういうことは、前々からこっそり囁かれていたに違いない。伯父の権威が低下すると同時に、憚ることなく、悪口《あっこう》を口にする輩が増えたのだ。

総本家が絶えると、格の低い分家に権力のすべてを譲らなければならない。それは彼にとって、身をよじるほどの屈辱《くつじょく》だった。そういうことを、家族以外の者は知りようがなかった。

夜、家の中で、酒焼けした伯父が、どんよりした視線で麻衣子の動きを追っていることがよくあった。それが嫌で仕方がなかった。「忌《い》み嫌った弟の忘れ形見《がたみ》」の「つまらん女の子」に一藤家を託さねばならないことが、不愉快なのに違いないと思った。存続させねばならない家の格だの血統だの財産だのに、どんな価値があるのか、麻衣子にはわからなかった。

「つまらん男に引っかからんうちに、麻衣子に養子をとらないかんな」

酔った伯父がふと呟いた言葉に、むらむらと反感が湧いてきた。もう伯父の言いなりになるのは嫌だった。思春期に差しかかった麻衣子は、何もかもに反抗したかった。

「嫌です」声に出して、自分が驚いた。「結婚なんかしません。一藤の家も継ぎません」

「なんじゃと?」

伯父の据わった目が、彼女を射抜いた。

「誰に向かってそんなことを言いよる。お前を引き取ったんは、そのつもりがあったけんじゃ。お前はわしのゆうた通りにしとったらええんじゃ」

「伯父さんの思い通りにはなりません。私はお母さんとは違う」

伯父の手からグラスが飛んできた。グラスが当たった胸を押さえて、麻衣子は床の上に倒れ込んだ。息が止まるかと思った。麻衣子は激しく咳《せ》き込《こ》んだ。体を守るように丸める。分厚いグラスは割れて、破片が彼女の顔の横に転がっていた。

伯父が立ってきて、麻衣子を見下ろした。鬼のような形相《ぎょうそう》とはこういう顔のことを言うんだな、と人ごとみたいに思った。

「今度――」伯父はスリッパを履《は》いた足で麻衣子の腹を踏みつけた。「今度そんな口のき方をしたら承知せんぞ。お前はただの駒なんや。一藤家の血筋を守るための駒や。子を産んで、次の世代につなげたら、それでええんや。ええな?」

次の世代につなげることのできなかったのは、あなたでしょう、と言いたかったけど、怖くてそこまでは口にできなかった。

驕慢《きょうまん》な伯父は、七富利中学の少年式に来賓《らいひん》として出席し、祝辞を述べた。麻衣子は、七富利村の最後の村長を、冷ややかな目で見ていた。

女は子を産むための道具――そのために、おぞましい行為をしなければならない。いつか見た、伯父の下で喘《あえ》ぐ母の姿は、忘れようとしても忘れられなかった。伯父に屈服させられ、体を隅々まで支配されているのに、母は悦《よろこ》びの絶頂にあった。息をはずませ、桃色に染まった肌を蕩《とろ》けさせていた。そして、潤《うる》んだ目で、男を見上げていた。有り難がっていたのだ。あんな格好をさせられているのに、「もっと」とでもいうように、自分から体を開いていた。

醜い男に刺し貫かれて——。

あれ以来、男女の性愛というものに不信感を抱いていた。

男性の肉体を受け入れることは、麻衣子にとっては苦痛以外の何ものでもなかった。セックスそのものを嫌悪していると言っていい。

この年になるまで、そういった経験がなかったわけではない。過去に縛られるのが嫌で、たいして惹かれもしない相手とわざとそういう関係を結んだこともある。でもだめだった。誰とも長続きしなかった。気持ちが動く前に、体が拒否反応を示した。最初の頃は抗い、泣く麻衣子に、年がいってからは、石のように何も感じない麻衣子に、男たちは愛《あい》想《そ》を尽かして去っていった。

彼女の体は冷えた鉄の塊り、凍てついた土くれだった。

しかし、心は動く。澄んだピアノの音を聴いた時のように。

私は陽一郎に惹かれているのだ——それを改めて感じたのは、彩夏のピアノを調律するために橘家を訪れた時だった。彩夏は、あれだけ麻衣子を嫌っているくせに、ベーゼンドルファーの調律は彼女に任せてくれた。

「そこがあの子のたいしたとこよ。あなたがあの気難しいピアノをうまく御《ぎょ》せることを知っている。感情とは別に利を取れるの。橘彩夏は、息の長いピアニストになると思うわ。あらゆる意味でね」

ユリは意味深なことを言った。

あの美しいピアニストも、心で感じることとは別に行動を起こせるということか。それは麻衣子にとっては不幸なことなのに、彼女はそうやって人生を切り開いてきたのだろうか。

もう麻衣子と話す必要もなくなったと思ったのか、調律時に彩夏は顔を出さなかった。

淡々と仕事をこなすこと。麻衣子の生きる術はそれしかない。こうやって年を重ねていくことに、不満はなかった。ピアノと関わっていける人生を、彼女は愛した。

庭で、ブリッツを連れた陽一郎と会った。

「やあ」

「お邪魔しました」

努めて冷静に挨拶《あいさつ》する。

今日は珍しく仕事を休んでいるのか、Tシャツにチノパンというラフな格好だ。

女性雑誌やワイドショーでは、近頃、彼に新しい恋人ができたと報じていた。もう婚約発表も近いとする記事もあった。この前の告白が本当なら、その人とも結婚することはないだろうが。安心したというのが第一の感想。世間では、麻衣子との噂があったことなど、忘れてしまっただろう。

「彩夏は、今ヨーロッパに行ってる。オーストリアとフランス、だったかな？」

「そうですか」

「秋にあっちでコンサートをやるらしい。ええと、どこだかの交響楽団と一緒に」

「ご活躍ですね」

ふと思う。どうしてこの人は、この家にいるのだろう。憎しみしか感じないかりそめの家族とともに。ブリッツのためというのは理由にならない。橘の家が滅びていくのを見届けようとしているのか。

嫌な思い出しかない故郷を捨てて、遠くへ逃げのびて、それでもまだ過去に囚われている自分と重ね合わせてみる。そこにこの人の強さを思う。

「あいつは随分、君に迷惑をかけたろう？　くだらないことも言って不愉快な思いをさせたと思うよ」

「そんなことはありません」

陽一郎は、手にしていたボールを遠くへ投げた。ブリッツがそれめがけて猛ダッシュしていった。

彩夏が興信所を雇って、麻衣子の身上を調べさせた内容は、この人の耳に入っているのだろうか。多分彩夏の性分なら、言わずにおれまいと思った。ついでに兄を罵倒《ばとう》するのにいい口実だ。愛人に身を落とした母親を持つ二人の男女が出会って、世間の噂になったわけだから。

ボールをくわえたブリッツが戻ってきた。陽一郎は、口からボールを抜き取って、犬の頭をとんとんと叩いてやる。

「あいつも寂しいんだ」

またボールを投げてと催促《さいそく》するように座ったブリッツを見下ろしながら、彼は言った。

「父親は忙しい人だったし、母親はあの通り、冷たくて人の愛し方を知らない。だから、彩夏もつまらない恋愛を繰り返して、自分で自分を傷つける」

もう一回、陽一郎はボールを投げた。今度は見えないところまで飛んでいった。

「この間まで付き合っていた男は、レストランをいくつも経営していると言っていたが、実際は借金まみれでね。しかも妻子持ちだった。そんなことは、彩夏は知らない。ある筋からそのことが僕の耳に入った。昔からそうなんだ。親父が生きていた頃は、親父がそういう始末をしてやっていた。今は――」

「あなたがそれを?」

陽一郎はこくんと頷いた。ブリッツが戻ってきて、彼の手にボールを吐き出した。

「ヤバい奴で、今回は手こずったよ。金で手を引かせた」

「どうして――」

どうして、そこまでしてあげるの？　という言葉を呑みこんだ。この人は、一度も彩夏を憎いと言ったことがない。橘家を絶えさせたいとは言ったが、父親や母親のことすら、悪く言わない。己の運命を呪いはするが、人を恨むことはない。そんな負の感情が、いずれは自分を損なわせると知っているのだ。大きな人だ。私にこんな生き方ができたら――。

いや、もう遅い。私には、もはやそんな道は残されていない。

ブリッツが、頭を下げて麻衣子の方に寄ってきた。恐る恐る犬の頭に触れる。なめらかで光沢のある毛を撫でる。ブリッツはおとなしくされるままになっている。顎に手を下ろすと、麻衣子の手を舐《な》めた。ざらざらした温かな舌が麻衣子の手のひらを濡らす。

「この犬を助けたんでしょう？　週刊誌で読みました。尻尾《しっぽ》と耳を切り落とした傷痕《きずあと》が化膿《のう》して生命に関わるほどだったって」

「そうだな。あの時のブリッツは酷い状態だったよ。体の傷もそうだったけど、人間をまるで信用してなかった。自分を守るために、近づく者には、誰であろうと牙《きば》を剝いて唸り声を上げていた」

「そんな犬をなぜ？」

「どうしていいか、初めはわからなかった。体の傷は治ったけど、心に受けた傷を癒やすのには、長い時間がかかったよ。きっと、こいつは一生人に心を開かないだろうと思った」

「でも今は、こんなに美しい犬になったわ。そんなに酷い傷があったとは信じられないくらい。そして、あなたに全幅《ぜんぷく》の信頼を寄せている」

「損なわれたものがあれば、それを補うように別の新しいものが再生する。初めから完全なものより、きっとその方が強いんだ」

ブリッツの黒く潤んだ瞳が、真っ直ぐに麻衣子に向けられていた。

本当に寂しいのは、この人なのではないか。自分を憎む妹を愛し、庇護してやり、それでも報われることはない。なのに、人をいとしいと思う心を失わない。

私も新しいものになりたい。流れ下る川の水のように。なれるだろうか？　まだ。

この人が欲しい、と思った。ひざまずいて、犬の首に手を回した。

「海を見に行かないか」

頭の上から、陽一郎の声が降ってきた。

陽一郎は、ヘッドボードにもたれて窓を見ている。

窓を茜色《あかねいろ》の夕日が照らしていた。透明なガラスを突き抜けてきた光が、陽一郎の顔も染め上げていた。

横浜まで車を走らせ、陽一郎とホテルのティーラウンジでコーヒーを飲んだ。そのまま、部屋へ誘われたのを、麻衣子は断らなかった。

この人に失望したかった。どんな男と寝ても、体が拒否反応を示す。それを確かめたかった。陽一郎が相手でも同じだと知り、彼に向かって動きかけた自分の心を引き戻したかった。

でも違った。そのことに、麻衣子は愕然とした。

こういうふうに男性と悦びを分かち合う日が来るとは到底《とうてい》信じられなかった。陽一郎は、麻衣子の中の硬く閉じた莢《さや》を開き、柔らかい果実を上手に探り当てた。今までのように、行為の途中に早く終われと念じることも、自分の浅はかさを嘆くこともなかった。彼女は舟の上で波に揺られているように、ゆったりとしたリズムで押し上げられては優しく落とされる。その繰り返しは、やがて麻衣子を満ち足りた頂点に導いた。陽一郎が麻衣子の中で果てた時、一人の男性をこのうえない幸福な感覚に導けるのだという全能感が、さらに彼女を高みに押し上げた。

今日という一日を照らしていた陽の光が、ゆっくりと衰《おとろ》えていく。高台にあるホテル。窓の下の市街地や、その向こうに広がる海が残照に照り映《は》えた。

陽一郎が上半身を起こしている様子を、下から眺める。彼は、少しだけ顔を窓に向けて考え事に耽《ふけ》っている。横顔に漂う物憂《ものう》さは、愛し合った後のけだるさとは違って、どこかはっと心を打つものがある。まだ始まってもいない物事の終わりを予感して、悲しみに浸っているような表情だ。

麻衣子は自分の感情を持て余していた。どうしたらいいのだろう。

もう私の方からは、この人を嫌いになれない。なら、嫌ってもらうしかない。

だから——つい口にした。

「昔、この近くの病院に入院していたことがあるの」

「へえ」

「確かN大付属のこども医療センターだった。そこの精神科に」

「そうか」

「精神科よ。私、おかしかったの。東京に来た時、自分の気持ちがうまく制御できなかった。感情が勝手に暴走してしまうの。不安感に押し潰されそうだった。混乱して、高校生活もまともに送れなかった。愛媛にいた時、とても——」喉が潰れたようになって、声が出にくかった。「とても、嫌なことがあったから」

すっと陽一郎の手が伸びてきて、麻衣子の額に触れた。

「君は、純粋なんだな」

ふいにこの人の根っこは私と同じところにあると感じた。陽が翳《かげ》るにしたがい、陽一郎の顔にも影が落ちてきた。目鼻立ちが曖昧になる。彼を失うかもしれないという恐怖が全身を貫き、麻衣子は手を伸ばした。まだ得てもないのに、この人を失うことを恐れるなんて——。

陽一郎の腕をつかむ。すると彼は優しくその手を握り返してくれた。その瞬間、麻衣子を捉えた耐えがたい感情のすべてが彼に伝わっていると思えた。

私は過去に向き合わなければならない。

三谷から電話が掛かってきた。病院の公衆電話からだった。たどたどしくお見舞いを言う麻衣子の言葉をさえぎるように、三谷は早口で言った。

「あんたにはもう一切関わらない。会いにも行かない。あと、十日ほどで退院できるけど」

驚いたことに、三谷は怯えているのだった。

「大分県に引っ込むつもりだ。一緒に暮らしている女が、別府《べっぷ》の出身でね。そこで温泉客相手のスナックでもやるよ」

「どうしてそんなことを、私に?」

「警告なんだ。これは」

「これ?」

「俺が襲われたこと」

　短い言葉でしか、彼は答えない。

「あんたの周りを嗅ぎ回ったから。隠れキリシタンの呪いかもな」

「冗談言わないでください」

「刑事にもつまらんことを探られる。手に入れた金の出どころとか。あれは当然の報酬なんだ。でも欲を出して取材を続けたから、こんなことになった。いや、あれ以上、儲けようと思ったわけじゃない。純然たる興味だ。あんたの過去に関する――」

　しゃべり過ぎたというように、唐突に彼は口をつぐんだ。

「でももうどうでもいい。とにかく、俺はもうあんたの前から消える。それだけが言いたかった」

　三谷は、そそくさと電話を切った。

　あの人は、何に怯えているのだろう。私に、あるいは私の過去に関わりがあることなのか。三谷の手が届こうとしていたものは何なのか。それは東京を去る決意をさせるほど、恐ろしいことなのか。捜査はどこまで進んでいるのか。それを見届けることなく、三谷は東京を去ろうとしている。もしかしたら彼には、恨みを買った相手の見当がついているのでは？　そこを警察に探られたら、違法行為で得た金を取り上げられるとでも踏んだのか。あれ以来、麻衣子のところに警察は来ていない。

当然の報酬？　あの人に金を振り込んだのは誰なのか。

しばらくぼんやりと考えを巡らせた。

はっとして時計を見る。調律に出掛ける時間が過ぎていた。慌てて調律の道具の入ったバッグを持ち、いつものトートバッグに手を伸ばした。焦っていて、トートバッグの取っ手をつかみ損ねた。テーブルの上から、バッグが逆さまに床に落ちた。トートバッグの中身が床にぶちまけられた。舌打ちをして、しゃがみ込む。分厚い手帳やペンケース、財布、携帯電話、化粧ポーチ。喉スプレーやハンドクリーム。ハンカチ、ティッシュ。鍵《かぎ》束《たば》。細々《こまごま》したものを拾い集めながら、自分に悪態《あくたい》をつきたい気分だった。

その時だった。手帳の下から、丸くて白い物が出てきた。自分の持ち物にはないものだった。指でつまみかけて、手が止まった。赤黒い不吉な色が見えた。丸い小粒の石。それが赤黒く汚れている。ゴクンと唾を呑み込み、震える手で持ち上げ、目の前に持ってきた。

やはり白い石だった。丸くてすべすべした石——三谷が襲われた時、割れた水槽から飛び出して、床に散らばっていた夥しい石のうちの一個だ。そして、今目の前にある石には、どす黒い汚れがこびりついていた。この汚れは血液だ。三谷の血だ。彼が殴られた時、あの場所にあった石がなぜ私のバッグに紛れ込んでいるのだろう。麻衣子の頭の中で、恐ろしい疑念がぐるぐる回る。

もう、私は答えを知っている。これを入れたのは司だ。

食べかけのラッキーミントを放り込むように、三谷を襲った証しを私のバッグに入れた。これはどういうメッセージなのか。

翌日、仕事を済ませると、麻衣子は司の所に向かった。一晩中、悶々《もんもん》として眠れなかった。

いつもの児童公園で待っていると、司がやってきた。道を渡ってぶらぶら歩いてくる。その姿が陽炎《かげろう》でゆらゆら揺れている。八月に入ってから猛暑日が続いていた。アスファルトからの照り返しも強い。じっとしていても、汗が噴き出してくる。そばに来て立ち止まった司は、首にタオルをかけていた。それで額を拭う。いろはマートのエプロンは、さらに色褪《いろあ》せてみすぼらしく見えた。

「麻衣子、顔色悪いよ」

麻衣子が口を開く前に、司は言った。それには答えず、トートバッグから例の石を取り出した。ティッシュに包んだそれを司の前で開いて見せた。麻衣子のたった一人の親友は、つまらなそうにそれを見詰めて「ふん」と鼻を鳴らした。

「あなたね、これを私のバッグに入れたのは」

「そうだよ」

特に力むこともなく、司は答えた。三谷が襲われた翌日、麻衣子は司に会いにきた。多分その時に、彼女はこれをトートバッグにこっそり入れたのだろう。白い石は、バッグの底のたくれた内布の中でひっそりと見つけられるのを待っていた。

「あなたなの？」恐ろしい質問を、麻衣子は口にした。「あなたがあの男を襲ったの？」

司は真っ直ぐに麻衣子の目を見た。

「そうだよ」

あまりの軽い調子に、麻衣子は怖気《おぞけ》を振るった。

「どうして？　どうしてそんなことを――」

「麻衣子が困っていたから」

言葉を失う。公園の小さな東屋《あずまや》の中。熱せられた風が通る。

「あの男がつまらないことを記事にするっていろいろ嗅ぎ回っていたでしょう。あれ、麻衣子は迷惑だったんでしょ？」

「そうよ。でも、だからって――」

「あの時、麻衣子に相談持ち掛けられたけど、いいアイデアは浮かばなかったよね。あいつは取材をやめないし。そうしたら――」

司はぐっと身を乗り出した。麻衣子は気圧《けお》されて一歩二歩、退いた。

「そうしたら、こうするのが一番だって思ったの。その石は、うまくやったよっていうメッセージ」

「そんな……」

　到底立っていられなくなって、麻衣子は東屋の中のベンチにどすんと腰を落とした。その隣に、司も腰掛ける。親友の横顔をまじまじと見詰めた。司はエプロンのポケットからラッキーミントを取り出して、一個口に放り込んだ。人を傷つけておいて、特に動揺もしない彼女が信じられなかった。

　私は今まで、彼女の何を見てきたのだろう。親しんできた友人が、急に見知らぬ人に思えてきて背筋が凍えた。

「麻衣子が困った時にはいつだってあたしがどうにかしてあげたでしょう?」

「えっ?」

「麻衣子は自分で何もできないんだから」

満足そうにそう言うと、麻衣子から視線をはずし、誰もいない砂場を見やった。

　ベンチの縁《ふち》をつかんだ指先にぐっと力を入れる。そうしていないと、ガタガタ震えてしまいそうだった。東京で再会した司は、「あんたには、またあたしが必要になったってことだね」と言った。あの言葉の意味を、ようやく今知った気がした。七富利村にいた頃、麻衣子には司しかいなかった。初めて心を許したミツルは消えてしまっていたから。

　同じような境遇で、他に友だちと呼べる友人もなく、二人寄り添っているしかなかった。あまりに頼りない私を支えることが、この人の習わしになってしまったのか。はっとして、麻衣子は司に詰め寄った。

「まさか——信子も？　あの子のところのビニールハウスが火事になったのも？　毛利先生もなの？」

司は「当たり前じゃない」というふうに大きく頷いた。気分が高揚し、自分というものに酔っているようにも見えた。

「信子の家のビニールハウスに火をつけた。音楽の先生——毛利だっけ？——もう名前忘れてた。あいつが高い所から落ちるように看板を倒してやった」

頭が真っ白になった。司は親密な麻衣子のためとはいえ、あんなに小さい時から犯罪に手を染めていたのだ。麻衣子をいじめていた梶原信子の家のビニールハウスに火をつけ、性的いたずらを仕掛けていた音楽教師に怪我をさせた。そして、今度は三谷に大怪我を負わせた。

「どうして——？　どうしてそこまで私のためにしてくれるの？」

ようやっと、そう声を絞り出した。

「麻衣子が頼んだからに決まってるじゃない」

「私が？」一瞬、何のことを言っているのかわからなかった。「違うわ。私はそんなこと頼んだ覚えない」

「いいや、頼まれたよ。言葉に出さなくても、そうして欲しいってあんたは言ってた。あたしはその通りにしてあげただけ」

「違う！　私はそんなこと……」

空を見上げて、司はハハハッと笑った。屈託のない朗《ほが》らかな笑いだった。それがまた麻衣子を恐怖に陥《おとしい》れる。それから、右腕をぐるんぐるんと回して、首を左右に傾けた。コキッ、コキッと骨が鳴る。肩にも腕にもがっしりとした筋肉がついている。三谷を襲ったのは、力の強い人物だと推測されていた。おそらく男性ではないかと。でも、司ならやり遂《と》げただろう。子供の頃から祖父母の手伝いをやらされ、平底舟を難なく漕いでいた司なら。

ゆっくりと司の方へ首を巡らせた。そして尋ねた。

「あなたは――」近くの学校のチャイムが聴こえた。「あなたは、いったい誰？」

「友だち。あたしは麻衣子の味方だよ」

麻衣子は両手で顔を覆った。遠くで救急車のサイレンの音がした。学校帰りの子供たちが、ぞろぞろと目の前の道を通った。

「ひと雨欲しいわねえ！」

日傘をさした二人連れの女性が、子供たちとすれ違いざま、そう大声で言った。

第四章　オンディーヌ

橘　彩夏

ステージ上には、スタインウェイのグランドピアノが一台。照明係がライトの調整をしている。あと一時間で彩夏のリサイタルが始まる。

座席を一つ置いて、隣には、調律師の一藤麻衣子が座っている。彼女もステージに顔を向けたままだ。何を考えているのだろうか。調律はいつものように完璧《かんぺき》にこなしたが、彼女もピアノから離れると、何かに気をとられているような様子だ。

あと三十分で開場。楽屋に戻り、演奏に向けて集中すべきなのかもしれない。でも一人になると気が滅入《めい》る。人の気配のある場所にいたかった。

絢也と連絡がとれなくなった。携帯電話の番号もメルアドも変更されていた。彼のマンションも、もぬけの殻《から》だ。一階ロビーでインターホンを押しても誰も応《こた》えない。業《ごう》を煮やして、管理人に尋ねると、その部屋は別の人物の名前で契約されたものだった。そういえば絢也も、外国に赴任《ふにん》している友人から借りているのだと言っていた。彼が経営しているはずだったレストランは、とうに他人名義になっていた。いくつかは閉店していた。

知らず知らずのうちに、爪を噛《か》んでいた。

私は騙《だま》されたのだろうか？　あの様子のいい男に。絢也という男を飾り立てていた、レストランオーナーという肩書きや、タワーマンションの住人だとか、誰もが知っている有名校の出身だとか、硬式テニスでインカレ出場を果たしたという経歴は、全部嘘《うそ》だったのか。私は紛《まが》い物に恋をしていたのか。

婚約発表は、橘リゾートのホテルで大々的にやろうと思っていたのに。

密かにその時のドレスまでオーダーしていた自分がみじめだった。あの男にプロポーズされたわけでもないのに。

もう一度、隣に座った麻衣子に視線を移す。この女をいたぶってやりたいという思いが、むくむくと持ち上がってきた。

「兄は、また彼女と別れたわ」彩夏は押し殺した低い声でいった。「今度のお相手と、結婚するとばかり思っていたのに――」

もの思いにふけっていたらしい麻衣子は、ゆっくりと彩夏の方に目を転じた。

「早く身を固めてもらわなければ困ると母も言っているわ。もういい年なんだから。いつまでも女遊びにうつつを抜かさないで、家庭を持つべきだって」

少しも表情を動かさない相手に、さらに苛立《いらだ》つ。

「遊ばれたあなたを目の前にしてこんなことを言うのは、何なんだけど」

さぞかし嫌な女に映るだろうな、と自分でも思う。

「もう陽一郎さんのことは放っておいてあげたらどうですか？」

麻衣子は落ち着いた口ぶりで言った。

彩夏は大きく目を見開いて、麻衣子を見返した。美しい形の唇《くちびる》が、半開きになった。そんなふうに言い返されるとは思わなかった。まるで、口をきくと思っていなかった人形に話しかけられたとでもいうような気がした。

「あなたには、ピアノがあるじゃないですか。それで充分でしょう？」

彩夏は肘《ひじ》かけをつかんだ。ぐっと体重を掛けて立ち上がろうとする。調律師がピアニストにこんなもの言いをするなんて。でも意に反して、体は動かなかった。ステージを見上げる。自分の唯一《ゆいいつ》の味方、黒いピアノのたたずまいを確認した。この人の言うことは正しい。ピアノはいつだって私の心の拠《よ》り所《どころ》だった。でも充分じゃない。

「ピアノは確かに私にとって大切なものよ。でも私のすべてじゃないわ。弾いても弾いても――」

そこで彩夏は口をつぐんだ。言葉を重ねるごとに、虚《むな》しさを感じる。

「ねえ、あなたは何で調律師になったの？　ピアニストになり損《そこ》ねたの？」

初めて自分の調律師に興味を持った。

「いいえ。ピアノは、ほんの少し習っただけです。父が亡くなるまでのほんの数か月。調律師になったのは、食べていくため」

「食べていくため？」拍子抜《ひようしぬ》けしたみたいに、彩夏は言った。「ピアノをろくに習っていないのに、よく調律師なんてものが思いつけたわね」

「ピアノのうまい友だちがいたんです」

「そうなの」

「いや、友だちって言えるかな？　ただ病院で同室だっただけなので、向こうはそうは思っていないかも」

「病院？」

「はい。一度、精神病棟に入院していたことがあって、私」

彩夏は、今度はあんぐりと口を開けた。

「あ、もうそろそろ開場の時間ですよ。橘さん、着替えないと」

さっと立ち上がった麻衣子を、彩夏は座ったまま見上げた。

さっきまで思い悩んでいる表情だったのに、麻衣子は、何かをふっ切ったように見えた。何も持たない人には、怖がるものがない。それを羨《うらや》ましいと思った。私が失ったものは、価値のあるものだったのだろうか。

彩夏はまだ立ち上がれずにいた。絢也が欲しかったわけじゃない。あの男に付随《ふずい》するきらびやかなものが欲しかっただけ。それでさらに自分を飾り立てたかった。空疎《くうそ》なものだとは、充分わかっていたけど。でも、こういうふうにしか、生きられない。
母に愛されなかった私は——。

一藤麻衣子

莉沙はやっぱり友だちとは呼べないだろう。彩夏に尋《たず》ねられて、ピアノに向き合わせてくれた莉沙のことを、麻衣子は思い浮かべた。

あの子と接したのは、ほんの一か月足らずのことだった。でもあの子を通して、調律師という職業を知った。莉沙がいなかったら、今の私はないのだ。

麻衣子は東京の高校に入学したが、あまり通えなかった。愛媛にいる時よりも頻繁《ひんぱん》に頭が朦朧《もうろう》としたり、記憶がおかしくなって時間の経過がわからなかったりした。一時収まっていた失神にも、時折見舞われた。特に悩まされたのは、伯父の死に様がフラッシュバックのように甦《よみがえ》ってくる症状だった。そうなると、不安とパニックに襲われた。

母はどうしていいかわからなかったのだろう。手っ取り早く病院に連れていき、どうにか治療してもらわねばと思ったようだ。脳神経外科、神経内科、心療内科と紹介されるままに病院を渡り歩いて、結局は横浜にあるN大付属のこども医療センターの精神科に行きついた。

高校生になって初めての夏休みのことだった。

「楽しいとこよ、ここは」初日に担当看護師に、そう言われたのを憶《おぼ》えている。「治療するって気負わなくていいの。ゆっくり休むつもりでね」

入院してから、その看護師の言葉は正解だったと悟った。母から離れたことが、麻衣子をリラックスさせた。担当の瀬野《せの》先生は三十代後半。若手の精神科医だった。心理療法士のカウンセリングから麻衣子の治療は始まった。彼女の担当の療法士は、田村《たむら》さんという女性で、彼女は人の心をほぐすのがうまく、いろんなことを話した。でも、麻衣子にはどうしてもしゃべれないことがあった。田村さんは愛媛でのことを聞きたがったけれど、とてもじゃないけど、すべてをさらけだすことはできなかった。

田村さんとの症例検討で、瀬野先生は、麻衣子の問題は、愛媛での生活にあると気づいたはずだ。でも麻衣子は頑《かたく》なに壁を作って、その領域には決して踏み込ませなかった。先生や田村さんが、伯父のことに触れようとしたら、彼女はたいてい拒否反応を示した。瀬野先生が治療を急がなかったのは幸《さいわ》いだった。無理に心をこじ開けようとしたら、たぶん麻衣子は自分を保てず、崩壊してしまっただろうから。

こども医療センターの精神科も、麻衣子が思っていたほど恐ろしいところではなかった。

入院している子は、様々な症状を持っていた。発達障害、うつ病、不安障害、強迫性障害、摂食《せっしょく》障害、睡眠障害、ストレス因《いん》関連障害、チック症やトゥレット症候群《しょうこうぐん》に悩んでいる子もいた。子供には、投薬も積極的には行わず、カウンセリングが中心だった。また大人と違い、長くここにいる子はあまりいない。様子を見ながら、家庭と病院を行ったり来たりしている子が大半で、そうしているうちに、だんだん病院からは遠ざかるようになるようだった。

それを知って、麻衣子はほっと肩の力を抜いた。確固たる信念もなく、大げさに騒げば、娘の症状がよくなると思い込んでいる母にはもううんざりしていた。瀬野先生も、母親との関係性に問題があると診断したと思う。彼女の自立性を高めるように治療を進めてくれた。今、麻衣子が母と適切な距離をおいて生活できるのは、先生のおかげだ。

そのうち、幸枝伯母も上京してきて西新井の家に住み始めた。彼女は、病院に度々《たびたび》来ては、麻衣子と面会し、先生とも面談してくれた。的確に麻衣子の精神状態を把握《はあく》してくれたのは伯母の方で、母は、また義姉にすべてを託したのだった。

田村さんが行うカウンセリングは、緩《ゆる》やかに麻衣子の心を開いていった。彼女が確執《かくしつ》を持っている伯父とのことに言及することはやめ、過去の友人関係について質問された。

「悪い思い出のことは言わなくていいのよ。あなたにとって、いい思い出だけを話して」

と言われ、自然にミツルのことが口をついて出た。逆境の中で明るく生きていたミツルとの出会いは、麻衣子にとってかけがえのないものだった。納戸《なんど》に閉じ込められたことも話した。夜明けに見る夢のことも。

ミツルとの不可解な別れのことを話すと、自分がおかしな人間だと思われはすまいかと気にはなった。でも田村さんは、特に驚いたようになく、「そう。それは大変だったわね」と言うに留めた。心理療法士は、するすると麻衣子から言葉を引き出すのがうまかった。麻衣子も、伯父のことに触れられないのなら、何でも話したいと思うようになっていた。男性である瀬野先生の前では構えてしまうけれど、女性の田村さんとは、しだいに友だち感覚でざっくばらんに話せるようになっていた。

司という親友ができたことも話した。誰とも打ち解けない小、中学校時代、どれほど司が麻衣子を支えてくれたかということを。

「あなたは異性と付き合ったことはある？」

そう問われて一瞬口ごもった。黙って首を振る。

「付き合いたいと思ったことは？　誰かを好きになったりしない？　男の子と親密になりたいと思ったことは？　女の友だちとそういう話はするでしょう？」

単刀直入にそう訊かれた。途端に呼吸が短く、荒くなった。

「いいえ！　いいえ！　そんなことありません！」

取り乱す麻衣子を見ても、田村さんは落ち着いていた。

「そうね。ごめんなさい」

短い言葉でその話題を打ち切った。でも、麻衣子が性に対して問題を抱えていることには気がついたろう。

あの頃の麻衣子は、自分が女であることが許せなかった。女の体を憎んでいた。女の体の構造は、男を迎え入れるように作られている気がしていた。それゆえ男は、力ずくで女を支配するのだ。肉で肉を制するのだ。伯父に体を許していた母の、あの悦楽《えつらく》の表情は、いつまでも彼女の脳裏《のうり》に焼き付いていた。そして、同じことを、伯父は血のつながった姪である麻衣子にまで為そうとしていたのだ。

性に関する質問をされると、麻衣子は怒り、涙をこぼした挙句《あげく》、自分の殻《から》に閉じこもった。この世に男と女が存在すること、よってセックスにまつわる事柄がどこででも起こり得ることがどうしようもなく嫌だった。そういうすべてから離れていたかったが、自分が女である限り、避けて通れない問題だった。これから先、どうやって生きていったらいいのか、迷っていた。そこまでは田村さんにも相談できなかった。

そんな時だ。麻衣子の部屋に莉沙がやってきたのは。

二人部屋だから、いつかは誰かが入院してくるだろうとは思っていた。初めて会った時、彼女の美しさに目を奪われた。すんなり伸びた漆黒《しっこく》の髪。透き通るような白い肌。長い睫毛《まつげ》に縁取《ふちど》られたくっきりした二重《ふたえ》の瞳。薔薇《ばら》色の頬《ほお》。ぷっくりとした唇。絵に描いたような美少女だった。

「今日からあなたと同室になるわ」

ぶっきらぼうにそれだけ言うと、莉沙はさっさと荷物をロッカーにしまった。こども医療センターの病棟では、上下に分かれたゆったりした部屋着のようなものが支給される。莉沙がオーガニック素材のベージュの上下に着替えるのを、麻衣子は唖然《あぜん》と見ていた。彼女は、人の目を気にすることなく、さっさと下着姿になって着替えた。麻衣子は慌《あわ》ててカーテンを引いた。

その時に垣間見《かいまみ》た莉沙の豊満な体にも驚いた。後で高校二年生だと聞いたが、すっかり実った大人の体に見えた。それからベッドに腰掛けると、鏡を見ながら髪をとかした。艶《つや》のある長い髪が、背中で躍っていた。麻衣子がじっと見詰めているのを知っているだろうに、気にもとめない様子だった。

無口な莉沙とは、しばらくは必要最低限のことしか話さなかった。

二人を近づけたのは、ピアノだった。

病院では音楽療法もやっていて、いろんな楽器に触れられるようになっていた。音楽室にはアップライトピアノが一台あった。麻衣子も誰も弾いていない時に、そっと鍵盤に触れることはあったが、その時は、とても音楽を奏《かな》でるという気分にまでならなかった。それに、そのピアノはひどく弾きにくかったのだ。

莉沙は音楽療法には加わらなかったが、時に音楽室に入ってきて、ピアノを弾いた。彼女が弾くのは、一曲だけ。常に同じ曲だった。麻衣子は音楽室の隅に腰掛け、演奏を聴いていた。

「それ、なんて曲?」麻衣子の問いに、鍵盤に向かいながら顔を上げることなく、莉沙は答えた。

「オンディーヌ」

後は演奏に没頭するのだ。難しい曲で、莉沙の手には余るようだった。複雑で細かいアルペジオが左右で入り組んでいて、莉沙は時々音を飛ばしたり、はずしたりした。幻想的な旋律が被《かぶ》さってくるところでは、指を思い切り開いて、親指で遠くの鍵盤を叩かなければならない。そこのところもうまくいかないようだった。それでも、彼女は気にとめることなく、弾き続けた。

どうしてこの人はこの曲だけを弾くのだろう。何もかもに無関心な様子なのに、ピアノに一心に向き合うのはなぜなんだろう。むくむくと年上の莉沙に対する興味が湧《わ》いてくるのがわかった。

「ひどいピアノ」弾き終わると、莉沙は言った。「あなた、これを弾いた?」

唐突《とうとつ》に声を掛けられて狼狽《ろうばい》した。同室なのに、それまでは、麻衣子のことなんか目に入らないという態度だったのだ。

「ええ」

「ピアノ、弾けるの？」

「あなたのようにうまくは弾けないわ。自己流で練習してただけだから」

「私だって、誰かに習ったわけじゃない。これしか弾けないし」

「なんでこの曲だけを？」

莉沙はちょっと首をすくめた。

「さあね。これが弾きたかったからよ」

彼女はもう一回『オンディーヌ』を弾いた。やっぱり何度も指が引っ掛かった。

「このピアノ、ずっと手を入れられてないのよ。鍵盤がすごく重い。こんなので練習してたら腕も指も傷《いた》めてしまうわ！」

次の日、廊下ですれ違った田村さんが言った。

「ごめんなさいね。音楽室のピアノ、調律してもらうように手配したから」

きっと莉沙が訴えたのだろう。

調律という言葉を聞いたのは、この時が初めてだった。

数日後に調律師がやってきた。もう初老の域に入った温厚《おんこう》そうな男性だった。麻衣子たちは、彼が作業するところを、少し離れた所からじっと見ていた。調律師は、小机の上に柔らかい布を広げて、調律道具を並べた。麻衣子は、露《あら》わになったピアノの中を興味深く見た。調律師はまず、打鍵してアクションの動きを確かめた。ハンマーが弦を打つ仕組みに、麻衣子は心を奪われた。ピアノは鍵盤楽器だけど、音を出すメカニズムは打楽器と一緒なのだった。

調律師は、何度もアクションやハンマーの機能が正しく作動しているか確かめた。鍵盤は水平になっているか、鍵盤を押した際の深さは一定か、ハンマーが弦を叩く時に動く距離は一定かということを。

「ふむ」と彼は言った。それから少女二人が、身を寄せ合って作業を見守っているのを、振り返って確認した。調律師は、ポケットから小銭をつかみ出した。よく見ると、それは五十円玉だった。それを一枚ずつ鍵盤の上に載せていく。小さな子供みたいに、麻衣子と莉沙は、積み重なる五十円玉を数えた。十五枚になったところで、彼はこちらを向いて、にっこり笑った。

「いいかい。ピアノの鍵盤はね、だいたい四十七グラムから五十五グラムの重さで沈むようにしないといけない。五十円玉は、一つが四グラムだから、十二枚ほどで鍵盤が沈むはずなんだ。でもこのピアノはこれだけ載せても動かない。ということは、鍵盤が重すぎるんだ」

こんなピアノを弾いていたら、腱鞘炎《けんしょうえん》になってしまうよ、と彼は続けた。それ以降は無駄口を叩くことなく、自分の作業に没頭《ぼっとう》した。

整調が終わると、ハンマーのフェルト部分に針を刺して、音色を整えた。そういうことにかなりの時間を費やした後、ようやくチューニングハンマーを取り出して、調律の作業に取りかかった。全部の作業が終わるのに、二時間以上かかった。

麻衣子と莉沙は、身じろぎもせず、調律師の一挙一動を見守っていた。

調律師がパネルを取りつけ、ピアノを元通りにした時には、二人でほっと肩の力を抜いたものだ。

「弾いてみる?」

彼に言われて、恐る恐るピアノに近づいた。調律師は、一歩下がって、少女たちに場所を譲《ゆず》った。まず莉沙が鍵盤を叩いた。ポーンと抜けるような明るい音がした。ぱっと莉沙の顔が輝いた。今度は麻衣子の番。一本指で打鍵する。軽い。そして音は澄《す》んでいた。

「音は振動だ。それを感じる?」

二人で首を縦に振った。ピアノが音を出す仕組みを目の当《ま》たり《あ》にした後は、調律師の言う意味がよくわかった。鍵盤を押さえた指に振動が伝わってきた。

「指の骨を通して振動が伝わってくるだろ? それはね、体全体の骨を振動させる。それも音なんだ。そして耳から入ってくる音と一緒になる。ピアノ自体も共鳴箱だけど、人間の体も音を感じて共鳴する」

あの時の調律師さんの名前は聞かなかった。でもあの体験が、麻衣子を調律師の道へと導いてくれたのだ。

感銘《かんめい》を受けたのは、莉沙も同じだったと思う。彼女は、すぐにピアノに向かっていつもの曲を弾き始めた。タッチを軽妙に整えてもらったピアノは、莉沙の演奏に応えた。音も全然違う。ぼやけていた音が明確になり、彩《いろど》りも鮮《あざ》やかになった。ピアノが肉声で歌っているという感じだった。莉沙の、時にぎこちなかった十指が、しなやかに鍵盤の上で踊っていた。いつも突っかかるパッセージでは、親指が他の指の下を滑るように動いた。

「ほう!」調律師は道具をしまいながら、言った。『オンディーヌ』か」

今では、あの曲がラヴェルの『夜のガスパール』の中の第一曲である『オンディーヌ』だと知っている。あの病院のことを思い出すたび、頭の中に『オンディーヌ』が流れてくる。

そのことがあって以来、麻衣子と莉沙とは仲良くなった。消灯後、ベッドに横になってよく話し込んだ。

「あなたはなんでここに入院しているの?」と最初に莉沙が尋ねた。

「とても不安で仕方がなくなるの。それが体にも現れる。失神したり、記憶をなくしたり

——」

「へえ、そうなんだ」

莉沙の黒くて大きな目が、濡《ぬ》れたように輝いていた。

「あなたは?」

急いで相手に話題を向ける。自分のことをあまり話したくなかった。

「私はたいしたことないわ」きっぱりと莉沙は言った。「私がしょっちゅう男と寝るから、周りが勝手に病気だと決めつけているのよ」

言葉を失った。莉沙はケラケラと笑った。

「同級生、先輩、先生、友だちのお兄さん、お父さん、町でナンパしてくる奴——。誰もが私の顔と体を見て欲情してる。だから誘ってあげるの」

莉沙はいつだって着替える時、恥ずかしがらずに裸体を晒《さら》していた。大きく盛り上がった胸に、きゅっと引き締まったウェスト。すべらかな肌を思った。あんなに素晴らしい体を惜《お》しげもなく誰かに投げ出しているというのか。信じられなかった。

「どうしてそんなことを……?」

「言っとくけど、うちは裕福なのよ。別にウリをやってお金を稼いでいるわけじゃない」

だからさ、と莉沙はさもおかしそうに続けた。

「私の行為は病気なんだって。心の病。セックス依存症」

セックス依存症、と言う時に、彼女はぷっと噴き出した。「ばかげてるでしょ?」

容姿《ようし》にも、経済的にも恵まれた少女がそういうことをする理由が、麻衣子には思いつかなかった。

「何度か補導されたから、学校で問題になった。家でも手に負えない。で、ここに放りこまれたわけ」

自分に似ていると思った。もしかしたら、ここはそういう子の集まるところなのかもしれない。どこにも居場所のなくなった子の。一藤家のオサンベヤと一緒だ。

「ゆっくり休むつもりでね」と言った看護師の言葉が思い出された。

「瀬野先生は何て言ったの?」

「自傷行為の一種なんだって、これ。自分を大事にしないで、男に傷つけられるよう仕向ける――」

麻衣子は考え込んだ。

「あなた、今、そうかもしれないって顔をしたわよ!」

莉沙は仰向《あおむ》けになり、足をバタバタさせて笑った。それからこちらに向き直り、急に真顔になった。「そうじゃないわ。私は自分を傷つけたりしていない」

枕をぎゅっと抱え込んだ莉沙は、怒りに満ちた声を出す。「だいたい、どうしてセックスをすると、女が傷つくわけ? 無理矢理ヤラレたわけじゃない。私はヤリたいからヤッてるんだからね」

「なぜそんなことを――？」声が震えた。こんな大胆なことを口にする同年代の女の子がいるとは信じられなかった。セックスは忌《い》むべきもの、穢《けが》れたものというイメージしかなかった。

「そうね――」莉沙は頭の後ろで腕を組み、天井を見上げた。「試しているのかな？」

「試す？」

「そう。どこまで感じるか」

「セックスで？」

その言葉は言いにくかった。麻衣子が黙り込むと、莉沙は、ぐるりと体を反転させて彼女の方を向いた。

「『いい思いをした？』って訊かないの？　天にも昇《のぼ》るようなオーガズムを感じたかって」

そういう話はしたくなかった。なぜこんな子と同室にさせられたのだろう。むっと黙り込んだ麻衣子にかまわず、莉沙は話し続ける。

「いい思いなんかしたことないわ！　イッたことないの。一度もよ！」

「しっ！」

廊下を見回りの看護師が通った。こんな話をしていると知られたくなかった。莉沙は、枕に口を押しつけて笑った。

「でもイクって言うの。何度も。そしたら相手が喜ぶから」急に笑いを引っ込める。これほどくるくる感情の変わる子に出会ったことがなかった。

「私、不感症なのかも」

麻衣子は寝がえりを打って、壁の方を向いた。もう話したくないという意思表示のつもりだった。莉沙は、麻衣子の背中に向かってしゃべり続ける。

「学校の先生に言われた。こんなことをして恥ずかしくないのか。罪の意識はないのかって」シーツを引っ張り上げる音がした。「罪の意識なんかないわ」

くぐもった声。シーツを頭から被っているのかもしれない。泣いているのかと思って、思わず隣のベッドを見た。顎《あご》の所までシーツを引っ張り上げた莉沙が、真っ直ぐに麻衣子を見ていた。大きな瞳に吸い込まれそうになる。

「そうじゃない。罪の意識を持つのはね——」月の白い光が窓から射し込んでいる。シーツ越しに、莉沙の体が内側から発光しているみたいに見える。一瞬、この世のものではない何かと対峙《たいじ》している気がした。「体が心を裏切って快楽の虜《とりこ》になってしまうからよ」

それだけはきっぱりと言った。

「私は感じないんだから、自分を見失うことはない。罪の意識も何もないわ」

この人は自由だ、と強く思った。私は女の体が嫌いだったけど、そういうことに縛られない人もいるのだ。

「セックスなんてさ、ご飯を食べたりピアノを弾いたりするのと同じ。特別なことじゃないわ」

いつの間にか、シーツの下からスースーと寝息が聞こえていた。

体が心を裏切る——莉沙は、性愛を完全に自分のものにしているのか。体を支配されたら、精神まで奪われてしまう、麻衣子の母のような女は、莉沙にとって軽蔑《けいべつ》すべき存在なのだろう。その強さと奔放《ほんぽう》さがうらやましかった。


「ほら、あの人、また私たちを見てる」

麻衣子に寄りかかるように莉沙が囁《ささや》きかける。カルテの束を抱えた男性看護師が通り過ぎる。

こども医療センターの精神科には、男の看護師も多い。児島《こじま》という名前の男性看護師は、この春看護学校を卒業したばかりの人で、背が高く、顔立ちも整っていて、ちょっと目を引いた。

「行きましょう」

麻衣子は莉沙を促《うなが》してその場を離れた。

「一つ訊くけど」自室に帰ると、髪をとかす莉沙の後ろ姿に声をかけた。

「何?」莉沙は振り返りもしない。

「感じないのに、なぜセックスをするの?　その——いい思いもしないのに。だったらそういうことは、苦痛じゃない?」

莉沙はブラシを動かし続ける。

「だから試しているって言ったでしょ」

「そんなことをしていたら、いつか感じるようになるって?」

随分私も変わったものだと思った。こんなことを平気で口にできるようになったのだから。莉沙と付き合っていると、性に囚《とら》われて萎縮《いしゅく》してしまっている自分の生き方が、愚《おろ》かしく思えてくる。麻衣子が経験したことは特別異常なことなのだ。あの特異な土地柄と狂った伯父とが生んだ邪《よこしま》で、背徳的な行為だった。あれこそが弾劾《だんがい》されるべきもので、麻衣子が怯《おび》え、恐れるのは間違いだ。

「そうじゃない。体じゃないの。体は全然問題じゃない」

いつの間にか、莉沙は手を止めていた。でもこちらを見ることなく言った。

「体で答えは出ないの。それは初めからわかってる」意味がよくわからない。

「あなたね――」莉沙が立ち上がって麻衣子の方へやってきた。「私がきれいだと思う?」

もちろん、というふうに麻衣子は深く頷いた。

「じゃあ――」莉沙は、おもむろに着ている服を脱ぎ始めた。下着まで取って、全裸になる。面くらった麻衣子は、唖然とそれを見ているしかなかった。下腹部に渦巻く薄い体毛が、痛々しい傷口に見えた。

「この体は、きれい？」

同じように麻衣子が頷くのを見て、莉沙はにやりと笑った。

「でもこれは私の外側」また脱ぎ散らかした服を身に着ける。「誰も外側しか見ない。だからさ――それを使うしかないじゃない。そうじゃないって思えるまで試し続けるしか。私の内側に男を導き入れるの。内側の一番感じ易《やす》いところへ」

やっぱりこの人は病《や》んでいる、と思った。精神の不感症なのかもしれない。体は全然問題じゃないという意味が少しだけわかった。

「男なんて馬鹿だわ。その男に抱かれていい思いをしてる女はもっと馬鹿。男に何かを恵んでもらっていると思い込んでいるのよ」

そう言えたらよかった。伯父と母に――。

莉沙はまたベッドに腰掛けて髪をとかし始めた。「心と体をバラバラにすればいいのよ。もともとバラバラのものなんだから。そしたら何も感じない」

莉沙の強さは、心と体を結びつけないところにある。罪の意識もない。でもきっと彼女が試しているのは、それがいつかひとつになって、彼女に何かをもたらすことだ。性愛に幸福感を感じる時。心が動いて体がそれに応じる時。大人は莉沙をセックス依存症だというけれど、この人の性遍歴《へんれき》は、自分探しなのだ。

莉沙は、病棟内でも問題を起こし続けた。児島看護師をリネン室で誘惑したとか、同じ病棟に入院していた男子高校生の患者が一時帰宅した時に、無断外出して会ったとか、そういうことを繰り返した。医療センターの庭を用もないのにぐるぐる歩いて、男性が声を掛けてくるのを待っている時もあった。駐車場の車の中で、事に及びそうになったところを見つけられて連れ戻されたこともある。相手は病院に出入りしている清掃会社の社員だったそうだ。

喉《のど》が渇《かわ》いた人が水を飲みほすように、美しい高校生は、男を漁《あさ》り続けた。性に対しては著しい拒否反応を示す麻衣子だけど、不思議なことに莉沙本人にはそういった感情を持たなかった。莉沙に憐憫《れんびん》のような気持ちを持った。見てくれにばかり気を取られて、彼女の本質を、異性も、おそらくは同性も見ようとしないのだ。

オンディーヌは、湖底の宮殿に住む美しい王女で、窓に貼りつく滴《しずく》となって人間の若者を誘惑する。しかし愛を誓《ちか》った若者に裏切られてしまう。するとオンディーヌは涙をこぼしたかと思うと、さっと表情を変え、大きな笑い声をあげて湖の中に帰っていく。そんな内容のフランスの古典詩を下敷きにして作曲されたのだそうだ。病院内の図書館で、麻衣子はそういうことを調べた。さんざん幻惑《げんわく》しておいて、飽《あ》きれば手のひらを返したように男の許《もと》を去るというところ、誰にも真心を与えることがないところが、莉沙の生きざまに似ていると思ったものだ。

莉沙の所には、誰も面会に来なかった。

そういう同室者を見ているせいか、麻衣子の心も少しずつ変わった。田村さんとのカウンセリングで、性に対する頑なこだわりを素直に見せるようになったのだと思う。自分ではあまり自覚がなかったけれど。

孤独な莉沙と麻衣子との共通項は、友人、家族、そして性に関する問題だった。

担当医の瀬野先生は、麻衣子と莉沙とを同時にカウンセリングしようと試みた。心理療法士の田村さんも加わったグループカウンセリングだ。性を嫌い、拒む麻衣子と、性に溺《おぼ》れる莉沙とを同時に治療しようという意図だったと思う。

部屋に行ってみると、莉沙の他に司がいたので、心底驚いた。

入り口で立ちつくす麻衣子に、瀬野先生は言った。

「君の友だちも呼び出した」

司と七富利村で別れてから、ちょうど一年が経っていた。再会を喜ぶでもなく、ぼんやりと椅子に腰かけている司は、麻衣子ではなく、莉沙の方を気にしていた。麻衣子はすっかりうろたえてしまい、どんな受け答えをしたのか、よく憶えていない。先生も、麻衣子より莉沙や司に話しかけていたように思う。司を通して見れば、麻衣子という人物の輪郭《りんかく》がくっきりと浮かび上がるのか。先生は、七富利村でのことを司に尋ねた。質問が出される度に、麻衣子は落ち着かなくなった。

司は、慎重に言葉を選んで答えていたと思う。決して伯父と麻衣子の間に起ころうとしていたことには触れなかった。そのやりとりをそばで聞いている莉沙は始終不機嫌《ふきげん》だった。椅子の上に足を持ち上げて抱え込み、神経質に爪を噛んでいた。

「麻衣子と私はしょっちゅう一緒におったんよ。東京なんかに連れてこられて、麻衣子は自分がわからんようになっとる」

そんな司の言い分に、莉沙は突然笑い声を上げた。

「あんたなんか必要ないわよ。麻衣子の面倒は今私がみてるんだから!」私は驚いて莉沙を見返した。「こんな精神科の病院に入院するはめになったのは、あんたのせいかもしれない」

「あんたは邪魔や。さっさと引っ込みや」

「出しゃばり! 麻衣子をコントロールしていると思ってんの?」

なんで自分のことで二人が言い争いをするのか、麻衣子にはよくわからなかった。頭が混乱した。瀬野先生が二人の間に割って入った。

「それぞれが麻衣子さんのことを思っているのはよくわかるよ」

「麻衣子はもうこっちで暮らしているんだからね。あんたと関わりになんかなりたくないんだ」

先生の言葉を無視して莉沙が司に噛みついた。麻衣子は成り行きについていけず、おろおろするだけだった。口を挟もうとしたが、言葉が出てこなかった。

なんと二回、三回とこのグループカウンセリングは続いた。その度に司と莉沙とはいがみ合い、麻衣子を味方につけようと罵《ののし》り合った。瀬野先生は、最初は様子見の姿勢だったが、しだいに二人を仲直りさせることに心を砕《くだ》いた。そもそもこういったカウンセリングにどういう意味があるのだろう。莉沙を同席させる理由も思いつかない。彼女もセックス依存症という大きな精神的問題を抱えているというのに。

回を重ねると、莉沙は次第に言葉が少なくなってきた。司が麻衣子にとって長年の支えだったことがわかったようだった。司も初めのようにいきり立つということがなくなった。瀬野先生は、穏《おだ》やかな話し合いになったことを喜んだ。

「君たちは、麻衣子さんに深入りし過ぎだと思うね。それが彼女の自立心を妨《さまた》げているよ」

「私はもう麻衣子には関わらないようにしようって決めとったのに」

と司は言った。

「はいはい、どうせ私が気に入らないんでしょ。麻衣子にいろいろ吹き込んだとでも思ってるの？」

「もう君たちの力がなくても、麻衣子さんはやっていける。それをわかって欲しいんだ」

先生の言葉を聞いて、麻衣子はなぜか涙がこぼれた。司とは、これでおしまいになると急に悟《さと》った。彼女は、今どこに住んでどんなふうに暮らしているのか語らなかった。七富利村で別れた時、もう親友に会うつもりはなかったはずだ。なのに、こうして瀬野先生からの呼び出しに応えて足を運んでくれた。思いがけないこの再会が、司との本当の別れになるのだ。

黙って涙を流す麻衣子を、莉沙が大きく見開いた目で見ていた。

そうして、数回にわたるカウンセリングが終わった。司は黙って去っていった。もう二学期が始まっていた。莉沙はグループカウンセリングに参加した後、部屋を変わっていった。空っぽになった隣のベッドが白く浮き上がって見えた。

学校が始まると、学校に戻れる子は戻した方がいいというのが、こども医療センター精神科の方針のようだった。麻衣子の退院の話も進んだ。母と伯母が何度か先生と相談しに来た。

「もう大丈夫。君はここに来た時よりも強くなった」

先生にそう言われた。それはきっと莉沙のおかげだ。彼女が、性の呪縛《じゅばく》から麻衣子を解放してくれたのだ。性への関わり方は、自分本位でいいのだ。誰かから押し付けられるものでも、強いられるものでもない。

莉沙は、最後の日も『オンディーヌ』を弾いていた。姿は見なかったけど、音楽室からピアノの音が響いてきた。秋の入り口の、澄んだ空気の中で、麻衣子はその音楽を聴いた。生きる、ということを考えていた。先のことに思いが至ることなんか、今までなかった。

ピアノの音に、体が共鳴していた。

麻衣子は莉沙を残して退院した。

幸枝伯母が迎えに来てくれた。病院の玄関入り口まで、瀬野先生と田村さん、数人の看護師が見送りに出てくれた。莉沙はそこへは来なかった。音楽室の窓を見上げた。人影が見えた気がしたけど、間違いかもしれない。

心の中で、莉沙にさよならを言った。

その後、通院治療をしながらなんとか東京の高校を卒業した。麻衣子は迷うことなく、調律師の専門学校に進んだ。自分が望んだ職業に就《つ》いた時、とうとう精神科とは縁が切れた。

陽一郎から連絡はこなかった。きっと二人には、考える時間が必要なのだ。

こうしている間に、疎遠《そえん》になってしまうかもしれない。もう二度と会えないかもしれない。でもそうなったら、それが正解なのだろう。

「大丈夫なん？　麻衣子ちゃん。いつでもここに戻ってきて、一緒に暮らしたらええんよ」

揺れている麻衣子の心を敏感にとらえたのか、幸枝伯母はそう言った。

調律師になってしばらくして、一人暮らしをすると言った時、伯母は反対した。心配だったのだろう。でも麻衣子は、その時ばかりは自分の意志を貫いた。ユリという頼れる存在もできたし、ここで独立しなければという気になっていた。驚いたことに、母が麻衣子の考えに賛同した。ただし、「あんたといると、ずっと責《せ》められている気がする。お願いだからよそへ行ってちょうだい」という理由からだった。

はっきりとそう言ってくれて、麻衣子も心の整理がついた。伯母は呆《あき》れ返って、強固に引き止めたけれど、母とはうまくいかないからという麻衣子の言い分にしぶしぶ頷いた。

それでも当分は、一人暮らしを始めたマンションへ何度も足を運んでくれて、麻衣子の世話を焼いてくれた。来るたびに姪の体調を心配し、暮らしぶりに対して細々《こまごま》と忠告をした。

だから、今もことあるごとに、西新井の家に戻ってくるように勧《すす》めるのだ。

「ありがとう。伯母さん。でも大丈夫。時々、ここで休ませてもらうだけで充分」

「そうかねえ」

眉《まゆ》を寄せた伯母は、どうにも納得できない様子だ。そんな伯母の背後で、無表情な母はオレンジ色の錠剤を摘《つ》まみ上げた。ぼんやりした母の薬の管理も伯母がしている。朝昼夜と区切られたプラスチックの平べったい容器に、伯母が仕分けた錠剤やカプセルが納まっている。それを母は、摘まみ出して服《の》めばいいのだ。

泊まっていきなさいという伯母の言葉を、やんわりと断って、自分の部屋に戻った。

一日閉め切っていた部屋は、むんとした熱気が充満していた。いつものように、点《つ》けっ放しにしていたフロアライトを消した。もうすぐ九月だというのに、昼は猛暑日、夜は熱帯夜が続いている。すぐにエアコンのスイッチを入れた。

汗まみれの体にシャワーを浴びて、一息ついた。濡れた髪をタオルで拭《ふ》きながら、ローチェアに腰を下ろす。狭いけれど、ここが麻衣子の城だ。この部屋を借りられて、どうにか食べていけることで満足すべきだ。彩夏のような人には、こんなささやかな生活を営《いとな》むことに幸福感を覚える人の心理など、わかりようもないだろうけど。

テレビを点けた。午後七時のニュースが始まっていた。日本列島の上に居座る高気圧は、当分動きそうにないと、天気予報を伝えている。

「西日本では少雨傾向が続き、特に四国では断水を余儀なくされた自治体が多いようです」

画面には、どこかのダムが映った。ひび割れた湖底が露わになっている。

「愛媛県の七富利ダムでは――」キーンと耳鳴りがした。「貯水率が二十六パーセントになりました。生活用水をこのダムに頼っている下流域では、一日五時間の断水となっています。水位が下がったために、湖底から旧七富利村の建築物が現れました」

ヘリコプターがダム湖の上を飛んで空撮を行っている。麻衣子の目は、画面に釘付《くぎづ》けになった。黒ずんだ泥濘《でいねい》の中央部に、泥だらけのコンクリート製の建物がぬっと建っていた。村役場の建物だ。窓だった部分が、ぽっかりと黒く抜けた穴になっている。

頭の中で『沈める寺』が鳴り響く。いつか彩夏が、全身全霊で演奏したドビュッシーの曲。フォルティッシモの和音がせり上がる。海の水がどんどん盛り上がるみたいに。沈められたカテドラルは、人々への見せしめのために、こうして時々姿を現すという。ケルト民族の伝説を下敷きにしたピアノ曲。

なぜ今、伯父が毎日毎日通った建物が水の中から現れるのか。彼の権威の象徴。でも今や見る影もない。

子供の頃に見舞われた不安発作《ほっさ》が起こるかと身構えたけれど、何とか持ちこたえた。ここは私の領域。私が自分の力でつかんだ生活。もう伯父の亡霊なんかに邪魔させない。あんな男に奪われたものなど何もないのだ。

いつの間にか、ぎゅっとタオルをつかみ、なぜか陽一郎の顔を思い浮かべようとしていた。早くなりかけた心臓の鼓動が、元に戻ってきた。何でもないと、自分自身に言い聞かせるように画面を凝視《ぎようし》した。

ヘリコプターは、役場の上を低く飛び、わずかに残った湖水を映し出す。湖水のへりの崖は、茶色い土が剝《む》き出しになっていた。ヘリコプターが旋回した時、水の中から何かが突き出しているのが見えた。小さな鉄の塔のように見えた。

一瞬、ピアノ曲の中の沈められた大伽藍《だいがらん》の塔の先端ではないかという幻惑にとらわれた。いや、違う。火の見櫓《やぐら》だ。カメラマンによってズームアップされる。あれが撤去されずに残っていたなんて。でももちろん、半鐘《はんしよう》を提《さ》げる部分は空っぽだ。あの半鐘は、大洲歴史資料館に保存されているのだから。火の見櫓は、打ち捨てられた年月と水の重みで、いくらか歪《ゆが》んでいた。空疎なオブジェだ。

——半鐘の音はおかしかったよな。

三谷が持っていた写真にあった、伯父の体に刻印された十字の印。テレビ画面に映る虚ろな火の見櫓。あの時、半鐘は持ち去られていた。きっと伯父が死んだ晩だ。なぜ？

大洲歴史資料館に展示された半鐘を思い浮かべてみる。

——村長の死因に関わりがあるかもしれない。

どうしてこれに気がつかなかったのか。

麻衣子は携帯電話を取り上げた。濡れた髪をタオルで巻き、それを耳に当てる。呼び出し音が鳴っている。いろはマートの事務所の電話。呼び出し音は、七富利村で聞いた蜩《ひぐらし》の声に似ている。遠く近く。幻のような音。過去につながる音。

きっと意味がある。七富利ダムが干上がって、今麻衣子の目の前に過去が露わになったことに。

「はい」

低い司の声。こんな時間までいろはマートの事務所にいるのだ。近くのアパートに住んでいると言っていたけれど、それがどこか麻衣子は知らない。

「麻衣子?」

麻衣子からの電話があることを知っていたみたいに落ち着いた声だ。

「司?」これから口にしようとすることに、自分で震え上がる。「あなたは私のために三谷を襲ったって言ったわね」

「うん」悪びれる様子もなく、司は答えた。しんと静まり返った殺風景な事務所に、一人残って電話を取る司の姿が浮かんだ。

「私の伯父も? 伯父さんも殺した?」

「うん」

携帯電話を持つ手が、小刻みに震えた。

「あんたを助けるためだよ」

司の声が、麻衣子の耳に流れ込む。冷気が吹き出してくるように。

私は勘違いをしていた。司の提言で伯父に睡眠薬を服ませた。そのせいで、伯父はたまたま沸騰した風呂に落ちて死んだと思っていた。しかし、司はそんな生易しいことでは決して終わらせない。それがわかった。

「あんたの伯父さんはね、あの晩、お堂の下まで来てたんだ。舟で。来ると思ったよ。麻衣子もそう思ってたでしょ？」

「来るかもしれないとは、思った。ウィスキーをどこでどれだけ飲むかなんてわからないもの」

睡眠薬を仕込んだウィスキーを。

「来なかったら、あの人は死なずに済んだんだ。でも来てしまった。だから死んだ」

――ええな。お堂の真下の川の傍《はた》や。十一時から待っとる。こっそり抜けてこい。

伯父が常に持っている怒りや苛立ちは、ダム建設推進のせいで反対派が離反していったことではない。新しい土地で、今まで通りの権力を保持できないと感じたせいでもない。自分の子が、一藤家の跡継ぎがないことだった。そのことを麻衣子たちは知っていた。一種狂気じみたものが伯父を支配していた。

あの家には、その他にもいろんな感情が渦巻いていた。伯母の抑制《よくせい》された憤懣《ふんまん》、嘆《なげ》き、悲しみ。母の甘い慨嘆《がいたん》、傷心、陶酔《とうすい》。

全村離村の日も決まり、七富利村の移転先の造成も進んだ。村役場の業務を大洲市の支所に移譲する準備も整った。春休み目前だった。新年度途中で小学生も中学生も、新しい学校に転校しなければならなかった。おそらく夏休みの間には。どこもかもが浮足立っていた。

ある日、麻衣子は学校で具合が悪くなった。月経が一番重い日だった。耐えられなくはなかったが、保健室で寝ているのも嫌だった。先生に許しを得て、早退した。家に帰り着くと、母の履物が玄関になかった。買い物にでも出掛けているらしい。自室へ向かって歩き始めた時だった。家の奥の方から、押し殺したような伯父の声がした。役場で仕事をする伯父は、昼に戻ってきて昼食をとることもある。たいして気にせず、廊下を進もうとした。

「麻衣子を――」

自分の名前が出て、耳をそばだてた。擦《す》り足で、伯父の居室の前へ行った。

「麻衣子をオユゴモリに行かせるな」

「こないだもそんなこと言われとったですね。もういっぺんゆうてください。私、よう意味がわからんのです」伯母の声は低く、くぐもっている。

「何べんも言わすな」伯父は明らかに苛立った。「あれは青年団の奴らとのどんちゃん騒ぎやろ。そんなとこに行かすわけにはいかん。あの子はうちの大事な跡取りを産まないかんのやけん」

「学校の行事でしょう。麻衣ちゃんは、楽しみにしとります」

「いかんゆうたらいかん」

なぜ伯父は、私をオユゴモリに行かせたがらないのだろう。この前の少年式の祝辞では、堂念仏や音楽を通して、青年団の仲間入りをするのは、この村ならではの喜ばしい仕組みだと自分で述べたばかりなのに。麻衣子はさらに聞き入った。

「あのな、麻衣子はもう月のもんが始まっとるやろうが。そういう時期はな、妊娠しやすいんやと。卵子も新鮮じゃやけん、男と交わったらすぐにそういうことになる」

体中の産毛《うぶげ》がぞわりと逆立った。伯父にそんなふうに言われるなんて。おぞましく、汚らわしく、吐き気を覚えた。麻衣子が聞き耳を立てていることなど知らない伯父は、さらに言葉を継いだ。

「よその男に汚されるようなことになったら、元も子もないけんな」

その時、伯母が半分悲鳴のような声を上げたので、麻衣子はぎょっとした。

「あなた、まさか――!!」

不気味な沈黙があった。そして、ガスンッという音。ドンッという響きが続く。この家ではお馴染みの音だ。伯母が伯父に殴られ、倒れ込む音。

「お前、わしを馬鹿にしとるんやろうが!!　村のもんと一緒になって。子種がないて思うとるんやろ」

激しく伯母を罵る声。伯母の声は聞こえない。ズンッと鈍《にぶ》い音がする。きっと転がった伯母を足蹴《あしげ》にしたのだ。この前、グラスを投げつけられたことを思い出して、息が詰まった。

「お前、あのことをゆうとんか。一藤の家がどうやって家系をつなげてきたか」

伯母の声は、聞きとれない。聞こえるのは、がなり立てる伯父の声だけだ。

「わしが郁子と深い関係になったんは、そういうことやと思うとるんか！　郁子が孕《はら》まんかったけん、今度は麻衣子と――」

体がどうしようもなくガタガタ震えた。両の手を交差して、自分の体を抱きかかえるようにした。それでも耳は、否応《いやおう》なく室内の音に向かう。

「そうじゃないんですか……」

消え入るような伯母の声。激しく打擲《ちょうちゃく》する物音の後、伯父の自嘲《じちょう》気味の声がした。

「郁子ではいかんのかもしれんな。あの言い伝えに従うとな。お前、誰に聞いた。濃い血同士で交わる一藤家の跡継ぎのこしらえ方」

返事をしたようだが、伯母の声は、もう聞きとれないくらい小さい。

嫌な予感。すごくすごく嫌な予感がした。

「お前、わしがそんなふうにして生まれた思うとるんか。近親相姦《きんしんそうかん》の結果やと」

衣《きぬ》ずれの音と、それがビリッと裂《さ》けるような音。いきなり伯母は胸倉《むなぐら》をつかまれたのかもしれない。麻衣子はもう立っていられず、その場にしゃがみ込んだ。

伯父が気味の悪い声でくくっと笑った。

「まさかな。いや、そうかもしれんぞ。わしがこんな外見で生まれたんはな。じゃが、立派な跡継ぎや。それのどこが悪い。お前がわしを嫌っとるんは知っとる。どうじゃ。そういうふうな生まれ方をしたんやとしたら? もうどないしても手おくれやな。お前には帰るとこがないんじゃけん」それから、嗜虐《しぎゃく》の喜びに震えるように、あの醜《みにく》い男は続けた。

「麻衣子とわしがそういうことになったら、お前はどうする? 若いうちがええらしいわ。あれはいつでも子を産める。大人になってからでは、いろんな知恵がつくけん、面倒やしな」

悲鳴を上げないために、麻衣子は自分の手を口に持っていった。その手を思い切り噛まなければならなかった。口の中に鉄の匂いが広がった。

カメレオンみたいに離れた伯父の目が、ぐりぐりと動く様が見えた。見えるはずもないのに。

「冗談じゃ。ゆくゆくは麻衣子にええ養子を取って、一藤家の跡を継がせるつもりやてゆうたやろ」また陰鬱《いんうつ》な笑い。生臭い伯父の息が顔にかかった気がした。体の一部が溶けだして、自分というものがどんどん崩れていくような錯覚《さっかく》に襲われる。「麻衣子には、血筋のええ子を産まさんとな。一藤家の奥の手を使わんでもええように」

この男は、いつか姪と近親相姦の末に子を生《な》すことを想定して、私を引き取ったのだろうか。一藤家のために――? 初めから、私に狙いをつけていたということ?

そうでなければ、「生理が始まったばかりの時は妊娠しやすい」だの「卵子が新鮮だから」だのという文言《もんごん》が浮かぶわけがない。私を見る時に、常にそういうことを考えていたのか。

この男は、狂っている。

コノ男ハ、狂ッテイル――。

立ち上がり、一歩、二歩と後ずさった。膝《ひざ》がガクガクしてよろめいた。

自室になんとかたどり着いて、その後のことは憶えていない。

しばらくそのことを誰にも言えなかった。いや、自分でも信じられなかった。何度も何度も盗み聞きした会話を頭の中で反芻《はんすう》して、伯父の意図《いと》を読み取ろうとした。何度やっても、麻衣子の頭の中には、恐ろしい結果しか出てこなかった。

伯父が真剣にそういうことを考えていると思えた。跡継ぎを得るために。

――そういう時期はな、妊娠しやすいんやと。卵子も新鮮じゃけん、男と交わったらすぐにそういうことになる。

伯父の言葉が頭の中で何度も再生された。邪欲《じゃよく》な企《たくら》みがないのなら、そんな言葉は思いつきもしないだろう。

四月の初めの土曜日、伯母の実家で法事があった。当然、伯父と伯母が行くと思っていた。あるいは幸枝伯母だけが。でも違った。麻衣子に知らされないまま、伯母と母とが泊まりがけで行くことになっていた。家に残るのは、伯父と麻衣子だけ。

そんなことは、今まで一度もなかった。真巳が使用人部屋にいるが、それは遠い別棟《べつむね》だ。それにその時は、また体の具合が悪くて寝ついていた。麻衣子がその事実を知ったのは、春休みに入ってすぐのことだった。

伯母は、淡々《たんたん》と家事をこなしていた。母も特段、変わった様子もなく、この行事を受け入れていた。これが何を意味するのか、必死に考えを巡らせた。どんなに考えてもわからない。いや、頭が働かない。

「あの日は、軽自動車、つこうてもええですか？」

うん、と伯父は答える。伯父は運転免許を持っていないが、伯母は巧みに車を運転する。

「お義父《とう》さんによろしゅう、ゆうといてくれ。役場の仕事が片づかんで、行けんですまんとな」

新聞を読みながら、顔も上げない伯父を振り返る。つるんとした白いたるんだ肌の男を。人間ではない、異形《いぎょう》のモノ。

――お前、誰に聞いた。濃い血同士で交わる一藤家の跡継ぎのこしらえ方。近親相姦の挙句に、こんな醜い男がこの世に生まれ落ちたのか？　今は閉じられた暗いオサンベヤを思い浮かべた。あそこで誰にも知られず、ひっそりと赤ん坊を産んだ女が、今までに何人いたのだろう。ミツルはそのことを訴えようとしていたのかもしれない。幸《さち》薄《うす》い、育たなかった子は――。厭《いと》わしい歴史がここにはあった。それこそが、隠れキリシタンの呪いではないのか。

でも麻衣子には、逃げ道があった。

「あの……」

小さな彼女の声に、伯母が手を止める。伯父も顔を上げる。

「こ、今度の土曜日は、オユゴモリの日です。私、それに行かないと」

伯父が吐き捨てるように言った。

「青年団との馬鹿騒ぎか。堂念仏か少年式の記念行事か知らんけど、ろくでもない集まりやろ」

「違います。ちゃんとした学校の――」

「許さん。若い男らと夜通し一緒に過ごすやなんて」どこを見ているのかわからない伯父の目がぎらっと光った。

コノ男ハ狂ッテイル――。何を言っても無駄だ。私はどうにか自分の身を守らなければならないのだ。麻衣子は、膝の上でスカートの生地《きじ》をぎゅっと握《にぎ》りしめた。

「いかん。絶対に。そんなん、断っとけ」

それで確信した。絶対に伯父と二人だけになってはいけない。

「少年式を迎えた中二生は全員参加だもの。私が行かなかったら、友だちが誘いに来ると思う」

司に頼まないと。私を助けてと。絶対に一人にしないでと。毛利先生から守ってくれた時みたいに。麻衣子はそれだけ言い捨てて、台所を出た。自室に向かう廊下を、伯父が追ってきた。トタトタトタ……おかしな足音。

小走りになった麻衣子の肩を、引きつかんで振り向かせた。ぐいっと腕をつかまれて、洋間に引っ張り込まれる。思わずヒイッと声が出た。

「まだ話は終わっとらんぞ。幸枝も郁子もおらん時に、出歩くな」

「先生に言いつけてやるから」

「なにっ！」というふうに伯父は黄色い乱杭歯《らんぐいば》を剥きだした。この男の体は、どこもかしこもが呪われている。それでも言葉を叩きつけた。

「学校の行事なんだから！　先生に言う。伯父さんが参加させてくれなかったって。うちでじっとしてろって言われたって。伯父さんと二人で留守番するのなんか嫌」

いきなり伯父は激昂《げっこう》した。白い肌が朱に染まった。短い腕が伸びてきて、髪の毛をつかまれた。

「お前、わしを脅《おど》すんか。わしはお前の保護者やぞ。言うことを聞かんか！」

「嫌なものは嫌。私は伯父さんが嫌い」

ふふん、というふうに伯父は鼻を鳴らした。髪の毛をつかんだ手を、自分の方に引き寄せる。麻衣子は、頭を斜めにしたまま、怒り狂ったおぞましい男と間近に顔を合わさせられた。

「あんな野良犬《のらいぬ》みたいな連中はな、女をたらし込むことしか考えてない。お前らのような世間知らずの女は、すぐにころっと騙されて若い男にまたがられるんや。そんなことになったら取り返しがつかん。一藤家を守っていくためにはな、お前はわしのゆうことを聞いとったらええんじゃ！」

涙がぼろぼろこぼれた。こんな男の言いなりになるくらいなら――。

麻衣子の涙を見た伯父は、下唇を突き出して不機嫌さを露わにした。ますます醜怪《しゅうかい》で人間離れした様相をまとう。

「そんなら、いっぺん行っとけ。じゃが、堂念仏の間だけじゃ。くだらん演奏が始まる前にわしが迎えに行く。舟でな。お堂の下に着けるけん、下りてこい。連れて帰る。それでええやろ」

こんな狂った男の言いなりになるくらいなら――。

どうして母や伯母に助けを求めなかったのだろう。今でも自分の心がわからない。

「伯父さんの言う通りにしなさい」

「伯父さんにさからってはいけないよ」と言った母。

伯母は麻衣子を陰ではかばってくれたけど、決して伯父に歯向かったり、意見をしたりはしなかった。あの家の戒律《かいりつ》に従って、何もかもが粛々《しゆくしゆく》と行われていた。すべてが、麻衣子を追い詰める仕組みに思えた。大人は誰も信用できなかった。

伯父は、一藤家を存続させるために思いついたおぞましい名案に夢中だ。自分が決めた計画通りにことが運ばないと、逆上してさらにとんでもないことを思いつく。もちろん、麻衣子はお堂の下に行く気なんかなかった。その日は、それで済むだろうか。彼女が来ないと知ると、どんな手段を取るのだろうか。伯父は、言い返すこともできない麻衣子の髪の毛を、突き飛ばすように離した。反動で、壁に背中をしたたかに打ちつけた。乱れた髪の中から、狂気に支配された男を睨みつけた。

「お前は、まだ自分の立場がわかってない。ここでわしに逆らうことは許されんのや」

すうっと視野が狭まってきた。視界の周囲が黒く渦巻く。丸い壷《つぼ》の底を覗き込んだように、小さくなった伯父の顔が見える。生白い妖魔《ようま》だ。それがにやりと笑う。

「ええな。お堂の真下の川の傍や。十一時から待っとる。行事なんかこっそり抜けてこい。待たすなよ。四月はまだ寒いけん、ウィスキーでも一杯やりよる」

それだけ言い残すと、彼は背を向けた。またあのおかしな足取りで洋間を出ていく。

私は壊れる——壊れてしまう。


マンションの前を通る車のライトが、麻衣子の部屋の窓をひと舐めしていった。マフラーを改造しているのか、爆音に近いエンジン音。遠くで踏切の警報機が鳴っている。酔っているらしい男女の大きなだみ声。都会の夜の不協和音は、耳に鋭く突き刺さる。

「聞いてる？　司」携帯電話に語りかける。

「聞いてるよ」


あの時、伯父に身の毛もよだつ計画を打ち明けられた後、すぐに家を飛び出した。初めて麻衣子を見た時、「つまらんの。女の子《こ》ォでは」と言った男が、今度はその女の部分を利用しようとしている。伯父は一藤の家を守ることに凝り固まった挙句、狂ってしまったのだと思った。

いつの間にか、マリア観音像《かんのんぞう》の前に来ていた。

子供を抱きかかえ、愛《いと》おしそうにその子を見詰める観音様。その前に腰を落とした。

そして祈った。あんな男の言いなりになるくらいなら——あいつを殺してください。あいつを殺してください。

ふと背中に気配を感じた。誰かが静かに近づいてくる。麻衣子の数歩後ろで立ち止まる。

誰だかわかっていた。司だ。私には、この子しかいない。

司は麻衣子の話を黙って聞いた。そして彼女が提案したのが、伯父に多量の睡眠薬を服ませることだった。どれくらいの量で、人は眠りこけるのか。どれくらいの時間？　ドラマや小説では、睡眠薬を服用して自殺する人の話があった。死んでもかまわない、と思ったこと、それは鮮明に憶えている。

あんな男、死んだらいい。死んでしまえ。殺してください、ではなくて、死んでしまえ——と思いながら、盗みだした睡眠薬を、振りあげた石で砕いた。

そしてそれはその通りになった。伯父は平底舟に乗ってお堂の下に来る前に、麻衣子がこっそり入れた睡眠薬で人事不省《ふせい》になり、熱湯風呂に落ちて死んでしまった。そう、さっきまで思っていた。

でも——でも司という人の本質を知った今となっては、自分のささやかな悪意と偶然が重なって伯父を死に至らしめたとは考えられなくなっていた。麻衣子は真実に手が届いてしまった。

いろはマートの裏手でせっせと働く友人の姿が頭に浮かんだ。台車から軽々と、飲料水の段ボールを持ち上げ、壁際に積み上げていく。肩や腕、背中には、硬く逞《たくま》しい筋肉が盛り上がっている。

力は人一倍あった。あれでずっと麻衣子を守ってくれていた。あの力でもって、三谷を後ろから殴りつけた。誰もが男性の仕業《しわざ》だと勘違いするほどに。いとも簡単に人を傷つけてしまった親友に、前は戦慄《せんりつ》したけれど、彼女はもっと以前にそのハードルを乗り越えていたのだった。

――麻衣子が困った時にはいつだってあたしがどうにかしてあげたでしょう？

私のためだった。私は司に頼り過ぎた。これは私の罪でもある。

あの晩、オユゴモリの夜、伯父はお堂の下まで来たのだ。照明を掲《かか》げた舟が夜に川を遡《さかのぼ》っても、人は夜振り漁をしていると思っただけだろう。伯父は睡眠薬を仕込んだウイスキーを、携帯用のボトルに詰め換えて、ちびりちびりやりながら、麻衣子を待っていた。そして寝込んでしまった。淫《みだ》らな夢を見ながら。

それを司は知っていた。お堂の境内の端っこにうずくまるように座っていた司の方には、誰も注意を向けなかった。司は踏み分け道を下りていって、そこでいぎたなく寝込んでしまっていた伯父を見つけた。

司は伯父の衣服を脱がせ、あの大岩の窪《くぼ》みに寝かせた。温《ぬる》んだ水の溜《た》まったあの窪みに。そしてまた取って返して、一番奥のドラム缶のそばに戻った。ドラム缶では、薪《たきぎ》が赤々と燃やされていた。あの子は、ずっとその火を絶やさなかった。一人で火の番をしていた。

ドラム缶の中には、火の見櫓からはずされた半鐘が入れられていた。

半鐘の竜頭《りゅうず》にはロープが通してあったはずだ。おそらく鋼鉄製の細いロープが。火の中に入れても燃えてしまわず、いつでも半鐘を引き上げられるようにしてあったのだ。周囲でガンガン火を燃やし、思い切り熱せられた半鐘を。青年団の団員や、少年式を迎えた中二生は、夜通しの宴《うたげ》に酔いしれていた。誰もそんな恐ろしいことが進行しているとは思わなかった。

堂念仏をおざなりで切り上げ、いよいよバンドの演奏が始まる。宴が最高潮に盛り上がる頃だ。皆はバンドの演奏を聴くためにお堂の前に陣取っていた。その時、司は行動を起こした。ドラム缶の後ろでそろそろとロープを引っ張った。高熱になった半鐘を慎重に取り出し、今度は背後の崖《がけ》から下ろす。最初からそうした工作がしやすい場所にドラム缶を据えてあった。何度か練習したのかもしれない。崖下に真っ直ぐに半鐘を吊り下ろした。

計ったようにすぐ下には、あの大岩がある。窪みに寝そべらした全裸の伯父は、きっとその時まで目を覚まさなかったろう。

だがどうだろうか。カンカンに熱せられ、真っ赤になった半鐘が伯父の浸《つ》かった水に入れられた瞬間は。水は瞬時に熱湯に変わる。伯父は意識を取り戻したろうか。そして絶《ぜっ》叫《きょう》したろうか。たぶんそうだろう。だが、その声は誰の耳にも届かなかった。三谷たちのバンドが、耳をつんざくような大音響で演奏していたから。

──半鐘の音はおかしかったよな。

いつかネットで見た大洲歴史資料館の半鐘の写真。

三谷は気づいたのだ。伯父の肌に浮かんだ十字の刻印の由来に。半鐘には製造年月が浮き彫りになっていた。十字架は、半鐘の刻銘《こくめい》が伯父の肌に触れてついたものだった。おそらく司は、伯父を水に浸ける時、半鐘を沈めるスペースを左脇に空けておいたのだろう。暗闇の中で狙いをつけて下ろした時に、昭和二十二年の「十」の部分が伯父の肩に触れたのだった。まさに焼印だ。横棒と縦棒が同じくらいの長さの、十字架というよりもプラスの記号に見える焼印。

あれは消しようのない殺人の証拠だった。

でも運は司に味方した。不可解な印は、十字架が伯父の体に現れたのだと、隠れキリシタンの伝承と結びつけて取り沙汰《さた》されただけだった。十五年の間、真実を知っているのは司だけだった。

火の見櫓に戻された半鐘は、もう元のような澄んだ音を響かせることはなかった。あの音の変化に気づいたのは、聴覚の発達した麻衣子と、半鐘を毎回叩いていた三谷だけだった。

熱による干渉《かんしょう》は、鋳鉄《ちゆうてつ》の音に重大な変化をもたらす。ピアノの鉄フレームも、鐘も同じだ。熱せられた後、急速に冷やされたりしたら、それこそ音は台無しになってしまう。音の変化、十字の刻印、一度持ち去られていた半鐘。麻衣子なら、これをつなげることができる。あの晩、伯父が肥治川を遡って舟でやってくることを知っていた麻衣子なら。

でも三谷は、そこまでたどり着かなかったはずだ。不審に思った彼は、頭を突っ込み過ぎた。だから、司は警告したのだ。ブロック片を投げつけるという乱暴なやり方で。

伯父は自宅の風呂で死んだと思われていた。誰もお堂の下の大岩の窪みで命を落としたなんて思わなかった。死亡推定時刻にオユゴモリに来ていた麻衣子たちは、早々に捜査対象からはずされた。なぜかあの年だけ、村の教育長まで同席していたのだ。信用のおける彼の証言は、全員のアリバイを裏打ちするものだった。

けれど、その鉄壁のアリバイは崩壊することになる。

司は、麻衣子の推理を黙って聞いた。そして、その通りだと言った。

「川辺まで見に下りたりはしなかったけど、あんたの伯父さんが死んだのはわかってた。やり損ねたとは思わなかった。半鐘を吊り下ろした時、三、四メートル下で、ジュウッというかすかな音がした。そして高温のため蒸発してきた水蒸気が立ち昇ってきたんだ」

そのまま、司はドラム缶のそばにい続けた。膝を抱えて、虚ろな目で。払暁《ふつぎょう》に、オユゴモリの行事はお開きになった。まだ暗さの残る山道を麻衣子は、親友と並んで下りたと思っていた。でもその記憶は曖昧《あいまい》だ。

「あたしはさ、皆と別れてから、踏み分け道を川の方へ下りた。村長の死体と半鐘を舟に載せて、あんたの家の桟橋まで戻った。川を下れば、歩くよりずっと早い」

太い竿竹《さおだけ》を川の底について、それで舟を操《あやつ》っていた司。

大きな体で、同級生を威圧《いあつ》していた司。

叩かれても蹴られてもびくともしなかった司。

重い半鐘をはずして、また元のところに戻した司。

伯父の死体を難なく舟に乗せることができた司。

人を殺すことも躊躇《ちゆうちよ》しない司。それはすべて私のためだった。司の言う通りだ。私は言葉にこそしなかったが、親友にすべてを託していたのだ。

「伯父を、うちの風呂場で死んだように見せかけたのも、司?」

最後まで聞いておかねばならない。どんな禍々《まがまが》しいことでも。

司は、その問いには頷かなかった。

「違う。そんなこと、考えもしなかったよ。麻衣子の家の風呂の構造なんか知らなかったんだから」司はいとも簡単に否定した。「あたしはね、先に半鐘を戻しに行ったの。まだ暗いうちに元通りにしておかないと、誰かに見られるかもしれないじゃない。重い半鐘をリュックサックに入れて担《かつ》いで、火の見櫓に上るのは大変なんだ。あんたの伯父さんの死体をどうこうしようってこと、考えてなかったよ。あたしは半鐘を返したら、疲れてしまってそのまま家に戻ったの」

「じゃあ、誰が？　私が家に帰ってひと寝入りした後には、もう伯父は風呂場で倒れていたのよ」

「そんなこと知らない」

焼け爛《ただ》れ、ぶよぶよと形をなくした化け物が、川べりから這《は》いずって上っていく幻覚――。

司が、ガリリとラムネ菓子を噛む音が、電話の向こうからした。柑橘《かんきつ》系の爽《さわ》やかな匂いが漂ってくるような気がした。麻衣子は目を閉じた。

司は――私に寄り添う死の影だった。

「ねえ、麻衣子。ずっとずっと黙ってたことがある。大事なことなんだ」

伯父を殺し、三谷に重傷を負わせたことより、大事なことがあるというのか。司は、今度は少し躊躇した。

「何?」

腹を据えた。何もかもを聞いておかなければという気になっていた。

「東京に出てきたあんたは入院したよね? 精神科に。それで、あたしが呼ばれた。治療に協力して欲しいって言われた。あんたの担当医に。ええと、あれは——」

「瀬野先生」

「そうだ。瀬野先生だ。有無を言わせず、あたしは呼び出されたわけだけど」

「ほんとにごめん。あの時は——」

「いいよ。それより、あんた、自分の病気の名前、知ってた?」

軽くため息をつく。

「不安障害? それかパニック症候群。そのへんよ。神経が参っていたの。脳神経外科では、私が気を失うことを血管迷走神経性失神かもしれないって言ってた」

「違うよ」きっぱりと司は言い切った。「あんたは、多重人格だったんだ」

「え?」

「多重人格」やや大きな声で、司は繰り返した。それから一瞬言葉を選ぶように黙った。

「あんたは別の人格を作りだして、その陰に逃げ込んだんだってさ。そう言ってた。瀬野先生が」

「そんなこと……」何を馬鹿な、という言葉が出てこない。

「ほんとだよ。あんたという主人格は、萎縮《いしゅく》してしまっていたから、その事実を知らせないで治療を進めることにしたらしい。交替人格には、納得して去ってもらうってことで、あたしが呼ばれた。ほんとの友だちのあたしが」

「交替人格――って？」

「あの時は、莉沙って人格だったね」

「うそ」

「ほんとだって。莉沙が頻繁に顔を出すから、先生は困ってたね。莉沙っていう人格は、ピアノを弾きこなし、性に奔放な女の子なんだって。麻衣子とは真逆の性格だった」

「うそでしょ？　司、私をからかっているんでしょ？」

「あたしもそういう精神の病気のことは知らなかったけど」司の口調には、やや同情が含まれていた。「これは自分を守るためのメカニズムなんだって。どうにも耐えられない体験やストレスにさらされた時、交替人格が現れて、そういう状況を肩代わりするって、先生はあたしに説明してくれた。核になる人格――つまり麻衣子本人のことだけど――がすごく弱ってしまって、あそこでは、頻繁に莉沙が出てきてたみたい。トラウマを克服し、人格をひとつにまとめるためには、主体となる人格を成長させる必要があった。それであたしに協力して欲しいって瀬野先生が、あたしを探し出して呼んだんだ」

淡々と語る司の声が、耳を素通りしていく。

麻衣子がグループカウンセリングだと思い込んでいたのは、彼女だけに向けた治療法だったのか。

司はあの時、莉沙を口汚く罵って、早く引っ込めと言っていた。麻衣子は何が起こっているのか皆目《かいもく》見当がつかず、ただただ怯えて見守るしかなかった。あれは、莉沙の人格になった彼女を諫《いさ》めていたということか。

「麻衣子に初めて会った時——」司は話し続ける。誰もいない事務所の中、素っ気ない事務用の電話を持ち上げて、壁を凝視しながら話しているのか。背後に横たわるのは、冷たい夜の静寂《せいじゃく》だ。

「あんたはいろんなことを話してくれたね。お父さんが死んだことも、伯父さんの家にお母さんと来たことも、マリア観音のことも——」

そうだった。マリア観音に、私たちは祈った。日出夫伯父と、司の母のナイエンの夫にバチが当たりますようにと。マリア観音は、それを聞き届けてくれた。そして今は、ひっそりと資料館の中で眠っている。伯父の命を奪う凶器となった半鐘と一緒に。

「あんたはミツルって子の話もした。家の奥の納戸に何度も閉じ込められた時に出会った子のこと」

「ええ」かすれた声で返事をした。

「あれが最初だったんだって」

「何？」

「だからさ、麻衣子って人格が分裂した最初。ミツルなんて子はいなかったんだ。あれは暗闇に閉じ込められたあんたが作り出した交替人格だった。あんたはその子と会話してたけど、それはあんたの頭の中だけのことだったんだって」

気がついたら、麻衣子は滂沱《ぼうだ》の涙を流していた。

「そういうことも、子供だったあたしは知らなかったけど、ひとつ決心したことがあったんだ」ただ司の声だけが、揺れ動く麻衣子の心に強く響いた。「あんたを守ってやろうって。あたしには誰もいなかった。ずっと一人で酷い仕打ちを我慢して、それが当たり前だと思って生きてきた。でも、あたしにも、誰かを助けることができるかもしれないと思ったんだ。素敵な考えだったよ。だからさ、東京に来て、また瀬野先生に呼ばれた時は、嬉しかった」

そんなこと、私は知らなかった。司の密かな、でも強い決心のことなど。

司に助けてもらったのに、私は今まで自分のことしか考えずにいた。もういい、と思った。この人が殺人鬼だろうが、歪んだ精神の持ち主だろうが、死の影だろうが、私の唯一無二の親友なんだ。これからも司と一緒に生きていこうと決めた。そのことを言いたかったが、言葉がうまく出てこなかった。

司は、麻衣子の嗚咽《おえつ》を聞きながら、「じゃあね」と電話を切った。

思い当たることはたくさんあった。

ミツルは決して暗闇を怖がらなかった。あの子は、環境が激変し、奇怪な風貌《ふうぼう》の伯父に虐待《ぎゃくたい》される麻衣子が、自分を守るために自分で作り出した、もう一人の麻衣子だったのか。何度も何度も、彼女は納戸に放りこまれて放置された。泣き叫んでも、母は助けにきてくれなかった。あそこにミツルがいなかったら、とっくに麻衣子の精神は、決壊してしまっていただろう。

麻衣子が彼を必要としなくなるに従い、あの子は弱っていった。存在が薄れていった。そして唐突に姿を消した。

莉沙が出現した時は――。

そうだ。麻衣子は伯父の死にまつわる出来事で、精神を参らせていた。伯父の死に罪の意識を持ち、あの恐ろしい死に際の姿に震え上がっていた。しかし、とりわけ彼女が忌避《きひ》したのは、性に対することだった。血を分けた伯父に、犯されるのではないかという恐怖に苛《さいな》まれていた。個に含まれるべき性というものさえ、一藤家の道具のように扱《あつか》われた。

体の快楽に耽溺《たんでき》した母を忌み嫌い、伯父を呪った。その根底には、性に対する嫌悪《けんお》があった。だから、莉沙という人格が必要だったのか。あんなにありありとした存在だったのに。あれも麻衣子にしか見えない人格だった。

──心と体をバラバラにすればいいのよ。もともとバラバラのものなんだから。そしたら何も感じない。

莉沙は麻衣子に向かってそう訴えた。あれは自分自身の心の叫びだったのか。

ミツルも莉沙も、麻衣子の悲しい分身だった。それでも彼らに感謝しなければならない。あの人たちにすがって、困難な時期を生き抜いてきたのだから。分身たちは、麻衣子が環境に適応し、生きる力を獲得すると、泡が弾けるみたいに消えてしまった。

濡れた髪のまま、麻衣子は胎児《たいじ》のように丸まって眠った。

もう夜明け前の夢は見なかった。


「お母さん──」西新井の家には、母が一人でいた。

「何?」

「本当のことを教えて。私、多重人格だったの? ほら、お母さんが私を病院に入れた時」

電話の向こうで母は絶句した。明らかに狼狽している。

「何て言ったらいいんだか。ずっと前には悪いことをしたよ。あんたの病気のことを持ちだしたりして。確かにそういう病気だって言われたよ。横浜の病院で。あんたの中にいろんな人格が隠れていて、それを使い分けているんだって。すぐには信じられなかったけど、先生の説明を聞いて納得した。ただ頭が混乱して、おかしな行動を取るんだと、あたしは思っていたんだけど――」

相手が母でよかった。伯母なら、麻衣子のことを思って咄嗟《とっさ》に嘘をついたかもしれない。

「そうね。私は大丈夫」

「そうだよ。あんたはしっかりしている。もうおかしなとこなんてちっともない」

やっぱり本当だったのだ。母の言いようがおかしくて、泣きたいのに笑ってしまった。

「お母さん、もういいよ。ただそれだけを確かめたかったの」

母はまだ何かを口にしていた。会話を打ち切ろうとする娘に、早口で語りかけるのだが、ろれつが回っていない。無視して電話を切った。

ショックだったが、真実を知ってよかったと思った。

昨日までの自分とは違うものになったような気がした。いろいろと考えるべきことがあって、頭がいっぱいだった。多重人格が治ったのは、司のおかげだと思った。瀬野先生に呼ばれて、病院での治療に手を貸してくれただけでなく、その後、新たな人格が出現しなかったのは、司が裏で麻衣子をサポートしてくれていたからだ。

――麻衣子が困った時にはいつだってあたしがどうにかしてあげたでしょう?

あの言葉には、別の重い意味があった。

そんなこと、何も知らずに自分の悩みや突き当たった問題を、親友に簡単に打ち明けてしまっていた自分を悔いた。多重人格になったのは、主人格である麻衣子が脆弱《ぜいじゃく》過ぎたからだ。母を毛嫌いしつつ、麻衣子の本質は、母と変わらなかった。

もっと強くならねば。そして、司にこう言おう。

「もう私のために犯罪に手を染めるなんてことはやめて。私は自分の力で人生を切り開いていくから」

司が私から離れていくなら、もうそれは仕方がない。いや、きっぱりと別れるべきなのかもしれない。司には司の人生がある。今まで恵まれなかったかもしれないけど、他人の人生がうまくいくように力を貸すなんて、それが生きる指針になるなんて、間違った生き方、歪んだ喜びだ。

これ以上、彼女が罪を重ねないように、司が犯した罪を背負って私も生きていこう。

司の告白を聞いて流した涙は、何かを洗い流してくれた。

自分から陽一郎に連絡をした。彼に会ってどうするつもりなのか、よくわからなかったが、ただ会いたかった。彼の言う通り、私たちは似ていた。運命の星が、しばらくの間、私たちを寄り添わせたのか。それか、動物が仲間を嗅ぎ分けるみたいに見出し合い、孤独を慰《なぐさ》め合ったのか。ただそれだけのかりそめの関係だったけれど。

それでも、一度はきちんと会っておきたかった。別れるなら、ちゃんとそれを告げたかった。けれども陽一郎に会った途端、麻衣子は思いもよらないことを口にした。

「あなたは本当にそこにいる?」

「なんだって?」

すっと近寄って、彼の胸に手を当てた。陽一郎は、面くらった様子だったが、されるままになっていた。シャツを通して、体温が感じられた。

「私が精神科に入院していた時のこと、この前、話したでしょう」

「ああ」

「あれはね、多重人格という心の病《やまい》を治すためだった」

「多重人格?」

「そう。解離性同一性障害。私という人格は、分裂してしまったの。あまりに――」言葉を呑《の》みこんだ。話してしまえば、楽になるのだろうか。では、この人は? 他人の病気のことなんか聞きたくもないだろう。

「もういいよ」陽一郎は、麻衣子の腕をつかんで、そっと胸から引きはがした。「僕はここにいるよ。それだけは確かだ」

「そうね。ごめんなさい」

「謝るのは、僕の方だ」

「え？」

「本当は知っていた。君のこと」

「何のこと？」

「三谷という男、知っているだろ？」

はっとして、陽一郎を見返した。

「写真週刊誌に僕らが載った後、彩夏が君の身上調査をさせた。その内容を僕に告げて、君と付き合うのをやめろと言った。時々、そういうつまらないことをやるんだ、あいつは。自分のことを棚に上げて。人をこき下ろせば、自分の立ち位置が上がるとでも思っているんだ。かわいそうな奴だ」

でも、それで逆に君に興味が湧いたんだ、と陽一郎は言った。母親が愛人同士だったからか。言葉もなかった。すまなそうに麻衣子を見た後、言葉を継いだ。

「そこへ君と同郷だという三谷が現れた。面白い話を買わないかと言ってきた。君の身上話だ。一藤家の内情。君の伯父さんが不審死を遂《と》げたこと。隠れキリシタンの呪いで命を落としたという噂《うわさ》が立ったこと。君の母親と伯父さんの関係。君たちが追われるように村を去ったこと」

耳を塞《ふさ》ぎたかった。どうして思い至らなかったのか。三谷が刑事の言うように、脅迫行為を重ねていたのなら、当然陽一郎のところに行くに違いない。陽一郎と付き合っている女性が、さらに世間の好ましくない注目を浴びることを、スキャンダルと思い込んで。

「つまらないことさ。三谷から、死体に浮き上がった十字の焼印の写真も見せてもらった。彼は伯父さんの死に関しての記事を書きたいと、言っていたね。何かをせっせと嗅ぎ回っていたが、僕はそれをやめさせた。そのネタを買ったんだ。記事を書くのを諦《あきら》めさせた」

「ああ――」

三谷の通帳に相当の額を振り込んだのは、陽一郎だったのだ。よく考えればわかったはずだ。イナズマ・コーポレーション――。陽一郎の愛犬、ブリッツは、ドイツ語で「稲妻」という意味だ。音楽用語にはドイツ語が多いので、麻衣子もドイツ語辞典は持っていた。

「なぜ？　なぜ私のためにそんなことを」

「君のことはよくわかったから。そんなことをしなくても、君がいとしいと思えた。僕にはそれで充分だった」急いで陽一郎は付け加えた。「でも三谷を襲ったのは、僕じゃない。もっと金がいると言えば、渡していたさ。あいつは同じようなことを、あちこちでしていたようだからね。恨《うら》まれていたんだろう」

「ええ、それは――」

わかっている。誰が三谷を傷つけたかは、知っている。陽一郎と司は、別々の方法で麻衣子を守ろうとしてくれたのだ。

「君が多重人格障害だったことは、三谷も知らなかったな」

さもないことのように、陽一郎は口にした。二人は、並んで歩きだした。

「ミツルというのも、その中の人格？」

「そうです」

いつかピアノ運搬車の中に閉じ込められた時、不覚にも麻衣子はミツルの名を呼んでしまった。

「そうか。僕はてっきり恋人の名前かと思ったよ」

冗談めかしてそんなことを言う。

なぜこの人と話がしたかったのだろう。決定的に嫌われるため？　それなら成功しただろう。精神に問題を抱えた女なんかと親しくなりたい人はいない。彩夏もさぞかしほっとするだろう。その刹那《せつな》、麻衣子は自分でもびっくりすることを口にした。

「私を抱いてくれませんか？」

「え？」

「もう一度だけ。私は自分がわからない。自分というものが存在するのか、あなたがそこにいるのか」莉沙の顔が浮かんだ。私は彼女と同じことをしようとしている。「肉体で試してみたいの。それが一番正直だから」

心と体がバラバラならば、体だけでも自分のものだと確かめたかった。麻衣子という人間の輪郭は溶けだして、曖昧になってしまった。

陽一郎が足を止めた。一歩、二歩先へ進んでしまった麻衣子は、振り返った。

陽一郎は、もっと驚くべきことを口にした。

「僕と結婚してくれないか？」

耳を疑った。

「今、何て言ったの？」

何台ものサイクリング車が続けざまに通った。シューッ、シューッという鋭い金属音。カラフルなサイクリングスーツの一団が、文字通り、風を切って走り抜けた。

「だから、結婚してくれ、と言ったんだ」もどかしげに陽一郎は言った。「君は確かにここにいるし、僕も存在している。君の中に、何人かがいたとしても、僕はそれを受け入れる。一緒にいよう」

何かを言いたかったが、言葉が見つからなかった。

「君とつながっていたい。一生一緒にいたい。セックスなんて、一瞬の快楽だと思っていた。あるいは子を生すための儀式だって。でも違った。君とは、そういう関係では終われないと、あの時思った。自分のこんな気持ちにずっと困惑《こんわく》していた」

「子を生す？　私たちは――」

「そうだ。僕らはお互いの家系を滅ぼすために、結婚も子供を持つこともしないで生きると決めていた。でも――」

未来に対して醒《さ》めた人が、こんなに熱を入れてしゃべるところを初めて見た。

「でも、そんな二人が家庭を持ったらどうだろう。損なうことばかり考えてきた僕らが、何かを作り出すんだ。愉快だろ？　誰にも何も言わせない。暗い負の部分だけに目をやる君を見ていて、どんどん惹《ひ》かれていった。もし、ここで離れてしまえば、もう僕は君のような人とは巡り合えない」

「私は――」自分を励《はげ》ました。「今日、ここへ来たのは、お別れを言うためなの」

「どうして？」

「私に惹かれたと思うのは、あなたの気の迷いだわ。私は一緒にいる人を不幸にしてしまう」

司の顔が頭の中をよぎった。去りゆく夏の陽の光の下《もと》、陽一郎が何か言おうと言葉を捜している。悲しい気持ちで彼を見た。私も変われるはずだった。私もこの人に惹かれていたから。でも今となってはその気持ちに応えることはできない。親友に重い罪を犯させた今となっては。

この人は、本気で私を守ろうとしてくれたのだ。でももう遅い。何もかも。頭を下げた。

「ありがとうございます。私なんかに結婚を申し込んでくださって。でも、もう二度と会うことはないと思います」

陽一郎は、静かに麻衣子を見詰めた。

「僕の気持ちは変わらないよ。君と家庭を築きたい。子供だって欲しい。僕らの子供だ。どこかの家系の跡継ぎではなく。疎《うと》まれ、傷つけられた僕らは、いい親になると思うな」

はからずも涙がこぼれそうになった。

「待ってるよ。僕の方は、君の何もかもを受け入れる」

麻衣子は黙ってその場を後にした。陽一郎と作る新しい家庭のことを、ほんの少しだけ想像した。そして忘れ去った。小さな蠟燭《ろうそく》の火を吹き消すように。

その足で、西新井に向かった。

麻衣子の病気のことを隠し通すことに決めたのは、多分伯母だろう。瀬野先生の治療方針に従って。十代の彼女は、そんな重い事実を受け止められるはずがなかった。でも今の麻衣子は違う。もう一度自分に向き合って、自分の力で人生を取り戻すのだ。

連絡もせずに訪問することなどなかった麻衣子を、幸枝伯母は、驚きながらも温かく迎えてくれた。そして、やや心配そうに眉根を寄せた。

「どうしたん？　麻衣子ちゃん、何かあった？」

母はだるそうにダイニングチェアに腰掛けて、どんよりした視線を麻衣子に投げかけた。

「伯母さん——」どうしても伯母に語りかけるようになる。「私、多重人格だったんでしょ？」

はっと息を呑んだ伯母は、振り返って母を見た。母の瞼《まぶた》がぴくりと動いた。では、母はこの前の電話の内容を伯母には告げていなかったのだ。そもそも、この人は、私のかかった病気の重大性に気づいているのだろうか。

「どうして？　どこでそれを——」

母の手が、プラスチックの薬の容器に触れて、中の薬がバラバラとこぼれて散らばった。

「麻衣子ちゃん、よう聞いて。その病気はね、子供が自己防衛をするシステムなんじゃって。あの時、入院した病院の瀬野先生が言われとった。あんたはああいうふうにしか生きられんかったんやね。ごめんな」

そう言って、麻衣子の手の甲を撫《な》でさすった。

「伯母さん、私はおかしかったでしょう。見えない子を見て、自分の友だちだと思ってたんだもの」

笑おうとしたが、見事に失敗して、顔が情けなく歪んだ。

「そんなこと、ないよ。ねえ、郁子さん」

薬を拾い終わった母は、のっそりと立っていって、湯呑に水道の水を注いだ。口の中にある数錠の薬を上向いて飲み下す。

「あんた、納戸の中でしきりに独りごとを言ってた。小さい時。それから、そこにいるのが、真巳さんが隠した子だって、いっぺん大騒ぎした」

「そうだね、そうそう。でも、あの時は、それが病気のせいやなんて思いもせんかった」

「納戸の中は真っ暗だった……」

ぽつりと呟《つぶや》く。体がどんどん小さくなって、子供に戻っていくような気がした。

「どうして、そんなところに子供がいると――」

母の言葉に押し込めていたものが噴き出した。

「お母さんを呼んだんだよ！ 大きな声で、助けてって。でも、来てくれなかった。お母さんは、私のことなんか！」

母は、声を荒らげた娘を、ぎょっとしたように見返した。湯呑を持ったまま突っ立っている。

「いいよ。もう、麻衣子ちゃん、いいけん。寂しかったんよね」

伯母は、麻衣子の頭を自分の胸に抱え込んだ。母は、凍りついたようにこちらを眺めている。司は体を張って麻衣子を助けてくれたというのに、この人はすべてを過去に押しやって、澄まして暮らしているのだ。伯母に感謝もしないで。

村を離れて東京に舞い戻った時、娘が混乱しておかしな行動を繰り返しても、さっさと病院に入院させて、治療を医者に委《ゆだ》ねた。娘の心の闇に踏み入ることを拒絶して。

「だって、私には手がつけられなかったもの。どうしたらいいかわからなかった」くどくどと言い訳じみたことを口にする母に気分が沈み込む。

「横浜の病院でも、一人部屋なのに一人でしゃべっているって先生が言ってた」

母が言葉を継ぐのを、なす術《すべ》もなく聞いた。この人は、人の気持ちを汲《く》むことなんかできない。たとえ娘であっても。伯母は心配そうに、麻衣子と母とを交互に見詰めている。

「麻衣子を東京へ連れていこうと思ったのは、あんたのためを思ってだったんだよ。おかしな行動を繰り返していたから。あたしはあたしなりに——」

そうよ、私はあなたとは違う。その言葉をようようのことで呑み込んだ。私は伯父の言いなりになんかならない。肉体の奴隷《どれい》になんかならない。あなたのようにならない。あなたのように！　叫びの代わりに、涙がこぼれた。手を伸ばして、それを拭ってくれたのは、幸枝伯母だった。

どこまでも愚かな母は、そんな娘の様子にも動じない。

「習ったこともない難しいピアノ曲を弾きこなしているって聞いて、驚いた。でも、そこで調律師さんに出会ったんだろ?」

「そうだね。麻衣子ちゃんがこうして調律師さんになれたのも、そこでの体験が生きとるんやわ。人生回り道もあるけど、今は立派にやっていっとるもんね」

ああ、あれが莉沙のやったことではなかったなんて。今さらながら愕然《がくぜん》とする。伯父のせいで、性に対して嫌悪感を持ち、そういったことのすべてから遠ざかっていたのに、その気持ちが裏返しになって、セックスにルーズで、男性を誘惑して回る人格が現れたのだ。喉の奥から嗚咽が漏れた。口を押さえるが、指の間からこぼれ落ちる。汚い臓物《ぞうもつ》を吐き出している気分だった。

自分が自分でなくなる――。

私はおかしなものに変容してしまう――。

幸枝伯母が子供にするみたいに、麻衣子の頭を撫でた。とうとう伯母の肩に顔を埋《うず》めてしまう。心の中で、恐怖と後悔と羞恥心《しゅうちしん》とが渾然一体《こんぜんいったい》となって渦巻いていた。

「隠していて悪かったねえ。びっくりしたやろう? でもわざわざ子供の頃のことを引っ張り出してきて怖がらせることないと思ったんよ。先生にも、特にそれを自覚させることないって言われたもんでねえ。もう麻衣子ちゃんはようなったんやし」

伊予弁の柔らかな伯母の言葉に、体の力が抜けていく。

「あんたの中に何人かの人格がいたって聞いて、信じられなかったけど、そう言われれば合点《がてん》がいくことがたくさんあった」

「もうええんよ。郁子さん。そんなこと、今ここで持ち出すことない。それよりお薬、間違えずに全部服んだ?」

幾分《いくぶん》きつい口調で伯母がそう言い、母は黙った。いつになく積極的にしゃべっていた母の目から、すっと光が消えた気がした。こうしてこの人は、都合が悪くなると、自分の殻に引きこもる。

その晩は、とても自分の部屋に帰る気力が湧いてこなかった。一人になるのが怖かった。翌日入っていた調律の仕事を、なんとか一件だけこなした。それでくたくたになった。伯母が心配してくれるのに甘えて、西新井に留まった。春日ピアノサービスには、連絡を入れて、しばらく仕事を休ませてもらった。

本当に久しぶりに、母と伯母と暮らした。

伯母が料理を作るのを手伝い、狭い庭の手入れをした。どこの猫か、時々庭に入り込んでくる黒猫に餌《えさ》をやった。西新井大師にもお参りした。母も伯母も、あれ以来、麻衣子の多重人格のことには触れなかった。意識してそうしているのだとわかった。

そうやって数日を過ごすと、ようやく心が和《なご》んできた。過去のことは過去のこと。ショックだったけど、もう忘れようと思った。私は病んで当然だった。でももうあの苦しい時期を通り越したのだと思えた。

ここを出て一人暮らしを始めて、もう六年近くになる。時々は泊まって帰ることもあったが、こんなにゆっくりしたのは初めてだ。

母との関係に悩むのも、無駄なエネルギーを使うだけのような気がする。母は老いた。そう切実に思った。背中は丸くなったし、ぼんやりしている時間が長い。テレビの前に座っていても、画面に目をやっているだけで、内容を理解しているのかどうかあやしいものだ。そのことに、心が痛んだ。伯母が何くれとなく世話を焼いてくれるのをいいことに、娘の私は疎遠になっていた。いや、そうしていた。母とは深い会話をしたくなかった。したくないと思っているうちに、できなくなるのではないか、とやっと危機感を抱いた。

「お母さん」

麻衣子の声が届いているのか。一度呼んだだけでは、返事が返ってこない。反応が鈍いのは、昔からだったか。それとも、何もかも伯母にまかせっきりにしているせいで、自発的に何かをしようという意欲を失ってしまったのか。

「ああ」母は、のっそりと立ち上がる。「お薬の時間だった」

またあのプラスチック容器を持ち出す。麻衣子がその動作を追っているのに気づいて、

「服まないと、あちこちが痛くなるから」

色とりどりのカプセルや錠剤を並べて、満足そうに微笑《ほほえ》む。何かを言おうとしてやめた。

買い物に行っていた伯母が帰ってきた。いそいそと台所に立つ。いきいきしたその動きを見ているだけで、晴れやかな気分になる。同時に、母を押しつけたままにしていることを、後ろめたく思う。

やがて、味噌汁《みそしる》のいい匂いがしてきた。愛媛の麦味噌でつくる味噌汁だ。

「さあ、お昼にしようかね」

湯気の向こうで笑う伯母は、化粧っけもないのにきれいだ。

ふいに、どうしてこんなきれいな人が、伯父のような醜い人と結婚したのだろうと思った子供の頃の疑問を思い出した。

「伯母さん、お世話になったけど、もううちに帰る。いつまでもこうしていられないもの」

三人でテーブルに着くと、麻衣子は言った。いつまでも居心地《いごこち》のいい所にいたら、戻れなくなってしまう。

「どうして？　もっといたらええんよ。ここは麻衣子ちゃんの家じゃのに。一人になって大丈夫なん」

「うん。もう平気。心配かけてごめん」

「麻衣子は強い子だからね。私なんかと違って」

素っ気ない母の言葉には、もう慣れた。お互い離れている方がいいというのは、きっと唯一合致した意見だろう。

「ねえ、麻衣子ちゃん」伯母が箸《はし》を動かしながら、尋ねる。「ちょっと気になってたんやけど、どうしてあんた、自分の病気のこと、わかったん？　瀬野先生に会ったん？」

「ううん。違う」

ちょっと迷ったけれど、正直に話すことにした。

「司に会ったの。司って憶えてる？　あの子、東京にいるの。彼女から聞いた。私の治療の時、病院に来てくれたでしょう。だから――」

そこまで話して、二人が凍りついたように動きを止めていることに気がついた。母は箸を持ち上げたまま。伯母は醬油差《しょうゆさ》しに手を伸ばしたまま。そして、二人は目配せをした。

「麻衣子ちゃん」低い声だけど、切羽《せっぱ》詰まった伯母の声。

「あんた、司って」

母は、悲鳴に似た声を出す。麻衣子の方が啞然《あぜん》としてしまった。

「司だよ。高橋司。七富利村で同級生だった――。私の一番の親友だったの」

次の伯母の言葉は、麻衣子を徹底的に打ちのめした。

「司なんて子、いやしないよ。麻衣子ちゃん。それもあんたの中にいた人格なんだよ」

いろはマートの正面入り口は、シャッターが下りていた。今日は営業していないのだ。

裏へ回ってみる。積み上げた段ボール箱がそのままになっていた。裏口も閉まっているのを確かめる。麻衣子は途方に暮れた。

司の存在を確かめないと。伯母の言い分は、到底信じられなかった。司は、私の親友はここで毎日段ボール箱を積み上げ、商品の出し入れをしていたはずなのだ。

どちらにしても、もう一度出直してくるしかない。ぼんやりと段ボール箱を見やった。

そして、目を瞠《みは》った。清涼飲料水の箱。小さく消費期限が印字されている。それがどれも、一年以上前に切れていた。

「ねえ、ちょっと！」

背後から声を掛けられてぎょっとした。歩道から、杖をついた老婆《ろうば》がこっちにやってくるところだった。

「中江《なかえ》さんはどうしてるの？」

「は？」

「中江さんよ。ここの経営者の。入院してるって聞いたけど」

「あの――私、知りません。ちょっと通りかかっただけなので」

「あら！」サマーニットの帽子を被った老婆は、口に手を当てた。「ごめんなさい。中江さんのご親戚の人かと思った。あなたくらいの年齢の女の人が、ここに出入りしてるって聞いたものだから」

きっと司のことを言っているのだろう。

「私も困っているんですよ。ここで働いている友人と連絡が取りたくて」

「働いている？」不審げに老婆は首を傾《かし》げた。「だってあなた、ここ、もう二年近く前から閉まってるのよ。中江さんの奥さんが亡くなって。それからすぐに中江さんも体調崩したものだから」

「えっ？」

今度は麻衣子が驚く番だった。

「てっきりあなたが、閉まった後のいろはマートを管理してる人かと思ったわ。裏から入っていって、時々中で何か作業してるみたいって、近所の人が言ってたから」

そこまで言うと、老婆は、「じゃあ」とゆっくり去っていった。

その後ろ姿をぼんやりと見送った。どう考えたらいいのだろう。司は、閉店後の店の管理を任されていたということか。裏口はスチール製の扉で、鍵がかかっていた。そばに野菜を入れるようなキャリーケースが、乱雑に積み上げられていた。どれもこれも古びている。さっきの老婆が言ったことは本当のようだ。いろはマートは、長い間、営業していないのだ。

一番上のキャリーケースの中に、見覚えのある色の布が、くしゃっと丸めて放りこんであった。恐る恐るそれを広げてみた。いろはマートとロゴの入ったエプロンだった。いつも司が着けていたものだ。エプロンのポケットで、何かがチャリンと鳴った。取り出してみる。鍵だった。小さなプラスチックのネームプレートが付いていて、それにはマジックで、「裏トビラ」とあった。道の方を振り返ってみる。奥まったマーケットの裏口などに注意を払っている人はいない。麻衣子は鍵を握り直すと、スチール扉の鍵穴にそれを挿し込んでみた。カチリと音がした。扉を押すと、すっと内側に開いた。

そこはいろはマートの倉庫らしかった。壁を探ると、スイッチに手が当たった。スイッチを押すと、ぼんやりとした照明が点いた。電気は通じているようだ。倉庫を抜けて、売り場の方を覗いてみる。ガラスケースや陳列台は、壁際にまとめて押しつけられている。灰色のコンクリートの床が寒々と広がる空間だった。彼女は言葉を失い、そこに立ちつくすしかなかった。

倉庫のアングルも空っぽに近い。その間に、小さな扉があって、「事務所」というプレートが掛かっていた。その扉を開け、また照明を点ける。幾分明るい光にほっとしながら足を踏み入れた。事務机の上にグレーの電話器が置かれていたが、線は机からだらんと垂れていた。手に取ってみると、途中でぷつんと切れていた。

麻衣子はここへ電話を掛けていたつもりだった。いつも司が出て、彼女の呼び出しに応じて、児童公園やファミレスまで来てくれていたはず――。でも麻衣子の携帯電話には、通話履歴が記録されていなかった。

私はどこへもつながっていない携帯に向かって話していたのか。

床に散らばったチラシやビニール袋が、もう長いこと、ここは使われていないことを伝えていた。机にも椅子にも、うっすらと埃《ほこり》が積もっていた。

遠い子供の頃のことを思い出した。ミツルが消えた時のことを。

伯母に連れられて、納戸の中二階に上がった時、あの床にも分厚い埃が積もっていたのだった。

誰も彼もが、シャボン玉のように消えていく――。

事務所からよろめきながら出た。照明を消そうとした時、倉庫のアングルに、この見捨てられた場所にそぐわない新しい紙箱があるのに気がついた。震える手でそれを引き寄せ、蓋《ふた》を開けてみる。開ける前からわかっていた気がする。

その中には、ラッキーミントがぎっしり詰まっていた。司の好物。これだけは、昨日買い求めたように新しい。二年近くも前に閉店したいろはマートで、鳴るはずのない電話を待っていたのは誰なのか？

いろはマートのエプロンを着けて、事務机の前の回転椅子に誰かが座っている。くるりと回転椅子が回る。司ではない。それは麻衣子だ。見開いた目は、黒い空洞なのだ。ダム湖の底から現れた村役場の窓と同じに。

梶原信子の家のビニールハウスに、放火する私。

櫓の上の毛利先生に向かって大看板を倒す私。

三谷の背後からそっと近づいて、ブロック片を頭に打ちつける私。

血濡れた白い石は拾い上げたのか。それとも、跳ねて紛《まぎ》れ込んだのか。

あらゆる映像が、サイケデリックに目まぐるしく、麻衣子の脳裏《のうり》を駆け抜ける。

三谷が最後に電話を掛けてきた時、妙に怯えていた。あの人は、殴られる瞬間、相手の顔をちらりと見たのではないか？　暗がりの中、憤怒《ふんぬ》の形相《ぎょうそう》で、ブロック片を投げた女の顔を。それは――私にそっくりの、別の私――司。でもあの男を震え上がらせるのには充分だった。確信が持てぬまま、三谷は口を閉ざし、姿を消した。

声にならない悲鳴を上げながら、麻衣子は壁を伝うようにして裏口に向かった。外に出ると、眩《まぶ》しい光に目がくらんだ。

やみくもに走って路地を抜けた。商店街では、人にぶつかりそうになる。様子のおかしい麻衣子を、人は避けて通った。大きな通りに出た。歩道にベンチを見つけて腰を下ろす。目を閉じて深呼吸をした。しばらくぼんやりとバス通りを見渡して座っていた。これからどうすべきなのか、何も考えられなかった。

長い時間、そうしていたように思う。のろのろと立ち上がろうとした時、向かい合ったベンチの背もたれに目がいった。古いベンチだった。ペンキが剝《は》げかけている。それでもそこに書いてある言葉は読み取れた。

「お買い物は、いろはマートで」とある。その下には、電話番号。いつも自分が司と話す時にかけていた番号だ。それでようやく気がついた。その場所は、初めて司に会った日に、休んでいたベンチだった。

三谷に会って取材を強要され、切羽詰まった麻衣子は、ここでこの番号を見て、司を呼び出したのだ。

自分の——中から。

その瞬間から、司は実体を持って現れた。北千住のいろはマートで働く成長した元級友として。でもあの時司がまとったディテールは、こうした破片を拾い集めて麻衣子自身が作り上げたものだった。

そこまで理解して、ようやく麻衣子は決心がついた。

麻衣子の病名は、「解離性同一性障害」。多重人格のことだ。

瀬野医師は麻衣子にゆっくりと話しかける。今は横浜市内で、メンタルクリニックを開業している。ここでは子供に限らず、精神に問題を抱えた人を診る。瀬野先生は、昔よりふくよかになり、遠近両用眼鏡を掛けていた。

「君に病名を知らさずにいたのは、僕の判断だ」

どこか遠くで話しているみたいに聞こえる。とても現実感がない。誰か別の人の病気の話をしているんじゃないかと思える。でも、麻衣子は必死に耳を傾《かたむ》ける。自分のことを理解しなくちゃ、と一心に思う。

瀬野先生は、長い時間をとって、丁寧《ていねい》に説明をしてくれているんだから。

麻衣子が多重人格を発症したのは、やはり七富利村の伯父の家。五歳の時だ。あの暗い納戸に何時間も閉じ込められるという恐怖に耐えきれず、暗闇を怖がらないミツルという人格を生みだした。伯父に女であるがために貶《おとし》められ、母から見捨てられたという絶望感を、彼の存在が慰めてくれた。

伯母は優しかったけれど、表だって姪をかばうことはしてくれなかったから。伯父のすることをただ見ているだけだった。あの家で生き延びられたのは、ミツルのおかげだ。

先生は言った。一度、別人格を作り出した人は、次々に人格を作って、困難を乗り越えようとするのだと。ミツルを失い、学校でいじめに遭《あ》うようになった麻衣子は、今度は司という人格を作り出した。

司は体が大きく、力も強かった。いじめられても苦にしなかった。あの時、麻衣子がなりたかった人格だ。痛みすら感じない、強靭《きょうじん》な精神の持ち主。

「人格を生みだす度に、その輪郭は鮮やかになっていくんだ。ディテールも完璧に。司という子がどんな子だったか、思い出してごらん」

「転校生でした。村のはずれのお爺さんとお婆さんのところに引き取られて——。お母さんと暮らしている男性に虐待《ぎゃくたい》を受けてた。そういう悲惨な出来事に遭っても、平気な顔をしてた」

「それは君の脳が作り出したものなんだ。自分で自分に暗示をかけて。多重人格は、自己催眠の結果とも言える」

「自己催眠……」

でも私は司とたくさん話した。いろんなこともした。伯父を——殺した。

あれは、私が一人でやり遂げたことなのか？

三谷は、司なんか知らないと言った。知っているはずもない。お堂の庭のドラム缶のそばでうずくまっていたのは、麻衣子一人だけだった。

「司は、特に強い人格だった。長い間、君の中にいた。君を守ろうとした。常に怒りに満ちてエネルギーに溢《あふ》れていた。そういう人格を、保護者の人格というんだ」

ここに来るまでに、麻衣子は精神医学の本を読み漁《あさ》った。だから、先生の言う言葉がだいたいは理解できた。多重人格は、保護と破壊、信頼と不信、愛と憎しみの二極の世界なのだと文献には書いてあった。莉沙みたいに自己破壊的な人格がいる反面、司のように保護者として、弱い主人格を守る人格も存在する。

聴覚過敏は、解離性障害者の症状のひとつらしい。

瀬野先生は、電子カルテに目を通している。以前の麻衣子のカルテがそこにあるのだろう。高校生の麻衣子を診察した時、母や伯母からも聞き取りをしていたのだ。彼女らは、私がとても変だったと言ったらしい。ちぐはぐで、時々思いもかけないことをやったと。友だちにいじめられたかと思うと、その数倍の仕返しをした。クラスメートの口にいきなりラムネ菓子を突っ込んだ。真面目《まじめ》な子なのに、平然と学校をさぼった。普段は臆病《おくびよう》なくせに、大胆で危険なことを平気でやった。音楽の先生を突き飛ばし、眼鏡を壊した。小さな体で平底舟を操ったのには肝を潰したと、伯母は言ったらしい。どこでそんなことを覚えてきたのか、上流まで行って、川漁までしてきたと。

——あなたって、とても——とても嫌な感じがするの。

彩夏の鋭い感性は、ある意味、正鵠《せいこく》を射《い》ていた。

「人格同士は、全くつながりがない。それぞれが別の個性を持って現れる。好みも違うし、筆跡も違う。時にはアレルギーの体質さえ変わっている」

性別も、性格も、才能も、体つきも、持てる力も——。

脳に暗示がかかっているので、高所恐怖症の人が平気で高い所へ上り、非力な者がとんでもない力を発揮することがあるという。

麻衣子は発達した筋肉を持つ司となり、ピアノを弾きこなす莉沙となって活動していた。その間、主人格は眠っている。眠らずに、彼らが話したり、活動したりするのを、頭の片隅でじっと眺めていることもある。それから交替人格と主人格とで会話することもある。

多重人格の症状には、いろんなパターンがあると先生は言った。

交替人格が勝手な行動をする時は、弱い主人格は、それを見ることを拒んで眠り、寂しい時には、友人の姿をして鮮やかに浮かび上がる。でもすべては、主人格が作り出した妄《もう》想《そう》なのだ。

麻衣子は自在に自分の中の人格を呼び出して、辛い経験、向き合いたくない現実から逃避していた。母親である真巳に会いに来た、暗闇を怖がらないミツルの人格をまとった麻衣子。莉沙の人格になった麻衣子は、自傷行為としてセックスを繰り返したのだと豪語し、弾けるはずのない『オンディーヌ』を毎日弾いた。

いろはマートに出入りして、ラッキーミントを食べていたのは、司の人格の麻衣子。だから麻衣子の息からは、嫌いなはずのあのラムネ菓子の匂いがした。あそこの倉庫のアングルに、箱買いしたラムネ菓子を置いておき、自分のトートバッグに食べかけのラムネ菓子を放り込んだ。

麻衣子にとって、大事な友人、人生を変えてくれた人は、みんな麻衣子にしか見えない人だった。でも彼女には、必要な人たちだった。この症状が、自己防衛反応の結果生まれたものだとしたら、まさに麻衣子は、彼らに助けられたのだ。納戸の中ではミツルに、学校生活では司に、そして病院では莉沙に。あれほどありありと目の前に現れたのに、あれは全部、私が見ていた儚《はかな》い幻だったというのか。夜明け前の夢と同じに。

一人一人の顔を思い浮かべると、心が揺れ動く。愛《いと》おしい、私の中の人格——。

とりわけ、司は——。

「司という名前には、大きな意味があると思う。彼女は、僕の治療の意味を理解し、あの頃、君の人格に頻繁に現れていた莉沙を説得してくれた。もう主人格に統合されるように、と。『司』とは、『司《つかさど》る』を表しているんじゃないかな」

グループカウンセリングだと麻衣子が思い込んでいた治療。先生は司を「呼んだ」と彼女に説明した。司も「呼ばれた」と言っていた。あれは正確には、麻衣子の中から人格を「呼びだした」ということなのだろう。

高校生の間に、治療は成功したと確信したのだと先生は言った。解離していた人格たちは、一藤麻衣子という主人格に統合されたと。だからもう病院に通う必要はないと判断したのだ。

でもまた三谷につきまとわれた時、麻衣子は切羽詰まった。

その時、司は現れた。いろはマートの裏口で彼女に会った時、あの子は言った。

「いいよ。あんたには、またあたしが必要になったってことだね」と。あれの本当の意味を、麻衣子は知った。

涙が溢れた。慌ててハンカチで目を押さえる。

瀬野先生は、じっと自分の患者の顔を観察している。

「精神科学的な解離性同一性障害という疾患《しっかん》を、脳科学的なアプローチでみると――」先生は、おもむろに語り始めた。「脳は、主人格を構成する神経ネットワークの他に、別の人格を構成する神経ネットワークを作り出しているといえる。たいていの患者は、スイッチが切り換わるように活動するネットワークが入れ換わるのだけれど、君のように、あたかも心強い友人のように、別人格を見てしまう症例は、特殊だ」

脳科学？　難しい用語を理解しようと、先生の言葉にすがりつく。

「脳の領域に関することは、まだよく解明されていない」瀬野医師は、言葉を切った。麻衣子の理解度を確かめるように、じっとこちらを見る。

『助け手』や『理解者』として、ありありとした姿を見せるパートナーを、内的自己救済者という。シャドーパーソン、イマジナリーフレンド、サードマン。呼び方もいろいろだ。脳の活動とは切り離して、超自然的な存在として見られることもあるが、僕は脳科学的な見地に賛成だね」

「シャドーパーソン――」

「脳も防衛手段を取るのかもしれない。孤独や喪失《そうしつ》に対して」

受け止められない。まだ自分の中に別の人格がいたことすら、受け入れられないでいるのに。伯母に強く言われて瀬野先生を訪ねたのだ。まだ半信半疑だった。伯母は今度こそ、きちんと治療をすべきだと言った。自分の病名を知った麻衣子は、打ちのめされていて、唯々諾々《いいだくだく》とそれに従うしかなかった。

「麻衣子ちゃん、何も心配することないよ。あんたは病気なんよ。私が絶対に治してあげるけんね。仕事もやめなさい。ここでじっくり治そうね」

母は、怯えたように麻衣子と幸枝伯母とを眺めていた。

精神の病だろうと、脳が見せる幻影だろうと、麻衣子は自分の中に別人格を作りあげ、それに頼ってきたのに変わりはない。うまくそれを使いこなしていたといえるだろう。司は、麻衣子の望みを巧《たく》みに汲み取るシャドーパーソン、共に苦難を乗り越えるパートナーだった。彼女が邪悪な行いを為す時には、麻衣子はさっと意識を閉ざして、すべてをあの子に託した。

司が伯父を殺した後や三谷を傷つけた後、麻衣子は酷い疲労感や体の痛みを感じた。当然だ。あれは司の意識下で、彼女の肉体が為していた行為だったのだから。

「また司の人格が出現したんじゃないのかい？」はっとして医師を見返した。「治療に通うのなら――」

「いえ」先生の言葉を遮《さえぎ》った。急いで頭の中を整理する。「大丈夫です。ただ過去の自分のことを知りたかっただけ」

瀬野先生は、それが本心から出た言葉なのか、測るように視線を送ってきた。

もしかしたらこの人には、麻衣子の嘘が見えているのかもしれない。でも患者が治療を拒否する限り、無理強《むりじ》いすることはできないだろう。

「治療は必要ないと思います」

「では脳の検査だけでも受けてみないか。MRIを撮らせてもらえれば——。あの当時に比べればいろいろと検査法も確立してきたし、研究者も増えた。僕もその一人だがね」

「お断りします」

ようやく瀬野医師の望むところがわかった。この人は麻衣子ではなく、彼女の脳に興味があるのだ。シャドーパーソンやサードマンを見てしまう麻衣子の脳に。モルモットになる気はなかった。

「そうか」残念そうに先生が言った。軽く咳払いをする。「君は調律師になったそうだね」

「はい」

「あの時、君の中にいた人格がそこへ導いてくれたんだろうか。それなら、君にとってはいい方向に向かったということか。多少遠回りをしたけれども、すべてはそこに向かうためにあったと思いなさい」

体面を取り繕《つくろ》うように、彼は言った。

そうだ。私が人格たちを作り出したのではない。彼らが、今の私を作りあげてくれたのだ。

春日ピアノサービスの地下の工房で、ユリがピアノを弾いている。

あまり人前では弾かないユリだが、防音装置を完備したこの工房に下りてきて、時折弾いている。麻衣子がドアを開けてそっと隅の椅子に腰を下ろしたのを、目の片隅でとらえたが、かまわず弾き続けている。中音域は鋭く澄んだ透明感のある音で、低音域は渋い響きで腹の底まで突き刺さる重さがある。ユリは手が大きく、指のバネも強い。鍵盤の底まできちんとタッチするので、音に密度や質感がある。しっかりしたブリリアントな音が出る。

「いい音ですね」

曲が終わった後に、そう話しかけた。ディアパソンのオーバーホールが終わったようだ。

ピアノの音は、頼りなく揺れる麻衣子の心を励まし、慰撫《いぶ》してくれる。ピアノという楽器の音律を整え、音を聴いて生きる自分を確認し、安堵《あんど》の息を吐く。やっぱり私はピアノに救われるのだ。

「まさに甦ったって感じでしょ？」楽譜をめくりながら、ユリが満足そうに言った。「正直、ここまでいい音になるとは思ってなかった。タッチの感触もいい。すごく弾きやすい」

河島さんも完璧な仕事をしたのだろうけど、ディアパソンの響板やフレームがいい働きをしているということだろう。

「ユリさん」楽譜を閉じて、立ち上がろうとしていたユリを引き止めた。『オンディーヌ』を弾いてくれませんか?」

「『オンディーヌ』? 『夜のガスパール』の?」ユリは、少し面くらったような顔をした。でもすぐに微笑んだ。「珍しいわね。あなたが曲のリクエストをするなんて」

そう言いながら、背後の棚を探って楽譜を見つけ出してきた。

「思い出の曲なんです。私を調律師に導いてくれた」

「そう」

ユリはそれ以上尋ねてこなかった。そして椅子に座り直し、おもむろに演奏を始めた。

目を閉じて美妙《びみょう》なピアノ曲に聴き入る。さざ波を表す細かいトレモロの下に、オンディーヌの歌声が聴こえる。つれなく、扇情《せんじょう》的に、しかしどこかに凛《りん》とした気高さを感じさせる歌声。神秘的な水の渦巻の合間から、それは麻衣子の耳に届く。

閉じた瞼の奥に莉沙の姿が浮かんできた。鍵盤の上に被さるようにして、一心に弾いていた寂しい少女の後ろ姿が。ピアノの音は、ひとつひとつが水の粒だ。冷たく、無機質だけど、大きなまとまりになって、人の心を圧倒する。大きなうねりに身を委ねた。

いつの間にか、ユリの演奏が終わっていた。最後の一音が、水の滴のように落ちて跳ねた。

「この曲はね、ベルトランの幻想的な散文詩から曲想を得てラヴェルが書いたの」

楽譜をしまいながら、ユリが言った。

「オンディーヌは、魂のない水の精霊。魂がない精霊だから、性別もない。水は、どんな形にでも姿を変えられるでしょう? オンディーヌも同じように、自在に姿を変えるのね」

オンディーヌ——それは私だ。いや、別人格を投影したもう一人の私。私の人生に常に寄り添い、支えてくれた存在。小さな男の子だったり、逞しく無骨な同級生だったり、自傷癖のある少女だったりと姿を変えて、いつもいつも私を守ってくれていた。

どんな姿だろうと、その時その時の麻衣子には、必要な人たちだった。

でももう彼らは姿を消した。自分の中の一部が切り取られたような気がした。麻衣子は、虚ろを抱えたまま、埋める何ものも持たないまま、これから生きていかねばならない。急に寄辺《よるべ》をなくしたようで、不安でしかたなかった。

今は、自分のマンションも引き払い、西新井の家で、女三人で暮らしている。

幸枝伯母のそばにいるとほっとする。もう麻衣子にはなくてはならない人だ。考えを改めて、近所の心療内科に通うことにしたのも、彼女の勧めに従ったからだ。そこで軽い抗不安剤をもらって服用している。それでなんとか、調律師の仕事も続けられている。

伯母には何もかも打ち明けた。陽一郎とは会っていないが、彼から結婚を申し込まれたことまで話した。

「とんでもないよ。麻衣子ちゃん。あんな人と結婚なんて。お金持ちかもしれんけど、浮気性だっていうじゃない。第一また生活環境が変わって、あんたはおかしくなってしまう。せっかくよくなっとるのに、多重人格に逆戻りだよ」

伯母の言う通りだ。陽一郎のことは忘れた方がいい。代官山の彼らの家に出入りする元気も湧いてこない。ベーゼンドルファーは恋しいけれど、彩夏のピアノの調律も別の人に代わってもらった。

気分が落ち込むと、自分でもどうしようもなくなる。伯母は、すぐに病院に連絡してくれ、必要があれば付き添ってくれる。仕事も休むように言う。

「大丈夫。すぐによくなるからね。薬を服むんを忘れんようにね。美味《お》しいものをこしらえるから、しっかり食べなさい」

本当は、あまり料理の味もわからない。でも幸枝伯母の言う通りにしていれば、麻衣子は安心だった。彼女のことを一番に考えてくれているのは、この人なのだから。

もう考えるのも億劫《おっくう》になってきた。訳もないのに、涙がこぼれることもある。仕事以外では、外出も控えるようになった。家でじっとしているのが心地よかった。

母が時々、何かを言いたげな視線を向けてくるが、鬱陶《うっとう》しくて、目を逸《そ》らす。気がつけば、失った友人のことを考えている。私のシャドーパーソンのことを。

仕事中に、伯母が慌てふためいて携帯に連絡してきた。

「麻衣子ちゃん、落ち着いて聞いて。お母さんがね、薬を大量に服んでね。意識がないんよ。救急車を呼んで、病院に運んでもらったの」

病院名を書きとめようとするのに、手が震えてうまくいかない。幸い、春日ピアノサービスにいたので、ユリがすぐにタクシーを呼んでくれた。

母は、鎮痛剤を大量に服んだのだった。胃洗浄を行い、命に別条はないと聞いて、その場にへたり込みそうになった。薬に頼っていた母だったが、これほど量を間違うことは考えられない。意識的に服んだとしか思えなかった。母は死のうとしたのか。それとも自分に注目して欲しかったのか。

命が助かったと知った後、むくむくと怒りが込み上げてきた。久しぶりの感情の昂《たか》ぶりだった。どれほど伯母に迷惑をかけたら気が済むのか。病室で眠り続ける母のそばで、幸枝伯母は、あれこれ動き回っている。処置をしてくれた医者は、そのうち気がつくだろうけど、数日間は入院が必要だと告げた。

その日の晩に、母は意識を取り戻した。

伯母の勧めで、麻衣子は翌日から仕事に戻った。伯母がつきっきりで看病してくれるというので、それにまた甘えてしまった格好だ。こういう時には、伯母はくるくる舞うように働く。いくらか高揚しているようにも見える。きっと人の世話をすることが苦にならないばかりか、ある種の喜びを感じているのだ。それでも気が咎《とが》めて、毎日夜には母を見舞った。母には悪いが、生活に変化が起き、リズムが戻ってきた感じがした。

麻衣子が行くのは、面会時間ぎりぎりの時間だったから、伯母はいつも帰った後だった。

母は娘の姿を認めると、なぜだかせわしなく瞬《まばた》きを繰り返した。話しかけてもどこかうわの空だ。看護師が様子を見に来て、点滴を交換していった。

「お母さん」

弱った母に遠慮して、一番気がかりだったことを、麻衣子は訊いていないのだ。

「なんでお薬をたくさん服んだりしたの？」

つい詰問《きつもん》する口調になってしまう。母は水を欲しがった。吸いのみで水を与えた。ほんの一口飲んで目を閉じた。眠ったのかと思っていると、「麻衣子」と声を出した。思いのほか、力強い声だった。

「何？」

「あたしは大丈夫。そんなに大騒ぎするほどのことじゃないよ」

「大騒ぎするでしょう？　普通」

「あんたこそ、大丈夫なの？　あの――病気のことだけど」

あれからは司を見ていない。きっとあの子は、自分から身を引いたのだ。そんな気がした。それを率直に医者や家族に伝える気はないけれど。麻衣子には、司という人格を全否定することができなかった。それは、自分の中のある部分を否定することになるような、嫌な気分だった。

「あんたは、あたしを恨んでいるんだろうね」毛布を顎まで引き上げた母は、探るような視線を投げかけてくる。それに何と答えていいかわからない。

「当然だよ。あたしはあんたに何もしてやれなかった、情けない母親なんだから」

何かを伝えようとしているのだということは感じられた。それは薬を大量に摂取《せっしゅ》したことと関係があるのだろうか。

「もう、どうしていいかわからなくなって、薬をたくさん服んでしまった……」

毛布の下から覗く母の手。はっとした。いつの間に、こんなに肉が落ちてしまったのか。枯れ枝のようなカサカサの手。

「麻衣子、いいかい。よくお聞き。義姉《ねえ》さんは――」話しにくいのか、舌で唇を湿らせた。その唇もささくれだっている。また吸いのみを持ち上げるが、母は首を振った。

「幸枝義姉さんはね、怖い人なんだ」

一瞬、母の頭がおかしくなったのかと思った。薬のせいで。あるいは知らないうちに認知症が進んでいたのか。

「お母さん、気が動転しているのよ。少し休んだら？」

母の手が伸びてきて、麻衣子の手首を強くつかんだ。

「だめだよ。今、言っておかなくちゃ。今は胃をきれいにしてもらったから、頭がはっきりしているんだ。家に帰ったら、また薬を服まされる」

「服まされる——？　誰に？」

「幸枝義姉さんに決まってるだろ。病院でもらってくるお薬を管理しているのは、あの人なんだ。ちょっと痛いところがあると、鎮痛剤をいくつも服まされる。食欲がないといっては、胃腸の薬。元気がないといっては、向精神薬。眠れない時は、睡眠導入剤。あたしはいつでも頭がぼうっとしてる。もう嫌だというのも面倒なくらい。あたしを病気にしておきたいのよ」

「馬鹿なこと、言わないで」

「だからいっぺんに服んでしまった。発作的にね。死のうとしたわけじゃない。でもこうしたら、楽になれるかと思って。幸枝義姉さんは、怖い人なんだ」

母は真剣だった。世間でありがちな、小姑《こじゅうとめ》の悪口を言っているのではない。そうじゃない。大事なことを、娘に言おうとしている。伯母がいないうちに。いつだって、母のそばには、伯母がいた。母は自由にものを言うことができなかったのか。

母の目に、久方ぶりに人間らしい光が宿っているのに、胸を突かれる思いだった。

「七富利村で、日出夫義兄《にい》さんとあたしが男女の仲になったのはね、あれは、幸枝さんの差し金なんだよ」

「え？」

「本当だ。義兄さんをけしかけたのは、あの人なんだ。義兄さんがいつか言ってた。一藤の家系を絶やさないためには、そうするしかないって、義姉さんが言ったそうだ」

「でもそれは——」

——一藤の家にはな、跡継ぎがいるの。伯母さんはもう年を取ってしもうたから、子供が産めんの。じゃけん、お母さんに頼んで代わってもろうたんよ。

子供の頃、伯母の布団《ふとん》の中で聞いたあの言葉を思い出す。

「伯母さんは、家のことを思ってそんなことを言ったんでしょ。そりゃあ、人の道からははずれているかもしれないけど」

「そんなんじゃないよ！」

思いもよらない母の大声に、びくんとした。

「そんなんじゃない……」

悲しげに、だがもどかしげに、母は繰り返した。

「家のことなんかどうでもいいんだ。あたしが義兄さんにいいように弄《もてあそ》ばれて、苦しむのを見たかっただけ。義兄さんはあんなに威張《いば》っていたけど、単純で操りやすい人だった。すぐに義姉さんが仕組んだ通りに行動してた」

「うそよ」

あなたはあんなに悦《よろこ》んでいたじゃない。伯父さんといい仲になって有頂天《うちょうてん》だったんでしょ？

「あの人の悪意に気づかずに、張り合ったりしたあたしは馬鹿だった。あの人の本性が最初からわかっていれば、あんなことはしなかったよ。あの人はね――」ごくんと唾を呑み込む。痩せて細くなった喉が上下した。「あの人は、喜んでいるんだ。病気の人や弱い人がそばにいるのが、嬉しいんだよ。だから、そういう人を自分で作りあげるんだ。まともじゃない。あの人こそ、病気なんだよ」

俄《にわ》かには信じられない話だ。あの幸枝伯母さんが？

「真巳さん」ぐっと見開いた目が、毛布の陰から麻衣子を見据える。「真巳さんを憶えているだろ？　あの人の世話をかいがいしく焼いていたけど、あれは優しさからなんかじゃない。幸枝義姉さんは、健気に逆境に耐え、なおかつ他人に優しい人間に自分を見せかけたかっただけなんだ。そういう見せかけの自分に、うっとりするほど酔っている。あの人には、いつもそばにそういう人間が必要なんだ。もし、見当たらない場合は――」母の指先が這い上がってきて、肘をつかむ。「自分で作りあげる」

黙り込んだ麻衣子を、すがるような目で見た。

「そうだろ？　真巳さんに飲ませていた煎《せん》じ薬。あれは薬じゃない。あれはあの子を弱らせる毒だった」

背中の窪みに沿って、凍りつくほど冷たい水がくねるように這う。

真巳はただ体が弱いのだと思っていた。それは煎じ薬のせい？　嫌な匂いのする薬を、真巳は勧められるまま疑いもせず、口にしていた。麻衣子は遠い記憶をさらう。真巳が怪我をした時のこと。火傷は、伯母と一緒に台所に立っていた時。鎌で手をざっくり切ったのは、伯母と草刈りをしていた時。梯子《はしご》から落ちた時は、その梯子を下で伯母が押さえていたのだった。

真巳は入院してもよくならなかった。ちゃんと治療を受けているはずなのに。伯母が行くたび、病状が悪化した。あれは、従順な真巳に、煎じ薬を飲ませていたのか？　真巳は伯母と離れて結婚してからは、みるみるうちに元気を取り戻したのではなかったか？

「あの人は、病気なんだよ。そういう――」さらに力の加わった指先が、肘の内側の肉に食い込む。

「日出夫義兄さんに押さえつけられ、虐《しいた》げられても逃げなかった。そうすることもできたのに。あの古くて大きくて、空っぽな家を馬鹿みたいに守ってた。何でかわかる？」

首を振ることすらできなかった。熱に浮かされたように、母は続ける。

「あそこが居心地がよかったからさ。そんな自分に酔ってたんだ。村の人たちに称賛《しょうさん》される自分に。でも心の底では、日出夫義兄さんを憎んでた。義兄さんが殺された時――」

「殺された?」ひりつく喉から言葉を発した。

「そうだよ。日出夫義兄さんは殺されたんだ。きっと村の誰かに。ダム建設のことで恨まれてただろう? あの日の朝、早くに戻ってきたあたしたちは、家のどこにも義兄さんの姿がないのに気づいた。義姉さんが見つけたんだ。裏の桟橋の舟の中で。全身を火傷して、こと切れてた。あの死体を見たあたしは、もう怖くて怖くて、腰が抜けてしまった」

そこに伯父の死体を放置して、半鐘を戻しに行っていたのは、麻衣子なのだ。司の人格の麻衣子。

幸枝伯母は、すぐに気を取り直して、夫の死体を風呂場に運ぶ手伝いをするよう、母に言ったという。こんな死に方をしたのでは、一藤の家に傷がつく。他人に恨まれて殺されたなんて、そんな無様《ぶざま》な死に方を、この家の当主にさせるわけにはいかないと、形相が変わるほど言い募《つの》ったらしい。母は、もう言われる通りにするしかなかった。

咄嗟に伯母が思いついたことは、熱湯になるまで沸いた風呂に誤って落ちて死んだように装うことだった。事故死に見せかけることだった。二人で、ブルーシートにくるんだ伯父を、風呂場まで運んだ。

十字架の刻印を体に顕《あらわ》した伯父が風呂場で死んでいたのは、事後工作をした人物がいたからだった。

「義姉さんは、冷静で周到《しゅうとう》だった。沸きかえった風呂に浸かったまま見つかるのはまずいって言った。もう死体は冷え切っていたから。だから死んだ状況を疑われないようにするために、洗い場に寝転がらせたんだ」その時のことを思い出したのか、母は目を閉じて身震いした。「でもね、あの人は、そういう工作をしながら、笑ってた」

「えっ――」

「そうなんだ。横を向いてそっと笑ってたんだ。あの人は、嬉しくてたまらなかったんだよ。自分を酷い目に遭わせていた男が死んで。それから、また自分に同情が集まるのが、たまらない快感だったんだ」

母の震えは、麻衣子にまで伝染した。

「だから麻衣子、幸枝伯母さんから離れるんだ。近寄ってはいけないよ」

「お母さんは」

「あたしのことはいいから。あんたは絶対――」

麻衣子が一人暮らしをすると言った時、伯母はしつこく引き止めた。母はよそへ行けと、まるで追い払うように一人暮らしを勧めた。冷たい母親だと失望した。でもあれは、伯母から麻衣子を引き離すための、必死の思いから出たものだったのか。母は、身を挺して娘を守っていたのだ。あれが母の思いつく、最善のやり方だった。母の気質を引き継いで、精神的に不安定な娘に、伯母の正体を明かすことをせず。

そして自分が伯母のそばに残って、彼女の昏《くら》い欲望を満たす役目を引き受けた。

村の誰もが、伯母に同情して、賛辞を送っていた。旧弊《きゅうへい》な家に閉じ込められて飼い殺しにされている人というふうに。不幸に耐えて生きている健気《けなげ》な人だった。それは自分が演出したものだった――？

伯母の底知れぬ心の闇を覗き見た気がした。

あれは何といったか。以前貪《むさぼ》り読んだ精神医学の本の内容を思い出してみる。そうだ。あれは確か「代理によるミュンヒハウゼン症候群」。ミュンヒハウゼン症候群が、自分に周囲の関心を引き寄せるために怪我や病気を捏造《ねつぞう》する症例だとすると、代理によるミュンヒハウゼン症候群は、傷つける相手が自分自身ではなく、身近な人物に代理させるケースをいう。たいていは、自身の子供がその標的だ。彼らをかいがいしく看病する母親の役目を演じて、周囲の注目や同情を得ようとする。そこに自己満足を感じる深刻な精神の病だ。

伯母は望まれて嫁《か》してきたのに、一藤の跡継ぎになる子には恵まれなかった。それを苦にしたのか。いや、違う。

子供、子供、子供。

そのキーワードが麻衣子の記憶を喚起《かんき》させる。

ああ、と声が出た。母が怯えた視線を送ってくる。

幼い頃伯母の布団に潜り込み、彼女に体をくっつけて寝ていた時、うつらうつらしていた麻衣子の耳に、伯母は囁きかけていた。もう眠ってしまったと思っていたのだろう。

――あたしの代わりに、お母さんに赤ちゃんを産んでもらわないかんのよ。あたしは、あんな男の子供を産むのはごめんじゃけんね。ほうじゃけん、あたしは子供ができても、こっそり堕《お》ろしたんよ。三べんも。三べんもね。あの人は、なあんにも知らん。

くつくつという笑い声まで、麻衣子の耳は拾っていたのではなかったか。

伯母を狂わせたのは、傲慢で尊大な伯父に対する憎しみかもしれない。家の事情で嫁がされ、長い間あの奇怪な容貌の伯父に虐げられてきた。積もり積もった憎しみは、伯母の中身を変容させた。そして狂気を醸成《じょうせい》していった。

カツさんが言っていた。

――奥さんは、体が弱かったけん、若い時はさいさい実家に戻って養生《ようじょう》しとったわい。ひと月もその上も戻ってこんことがあったぜ。あれはここが嫌じゃったんやろな。

伯母は、その都度こっそり子供を堕胎《だたい》していたのだろうか。実家で養生するという口実で。

事情通で、年をとった分だけ洞察力もあるカツさんは、伯母の本当の姿を見抜いていたのではないか。麻衣子が東京に行くと知った彼女は、噛んで含めるように語りかけた。

——気をおっけな。人は見かけだけではわからんもんよ。鬼の顔を隠して他人を操るような恐ろしいもんが、世の中にはおるけんな。

都会の人々の怖さを忠告したものだと思っていた。でも違ったのかもしれない。一緒に上京する伯母のことを言っていたのだとしたら？　もう会うことのなくなった老婆の顔を思い浮かべた。

そこまで考えて麻衣子は、はっと息を呑んだ。私は大きな勘違いをしていたのではないか。

いつか、伯父と伯母との会話を盗み聞きした時のことだ。麻衣子は、伯父がオユゴモリに行くことを阻止《そし》しようとしていることを、姪である自分との近親相姦を想定してのことと思い込み、怖気《おぞけ》を振るったのだった。伯父は、上流のお堂まで舟で迎えに来るとまで言ったから。

今考えると、あの会話は、微妙に伯母にコントロールされたものだった。近親相姦と一藤家の後継者問題のことを持ちだしたのは、伯母の方だった。まんまとそれに乗った伯父は、自分もそんな結果生まれたのかもしれないとは言ったが、冗談だとすぐに否定した。とても本心から信じているとは思えなかった。

あれはただ単に、伯父が若い男と接する麻衣子のことを心配していただけかもしれない。麻衣子のことというよりは、一藤家の跡取りとなる姪が汚されることを憂《うれ》えていただけかもしれないが。

今度は、麻衣子の方から、母親の手をぐっと握り締めた。

あの日、麻衣子が学校を早退する時、養護の先生が言った言葉。

「おうちの人には、電話しておいたからね」

忘れていた。今の今まで。母は、決してあの家の電話には出なかった。伯母なのだ。先生からの伝言を聞いたのは。麻衣子が帰ってくるのを知っていながら、伯父にあんなことを言わせた。麻衣子に聞かせるために——。

——あの人は、嬉しくてたまらなかったんだよ。自分を酷い目に遭わせていた男が死んで。

幸枝伯母は、麻衣子を追い詰め、伯父をどうにかするように仕向けたのではないか。

司が——いや、私が伯父を殺したことは正しかったのか。

彼女は、姪を使って夫を始末させたのでは？　逆境に耐え抜くことを演じるのに飽きて。夫を喪った寡婦《かふ》として、人々の同情を集める新しいシチュエーションを作りあげるために。

すべては仕組まれていた。伯母は、自分の実家の法事に母を伴っていくことを決めた。母は言いなりだった。オユゴモリの晩、家に伯父と麻衣子が二人で残るよう算段したのは、伯母なのだ。非力な中学生の女の子を、逃げ場のないぎりぎりの状況下に置くことは、彼女にとっては馴染みの、だが残酷なイベントだった。従順な真巳を、手の中でころころと転がして弄ぶように。

その結果、思いもかけない出来事が起こったとしても、それも彼女の望むところだった。

そしてすべては、あの人が仕掛けた通りになった。

もしかしてあの人は、私の中に邪悪な存在がいることを、とうの昔から知っていたのではあるまいか。

恐ろしい疑問は、いくらでも湧いてくる。

母を病室に置いて、外に出た。

もうすっかり暗くなっていた。空には大きな満月がかかっている。病院の前庭で立ち止まり、それを見上げた。

クレイジー・ムーン。

狂った月の光は、誰の上にも等しく降り注ぐ。

再び歩き出す。

明るい満月に照らされて、地面に薄い影ができていた。寄り沿う影は、どこまでも麻衣子についてくる。愛しい影。今ここにこうしていられるのは、彼らのおかげなのだ。私には、必要な力だった。

あのまま伯父夫婦と共に代替地で暮らしていたら——私は伯父の言いなりに婿《むこ》養子を迎え、その男と交わり、子を産み、年を重ねていっただろう。そのうち何も感じなくなったかもしれない。そしてその子もまた一藤家を存続させる駒として使われただろう。伯父が支配する狂った王国の戒律《かいりつ》に従って、地獄の連鎖が続いていたはず。

そんなのは嫌だ。私の人生は私のもの。自分の結婚相手は自分で決める。

かつてマリア観音像に祈っていたこと。あれはマリア観音が私の願いを聞き届けてくれたのではない。私は自分の望みを口にし、それを実行に移しただけ。

すべては私が望んだこと。私が成し遂げたこと。

私は正しい選択をした。

麻衣子はふと足を止めた。

影が麻衣子から離れて、いくつにも分かれ、駆けだしていく幻を見た気がした。そっと微笑む。私は自由だ、と思った。

麻衣子はまた一歩を踏み出した。もう振り返らなかった。

大きな両開きの扉が外に向かって開かれた。眩しい光に、一瞬目を閉じた。目を開くと、何もかもが夢のように消えてしまうのではないか。そんな幻想にとらわれる。だが目の前には、教会の長い外階段と、前庭の光景が広がっている。透明な風が流れ込んできて、ふわりとベールをなびかせた。

歓声、拍手――抜けるような青空を、一筋の飛行機雲が横切っている。

教会の扉の前で、麻衣子はそれを見上げる。

左手には、瑞々《みずみず》しいブーケ。白い薔薇とブバリアを緑の葉が取り巻くシンプルなものだ。右手は陽一郎の腕に回されている。陽一郎は、「いいかい？」というふうにこちらを見る。

「ええ」と目で答える。

陽一郎が一歩を踏み出し、麻衣子もそれに従う。港区南青山《みなみあおやま》にある教会。それほど大きな所ではない。結婚式に出席した親族は、そう多くない。新婦の側の出席者は、母と伯母だけだ。披露宴《ひろうえん》は、橘リゾートの高級ホテルで、各界からの招待客を招いて開かれる。式だけは、あまり派手にしたくなかったけれど、陽一郎の友人たちが駆けつけてくれたのだ。

外の階段には、着飾った若い人たちが待ち構えている。

陽一郎と麻衣子は、階段の一番上まで歩み出る。階段の脇に並んだ人々の顔が、明るく輝いている。履き慣れない高いヒールで、ゆっくりと一段を下りた。緊張が伝わったのか、陽一郎が自分の腕に力を込めた。彼の腕にすがって歩を進める。

友人たちが薔薇の花びらのフラワー・シャワーを投げかける。親族たちも、階段の両脇に分かれて立った。

留袖《とめそで》を着た母と伯母は、華やかな集団の中で浮いて見える。戸惑い、落ち着かない様子の母は、きょろきょろと視線を泳がせている。その隣に立つ幸枝伯母は、無表情だ。仮面を被ったみたいに。

麻衣子が陽一郎と結婚すると告げた時、伯母は「そんなことはいかんよ！」と声を裏返らせた。

「麻衣子ちゃん、あんたは病気なんだよ。瀬野先生と話したんやろ？　まず治療をせんと」

「いいえ」麻衣子は一度息を整えてから答えた。「いいえ、伯母さん。私は病気かもしれない。でも立派な大人なの。自分のことは自分で決める」

「でも結婚なんて、あんた――。あの男にうまく丸めこまれたんやろ。今の麻衣子ちゃんなら、そうされて当たり前やわ。あんたの精神の弱いところにつけ込んだんだ。ねえ、麻衣子ちゃんが心療内科にかかっとること、あの人には内緒にしとんやろ？」

「彼には話した。何もかも。多重人格のことも。それでも私と結婚したいと言ってくれたの。あの人」

ああ――と幸枝伯母は額《ひたい》に手を当てた。愛する姪が取り返しのつかない間違いを犯したというふうに、大仰《おおぎょう》に嘆いた。

「あんたは何にもわかってない。自分の状態がどれほど酷いもんか。あんたはまともやない。考えてみ。自分が何人にも分裂するやなんて、そんな病気にかかっとったんよ。今は落ち着いとるかもしれんけど、結婚なんて、大きな変化に耐えられるもんかね」

「伯母さんの気持ちはよくわかるわ。でも私は一人じゃない。陽一郎さんが支えてくれるから大丈夫。彼を信じる」

「まだ知り合って一年にもならん男と伯母さんと、どっちがあんたのことを思っとるか、考えてみんかね！」とうとう伯母は近寄ってきて、麻衣子の体を揺さぶった。それからはっとしたように、顔を曇《くも》らせた。「ああ、悪かった。麻衣子ちゃんのことになると、あたしはもう心配で心臓がキリキリ痛む気がするんよ」

つくづく幸枝伯母の顔を見返した。年を取っても美しく、凜とした風情を失わない伯母は、心底姪の体の心配をしているように見えた。この人にもどうにもならないのだ。邪悪なやり方で自分の心を満足させるしか、生きる術を持たない。でも、麻衣子はそれに付き合う気はなかった。

「義姉さん!!」その時、母が大きな声を出した。伯母はぎょっとして振り向いた。

「麻衣子を結婚させてやって。この子は幸せになる権利がある」

毅然《きぜん》としたもの言いは、いつもの母からは想像もつかなかった。でも伯母に、きつく睨《にら》み据えられて、しだいに声が尻すぼまりになる。

「義姉さんに、あたしがこんなこと言えた義理じゃないのは、ようくわかってるけど……。でも、麻衣子だけは」

伯母は、椅子にどっかりと腰を落とし、両手で顔を覆った。

「なんでやろうねえ。どうしてわからんのやろ。どこへもやれん。今のままの麻衣子ちゃんでは」

すっと顔を上げ、両手を下ろした伯母の顔は、表情を失くし、つるんと青白く突っ張っている。誰かがべりっと顔の皮を一枚剝いだようだ。そうだった。ごくたまに、伯母はこういう顔をした。

伯父と母が睦《むつ》みあう部屋の外の廊下に立っていた時。

夫が死体になった風呂場の前に立っていた時。

真巳が元気になった写真をじっと見ていた時。


また歓声と薔薇の雨。

麻衣子は晴れやかな笑みを浮かべる。首を回して、今度は反対の階段脇に立つ彩夏を見やった。そばには、艶子が立っている。私の姑《しゅうとめ》になる人。目出たい席なのに、大振りのサングラスを掛けて、黒いワンピースを着ている。二人とも、苦虫を嚙み潰したような顔だ。

陽一郎と麻衣子が、結婚の報告に代官山の家に行った時、彩夏は信じられないというふうに目を見開いた。そして、傍《かたわ》らに立つ母親を見やった。

「それでいいのね？　陽一郎さん。この人で」

初めて聞いた艶子の声は、しわがれて聞き取りづらかった。

「この人でいい、のではなく、この人でなくちゃだめなんですよ。お母さん」

「わかった」

家の中でもサングラスをはずさない艶子の表情は、よくわからない。

「ブリッツを連れていってくれるのね。それだけはせいせいするわ」

横から彩夏が口を挟んだ。

「いや、ブリッツはこの庭で飼うよ。今まで通り。僕らもここで暮らすつもりだから」

彩夏はとうとう我慢できなくなって、声を荒らげた。

「冗談じゃないわ！　どうしてこんな人を義姉《あね》と呼んで暮らさないといけないわけ？　この人は——」

唇がわなわなと震えている。

この人は——私が雇った調律師なのよ、と言おうとしたのか。それとも、愛人だった人の子供なのよ。あるいは、精神に異常をきたして治療を受けていた人なのよ——？

どれもが彼女にとって忌避《きひ》すべきものだろう。でも——それは彩夏、あるいは橘家が決めた基準だ。もう何を言われても、私は動じないけれど。

一呼吸置いた後、彩夏は思いもかけない言葉を口にした。

「この人は呪われているのよ！」

「かもしれません」

麻衣子の返答に、陽一郎がくすくす笑い、彩夏はさっと顔を強張《こわば》らせた。

「私は認めないわ……」低く抑《おさ》えた声で、彩夏は呟いた。「絶対にあなた方は不幸になるわ。いいえ、橘家が――」

「橘家は、これから栄えると思うよ。なんせピアニストと調律師が同じ屋根の下に住むわけだから。アンサンブルが組めるくらい、子供を作って」

「身震いするわね。あなた方に子供ができるなんて。そして堂々と橘の姓を名乗るなんて。どんな子か知らないけれど、私は見たくもない」

身を翻《ひるがえ》すと、足音も高く彩夏は応接室を横切っていった。艶子が後を追った。庭でブリッツが激しく吠《ほ》えていた。

窓をちらりと見て、彩夏は腹立ちまぎれに叫ぶ。

「じゃあ、せめてあの犬を処分して！」

「ブリッツを愛せよ！　お前が愛さないから、向こうにも嫌われる」

「処分して！」

駄々っ子のように言い募る彩夏の瞳に、馴染みのものを、麻衣子は見た。

狂気の光——。

一歩、また一歩と陽一郎と麻衣子は階段を下りた。大理石でできた階段に、ヒールが当たって、カツン、カツンと鳴った。

母と幸枝伯母が後ろへ消える。母は、麻衣子たちと一緒に暮らすことを断った。あのまま、幸枝伯母のところにいるのは気がかりだ。代理によるミュンヒハウゼン症候群の伯母には、もう母しかいない。今までのように薬漬けにしておくだけで済まなくなったら——？ 母は心配ないというけれど。

艶子と彩夏の前も通る。きっと真一文字に食いしばった彩夏の唇。麻衣子を燃えるような眼差しで見送る。立ちつくす美しい夜叉《やしゃ》だ。

陽一郎は、中原によく言いつけてある。ブリッツの餌に彩夏が何か悪いものを混ぜないか、気を配るようにと。でもそれだけで終わるだろうか。麻衣子は考える。もし私たちに子供が生まれたら？ 今や憎しみのために我を忘れてしまった女は、私たちの子にも害を加えようとするのではないか。

いつの間にか笑みが消え、不安が顔に出たのか。

「大丈夫？」

陽一郎が、腰に手を回す。この世でたった一人、私をいとしいと言ってくれた人。私を性の呪縛《じゅばく》から解き放ってくれた人。私に似た、でも確かに私とは別個の人格。

「大丈夫」と小さく口を動かして伝えた。

――損なわれたものがあれば、それを補うように別の新しいものが再生する。初めから完全なものより、きっとその方が強いんだ。

たぶん陽一郎は、うすうす勘づいている。麻衣子の中の別人格が、生き延びるために犯した罪の重さに。その上で、彼は麻衣子を受け入れてくれた。すべてを彼に告白して、楽になりたいと束の間思ったが、それでは彼に重い荷を背負わせることになる。昏い過去は、自分一人で担わなければならない。濁った水を呑み下し、何もかも腹に溜め込んで、醜い水棲動物のように生きていくと麻衣子は決めた。

私は新しいものになれる。陽一郎のそばにいれば。

――おなごっちゅうもんは、腹をくくったら強うなるもんよ。

はるか昔に聞いたカツさんの声が甦ってくる。

「おめでとう!!」

「本当にきれいね！」

皆が口々に言う。祝福の嵐。前庭にも、着飾ったたくさんの友人たち。ユリと河島さんの顔も見えた。それから、植え込みの外には、大勢の報道陣やら野次馬《やじうま》、通行人も足を止めて、セレブの華燭《かしょく》の典《てん》を見物している。フラッシュがたかれる。拍手。笑い声。熱気。

新郎新婦を乗せる白いリムジンが、前庭の向こうの門の前に停車している。

外の道路は、ますます人で溢れかえっている。

人だかりの一番後ろに、大柄な女性が立って、階段を見上げている。

特に興味もなさそうに、着古したトレーナーにGパン。ポケットから小さな包みを取り出した。水色に白の水玉模様のパッケージ。そこから取り出した一粒を、ぽいと口に入れた。

麻衣子の視線は、そこに釘付けになる。

司だった。

ほら、やっぱりいるじゃない。あんなにはっきりと。その方向に顔を向けたまま、麻衣子は階段を下りる。いつもの司と変わらない。不機嫌で、常に小さな怒りをどこかに隠し持っているような表情。それを認めると、蕩《とろ》けるような安堵感を覚えた。麻衣子は勝ち誇ったように、後ろを振り向いた。

幸枝伯母も、彩夏も、黙って階段の上に立ったままだ。表情に変化はない。司が見えないのか。人は、見たいものだけを見るのかもしれない。

ああ、でも気をつけた方がいい。特にあの人たちは。

司はいつでも私のそばにいる。私の救済者。私のシャドーパーソン。

あの子のすることは、私が望んだこと。

芝生の上に下りた。陽一郎は麻衣子の手を取り、リムジンに向かって芝生の上を歩き出す。長いベールが、風に巻き上げられた。もう一度、植え込みの外を見た。押し合いへし合いの群衆の後ろ。さっきまで司が立っていたところには、もう誰もいない。

でも――麻衣子にはわかっている。またいつでも、あの子は現れる。

陽一郎に突つかれて、麻衣子は前を向く。式場のカメラマンがこちらに向かってシャッターを切る。友人たちもデジカメを構えている。一緒に写ろうと身を寄せてくる人もいる。

「ほら、こっち、こっち」

誰かが目線を催促して、手を振っている。明るい光の中で、誰もが笑っている。ポーズをとりながら、麻衣子はそっと後ろを見る。純白の衣装の二人の足下に、黒い影がふたつ伸びる。太陽が照りつける。光が降り注ぐ。

明るければ明るいほど、影は黒く凝り固まる。夜の闇のように。

ひと塊《かたま》りの男女が体を寄せ合い、スマホで自撮りしている。

彼らがわっと拡散していく。影も飛び散る。それぞれの主のところへ。

若い彼らには、明るいもの、佳《よ》きものしか見えていない。生命力に溢れた人々。悪《あ》しきものを跳ね返す力が、無条件に備わっていると信じているのだ。

しかし表には必ず裏があり、主には必ず影が従う。

ふたつの相反するものは、本当は近しい。
昼と夜。
白鍵と黒鍵。
善良と邪悪。
光と影。
生と死。
そして死はすぐそこの影の中にある。

参考文献

『調律師、至高の音をつくる』高木裕（朝日新書）
『ピアノはなぜ黒いのか』斎藤信哉（幻冬舎）
『まるごとピアノの本』足立博（青弓社）
『ピアノ曲読本』（音楽之友社）
『トコトンやさしい音の本』戸井武司（日刊工業新聞社）
『ダムで沈む村を歩く　中国山地の民俗誌』和賀正樹（はる書房）
『脳から見える心　臨床心理に生かす脳科学』岡野憲一郎（岩崎学術出版社）
『パーソナリティ障害』岡田尊司（ＰＨＰ新書）
『民家ロマンチック街道――伊予路』犬伏武彦（井上書院）
『秘史の証言　大洲平地の隠れキリシタンの遺跡』堀井順次（豊予社）

参考サイト
https://susumu-akashi.com
「いつも空が見えるから」

（本作品はフィクションです。登場する人物、および団体名は、実在するものといっさい関係ありません。）

解説——影の狩人《かりゅうど》たらんとして

文芸評論家　東《ひがし》　雅夫《まさお》

「推協賞、決まったそうです。宇佐美さん、やりました！」ときに二〇一七年の四月二十日——親しい編集者から、やや上ずった調子の電話がかかってきた。前年の十一月に祥伝社文庫から書き下ろし刊行された、宇佐美まことの長篇ミステリー『愚者の毒』（祥伝社文庫／二〇一六）が、第七十回日本推理作家協会賞の「長編および連作短編集部門」を受賞したという速報であった。

こちらも思わず、「おう、やったか！」と携帯電話を握《にぎ》りしめ、もう片方の手で小さく（路上だったので）ガッツポーズしたことを覚えている。

同賞にノミネートされたことは、すでに御本人から丁重《ていちょう》な文面のメールで連絡をいただいていた。

宇佐美さんのデビュー作「るんびにの子供」（二〇〇六）は、私が編集長（現在は編集顧問）をつとめる怪談文芸専門誌「幽」が主催した第一回『幽』怪談文学賞（選考委員は岩井志麻子・木原浩勝・京極夏彦・高橋葉介・東雅夫）の「短編部門」大賞受賞作であり、その後も長篇第一作となった『虹色の童話』（二〇〇八）をはじめ、「幽」関連の企画で幾度《いくど》となく短篇やエッセイを御寄稿いただいてきたという縁《えにし》があったのだ。

祥伝社からの前作『入《い》らずの森』（二〇〇九）が、文庫化されて着実に版を重ねていることも知っていたし、なにより『愚者の毒』が、巧妙なストーリーテリングと考え抜かれた構成で、数奇な人間ドラマを通じて戦後日本の暗部を照射する重厚な逸品だったので、ノミネートは当然と思いつつも、ついうっかり「ノミネートされただけでも立派なものです」などと、今にして思えば失礼きわまりない言辞《げんじ》を弄《ろう》したのは、初のノミネート、しかも書き下ろし文庫での刊行というハードルの高さに鑑《かんが》みた老婆心《ろうばしん》であった。私自身、同賞の「評論その他の部門」を『遠野物語と怪談の時代』で受賞するまでに二度、ノミネートされながら苦杯をなめていたことも、頭の隅にあったのだろう。

宇佐美さん自身も「候補に選ばれただけでも驚天動地《きようてんどうち》の出来事で、まして受賞するなんて想像してもいませんでした」と、受賞後のインタビュー（「幽」第二十七号掲載）で述べている。そしてそれに続けて「ただ、今回、『愚者の毒』で賞をいただいたことで、私が小説でやりたいと考えていることは間違いではないのだとお墨付きをもらえたように感じています」とも。

それでは、作者の云《い》う「私が小説でやりたい」こととは、具体的にどういうものなのか、これも同じインタビューから引用しておこう。

最近は泣かせるお話が多いでしょう？　人生の応援歌みたいな。そういう話を読みたい人が多いのはわかっているし、それもいいとは思います。しかし、私が書きたいのは「人間」だし、人間を書くのが小説であると思っているので、あえて人間の暗部に切り込んでいきたいのです。怪談小説についてもそこは同じで、怪異そのものではなく、怪異に出会った人間の方に注目して書いていたつもりです。要するに、人間は弱くてずるくて汚いものだし、嘘《うそ》はつくし、欲もある。だけど、それだからこそ魅力的だし、ミステリアスだし、書こうと思えばいくらでも書くことがありますので。

「人間の暗部に切り込んでいきたい」——これこそは、十年前のデビュー作「るんびにの子供」において早くも、作家・宇佐美まことを特色づける基本姿勢となっていたことを、あらためて想い出す。論より証拠。同作が収録された短篇集『るんびにの子供』（メディアファクトリー／二〇〇七）巻末に併録されている、私自身の選評をご覧いただきたい。

予想を大きく上まわる応募数の中から激戦を勝ち抜いて、短編部門の頂点に輝いた宇佐美作品は、現代的なホラーサスペンスと怪談との融合《ゆうごう》を成《な》し遂《と》げたとも評すべき、秀抜《しゅうばつ》な試みであった。超自然の霊異と人の心の悪意が鬩《せめ》ぎ合いを演じた果てに、ある恐るべき可能性が浮上するという二重三重の奇計に、ほとほと舌を巻いた。

さて、このほど推協賞受賞後の長篇第一作として書き下ろし刊行された本書『死はすぐそこの影の中』もまた、こうした作者の気概と抱負が思うさま実践《じっせん》された、読みごたえ満点の現代怪奇ミステリーである。

結末に到って驚嘆《きょうたん》しつつ、あわてて前のページを繰ったり、ときには丸ごと再読する羽目《はめ》になる——これは優れたミステリー作品に接した際の悦《よろこ》ばしき儀式みたいなものだが、本書もまた『愚者の毒』と同じく、多くの読者にこの儀式を強《し》いることだろう。

物語の起点は、作者の地元・愛媛の山奥にある小さな村。今ではダムの湖底に沈んでいるその村でかつて起きた、名家の末裔《まつえい》である村長の怪死事件。囁《ささや》かれる隠れキリシタンの呪い。村長の姪《めい》で、母とともに同家に身を寄せていた一藤麻衣子《いちふじまいこ》は、忌《い》まわしい記憶を振りきるように東京へ移り住み、ピアノ調律師の仕事を生き甲斐《がい》に、ひっそりと暮らしていたのだが……。調律の仕事を依頼された人気女性ピアニストの兄で、富裕《ふゆう》な実業家の御曹司《おんぞうし》である橘陽一郎《たちばなよういちろう》に見そめられたことがきっかけで、麻衣子の秘められた過去が少しずつ明らかとなってゆく。

本書は四章構成で、それぞれに有名なピアノ曲にちなんだ章タイトルが付されている。「第一章　沈める寺」はドビュッシー、「第二章　水の戯《たわむ》れ」と「第四章　オンディーヌ」はラヴェル、「第三章　雨だれ」はショパンの曲だ。

そして一見、奇異な印象を与える語感の「死はすぐそこの影の中」という書名は、フランスの名ピアニスト、アルフレッド・コルトーが命名した「雨だれ」の別タイトルなのである（ショパンの前奏曲集にはもともと特定のタイトルはなく、後にハンス・フォン・ビューローとコルトーが、それぞれ独自の命名をしているのですな）。

これらはたんに、ヒロインの職業がピアノの調律師であるということのみに由来する趣向ではない。すでにお気づきの向きも多いだろうが、これら章タイトルに冠された曲名は、いずれも「水」のイメージにちなんだものだ。それは同時に、物語の背景となって滔々《とうとう》と流れる、肥治川《ひじがわ》（愛媛の大河「肱川《ひじかわ》」がモデルか）のイメージに直結している。水の流れは、ときに緩《ゆる》やかに煌《きら》めき、ときに逆巻く奔流《ほんりゅう》となって、宿業《しゅくごう》を背負ったヒロインの心を妖《あや》しく噪《さわ》がせてやまないのである。

重厚な人間ドラマのおりふしに挿入される、変幻自在な「水」の描写はたいそう魅力的で、物語に絶妙な陰影を付与している。そして、その影の部分が極まるところに、奇妙な書名が暗示する全篇の驚くべき核心が、おもむろに姿を顕《あら》わすのだが……これ以上の言及は未読の読者の興《きょう》を削《そ》ぐことになるので慎《つつし》まねばなるまい。

本書を読み終えたとき、はからずも私の脳裏に去来したのは、「影の狩人」という言葉であった。

これは、怪奇幻想ミステリーの名作『虚無《きょむ》への供物《くもつ》』（一九六四）の作者・中井英夫が、短篇小説のタイトルとして創案したものだが、宇佐美まことの作家的特質を表するにも相応《ふさわ》しい言葉だと思う。

人間の影の部分の貪欲《どんよく》な観察者として、作者が今後、さらなる才筆を揮《ふる》い、われわれ読者を震撼《しんかん》せしめることを期待してやまない。

二〇一七年九月　コルトーのショパン前奏曲集を聴きながら記す

一〇〇字書評

切・り・取・り・線

購買動機（新聞、雑誌名を記入するか、あるいは○をつけてください）

□（　　　　　　　　　　　　　　）の広告を見て
□（　　　　　　　　　　　　　　）の書評を見て
□ 知人のすすめで　　　　　　　□ タイトルに惹かれて
□ カバーが良かったから　　　　□ 内容が面白そうだから
□ 好きな作家だから　　　　　　□ 好きな分野の本だから

・最近、最も感銘を受けた作品名をお書き下さい

・あなたのお好きな作家名をお書き下さい

・その他、ご要望がありましたらお書き下さい

住所	〒				
氏名		職業		年齢	
Eメール	※携帯には配信できません		新刊情報等のメール配信を 希望する・しない		

この本の感想を、編集部までお寄せいただけたらありがたく存じます。今後の企画の参考にさせていただきます。Eメールでも結構です。

いただいた「一〇〇字書評」は、新聞・雑誌等に紹介させていただくことがあります。その場合はお礼として特製図書カードを差し上げます。

前ページの原稿用紙に書評をお書きの上、切り取り、左記までお送り下さい。宛先の住所は不要です。

なお、ご記入いただいたお名前、ご住所等は、書評紹介の事前了解、謝礼のお届けのためだけに利用し、そのほかの目的のために利用することはありません。

〒一〇一-八七〇一
祥伝社文庫編集長　坂口芳和
電話　〇三（三二六五）二〇八〇

祥伝社ホームページの「ブックレビュー」からも、書き込めます。
http://www.shodensha.co.jp/bookreview/

祥伝社文庫

死《し》はすぐそこの影《かげ》の中《なか》

平成29年10月20日　初版第1刷発行

著　者　宇佐美《うさみ》まこと
発行者　辻　浩明
発行所　祥伝社《しょうでんしゃ》
東京都千代田区神田神保町3-3
〒101-8701
電話　03（3265）2081（販売部）
電話　03（3265）2080（編集部）
電話　03（3265）3622（業務部）
http://www.shodensha.co.jp/

印刷所　萩原印刷
製本所　ナショナル製本
カバーフォーマットデザイン　芥 陽子

祥伝社文庫の好評既刊

宇佐美まこと 入《い》らずの森

京極夏彦《きょうごくなつひこ》、千街晶之《せんがいあきゆき》、東雅夫《ひがしまさお》各氏太鼓判！ 粘つく執念、底の見えない恐怖——すべては、その森から始まった。

宇佐美まこと 愚者《ぐしゃ》の毒

緑深い武蔵野、灰色の廃坑集落で仕組まれた陰惨な殺し……。ラスト1行まで震えが止まらない、衝撃のミステリ。

恩田 陸 不安な童話

「あなたは母の生まれ変わり」——変死した天才画家の遺子から告げられた万由子。直後、彼女に奇妙な事件が。

恩田 陸 puzzle〈パズル〉

無機質な廃墟の島で見つかった、奇妙な遺体！ 事故？ 殺人？ 二人の検事が謎に挑む驚愕のミステリー。

恩田 陸 象と耳鳴り

上品な婦人が唐突に語り始めた、象による殺人事件。彼女が少女時代に英国で遭遇したという奇怪な話の真相は？

恩田 陸 訪問者

顔のない男、映画の謎、昔語りの秘密——。一風変わった人物が集まった嵐の山荘に死の影が忍び寄る……。

祥伝社文庫の好評既刊